Ina May

DER 6. FEHLER

BUCHSTABLER
www.buchstabler.de

Fenster und mir wurde klar, dass sie Weiß heißen musste, denn so hieß hier jeder Zweite und das auch im Sommer. Wie es dazu kam, *weiß* bis heute niemand.

Was also hatte Frau Eusebia in meinem Schlafzimmer zu suchen, was hatte sie überhaupt in meiner Wohnung verloren? Viele Fragen. Zu viele. Ich sollte mindestens eine davon stellen …

„Haben Sie geklingelt? Ich habe nicht aufgemacht."

War etwa die alte Höflichkeitsform des Türklingelbetätigens über Nacht abgeschafft worden?

„Aber Herr Brandt, ich habe doch einen Schlüssel."

Na ja, dass sie bei mir eingebrochen war, hätte ich auch nicht vermutet, doch gerade begann, zumindest in meinen Augen, der letzte Tag an dem Frau Eusebia einen Schlüssel hatte. Ich schaute meine Vermieterin durchdringend an um sie zu einer Äußerung über das *Warum* zu bewegen.

„Der kleine Kerl hat so gejammert, Sie sollten ihn wirklich nicht über Nacht draußen in der Kälte lassen."

Aha. Wenn ich jetzt noch wüsste, von wem die Rede ist … wie es schien, tauchte da schon wieder eine neue Frage auf.

„Frau Eusebia, wie Sie bestimmt mitbekommen haben, lebe ich hier allein. Ich habe keine Kinder."

„Was sind Sie nur für ein Mensch? So roh und herzlos. Keinen Funken Liebe im Leib", ereiferte sie sich.

Jetzt reichte es aber, fand ich, und wollte mich ruckartig aufrichten.

Als überzeugter Nacktschläfer wäre das bei vielen anderen Frauen sicherlich eine gute Idee gewesen. Nicht aber bei meiner Vermieterin, die gerade umständlich hinter sich deutete. Musste ich jetzt Angst haben,

dass da noch jemand durch die Türe kommen würde? Ich verrenkte mir fast den Hals, konnte aber niemanden sehen – zuerst. Meine Augen fokussierten auf das Größenverhältnis Mensch, während ein leises Klacken in Bodennähe eine andere, kleinere Präsenz ankündigte. Ich verrenkte mir den Hals noch mehr und Frau Eusebia tat das Gleiche. Wonach schielte sie bloß, sie wusste doch genau, wer da klackte.
„Ich erlaube Ihnen, eine Katzenklappe für ihn zu bauen", bot sie mir großzügig an.
„Nein, bestimmt nicht!", lehnte ich ab, stemmte unter der Bettdecke in einer Verweigerungsgeste meine Hände in die leicht überproportionierten Hüften und ließ dazu einen griesgrämigen Gesichtsausdruck sehen.
„Das da ...", ich deutete auf das tropfnasse Fellbündel in Ocker-Schwarz-Weiß, das sich in aller Heimlichkeit gerade anschickte abzutauen und in Kürze die Höhen meines Bettes erklimmen würde, „... ist Garibaldi."
„Oh, wie süüüß", sagte Frau Eusebia und zog die Süße gnadenlos zuckrig in die Länge.
„Jaha", stimmte ich ihr äußerst widerwillig zu, weil ich keine Katzen mochte. „Die Katze gehört dem Nachbarn von 3a."
„Das sieht Garibaldi aber ganz anders", meinte sie, und untermalte ihre Ansicht mit einem halben Dutzend Kopfnicker, so dass ich schon Sorge hatte, sie würde vom vielen Schaukeln einen Schwindelanfall bekommen – in meinem Schlafzimmer.
Wir einigten uns schließlich darauf, dass ich mit meinem Nachbarn über die Katze reden würde. Reden kann man ja über vieles.
„Herr Brandt", begann sie von neuem, als ich schon zu glauben begann, ich wäre sie los. Die Katzensache war doch soweit geklärt. „Es ist wegen

der Miete … Sie schulden mir noch den letzten Monat. Und natürlich diesen.“ Sie zog ein Gesicht, als hätte sie etwas wirklich Schlimmes gegessen.

Derweil trommelten meine Hände, die noch immer unter der Bettdecke steckten, einen Fingerwirbel auf meine nackten Oberschenkel. Die Miete. Das war eine wirklich prekäre Sache. War es fast immer, und dazu mein schlimmster Morgengedanke.

„Gerade habe ich einen ausgesprochen einträglichen Auftrag an Land gezogen“, behauptete ich dreist. „Es geht um …“ ich machte eine Kunstpause und ließ dann meine ohnehin tiefe Stimme um zusätzliche dreißig Prozent in den Keller fahren. „**Mord**.“

„Ohh“, hauchte sie, schlug eine Hand vor den Mund und die ausstehende Miete war für diesen Moment vergessen.

Stattdessen setzte sie sich auf den Bettrand – wohlgemerkt, *meinen* Bettrand – und jetzt befand ich mich in der blöden Lage, dass meine Hände unter der Decke feststeckten. Frau Eusebia war ziemlich gewichtig, und ihr Hinterteil hatte nun, obwohl sie nur am Rand saß, meine Extremitäten erfasst.

Das Gefühl wich allmählich aus meinen Händen und sie begannen wohl schon abzusterben. Schnell und noch schneller erzählte ich ihr in aller Kürze meinen Fall und hoffte, dass sie endlich aufstand. Damit machte ich sie zu einer Vertrauten, aber in meiner gegenwärtig blanken Finanzsituation war mir selbst das egal. Ich wollte schließlich auch noch in sechs und mehr Wochen ein Dach über dem Kopf haben. Sendenden Auges beschwor ich eine konspirative Situation herauf und vertraute auf Frau Eusebias Wertschätzung meiner Fähigkeiten als privater Ermittler.

Sie müsste mir eigentlich zu Füßen liegen … doch das tat im Augenblick nur Garibaldi, der mich mit großen Augen und zerzaustem Fell ansah. Die Wahrheit ist, Casper Brandt, hatte keinen solchen Fall. Ich hatte überhaupt keinen Fall. Bloß *Glen Leborski*, der sich gerade anschickte, ein verschleiertes Tötungsdelikt als Mord zu outen. Der hatte einen Fall – in dem Kriminalroman, der aufgeschlagen auf meinem Nachttisch lag. Aber was tat man nicht alles, um sich und das bisschen Gemütlichkeit zu retten.
„Der rätselhafte Tod dieses Biathlon-Sportlers. Sie haben bestimmt davon gelesen.“ Das war es nämlich. *Gelesen* hatte ich davon auch. Zur Antwort bekam ich einen Seufzer, auf den ein aufgeregtes „Nein?!?“ folgte.
„Oh doch!“, gab ich zurück, die Überzeugtheit in Person. „Daran ist nämlich so gut wie gar nichts echt und die Umstände geradezu undurchsichtig furchterregend. Verkaufen es als Selbstmord. Aber, wenn man sich die Einzelheiten betrachtet – ist der ganze Fall sehr *nebulös*.“
In den Fächern meiner Kommode und dem Kleiderschrank, der vormals Frau Eusebia gehört haben musste, da lag überall Zeitungspapier aus. Die Nachricht über den verunfallten Sportler war demzufolge nicht mehr ganz so frisch und über drei Jahre alt. Na ja, Frau Eusebia hielt ihren/ meinen Kleiderschrank eben nicht gerade auf dem aktuellsten Stand.
Die Schlagzeile lautete vielsagend: *„Seine letzte Runde*“ und die Zeilen berichteten von einem jungen Biathleten (23 Jahre), der mit seinem Audi A sonst was in eine Kiesgrube gestürzt war.
Ich sollte meine Socken und Hemden ausräumen und mir die Zeitungsmeldung noch mal vornehmen, denn der Name des Sportlers war wohl

zwischenzeitlich in die Nebelregion meiner Gehirnwindungen gerutscht. Auch konnte ich mir nicht denken, was ausgerechnet einen Biathleten – der ja von Berufswegen eine scharfe Waffe mit sich führt – dazu bringt, sich für sein Ausscheiden im doppelten Sinn, ausgerechnet eine abgelegene, ehemalige Kiesgrube auszusuchen. Eine Kiesgrube, die sich nach Beendigung des Aushubs wieder mit Grundwasser gefüllt hatte. Und hinein in diese Lorke hatte sich der junge Mann mittels eines bis zum Anschlag durchgedrückten Gaspedals, befördert. Der Wagen war natürlich völlig ruiniert, der Mensch mausetot, und der Biathlonsport war um ein Ausnahmetalent ärmer.

Nun kannte ich mich in diesem Sport nicht so rasend aus. Streng genommen beinahe gar nicht. Auch Autos waren nicht mein Steckenpferd. Ich fuhr noch immer meinen alten, schmutzbraunfarbenen Opel Ascona, der, so hab ich mir sagen lassen, inzwischen ein Oldtimer ist. Das klingt jetzt eindeutig vorteilhafter, als es sich in Wirklichkeit verhält. Schön reden kann man sich ein altes Auto nämlich auch. Gut, bei einem Opel Ascona tut man sich da schon etwas schwerer.

„Ach, und jetzt hat Sie bestimmt Ihr Reporterfreund vom Fernsehen gebeten, diesbezüglich nachzuforschen, hab ich Recht, ja?“

Das war der Einwurf von Frau Eusebia, die mich nun mit einem Strahlen anschaute, als wäre ich dieser dürre Show-Master mit dem langen Hals, der so bereitwillig Geld für richtig beantwortete Fragen locker macht.

Oh, du entgegenkommende, morgendliche Nervensäge! Das war überhaupt *die* Idee. Ein Telefonat mit Chris Harte meinem „Reporterfreund“. Chris war mir noch einen Gefallen schuldig, so zumindest lautete meine Erinnerung, während ihm die seine bestimmt andersherum kam.

Nachdem ich meiner Hausherrin versprochen hatte, sie auf dem Laufenden zu halten, was meinen *angeblich* neuen Fall betraf, und damit auch ihre Mieteinnahmen, machte sie sich auf den Weg und ich mich ans Auspacken meines kaum athletisch zu bezeichnenden Körpers, aus den diversen Bettlaken.

Leider hatte ich es nicht geschafft, Frau Eusebia den anhänglichen Kater aufzuschwatzen, und Garibaldi wollte sich partout nicht von mir hinaus in die kalte Winterlandschaft befördern lassen. Wer konnte es ihm verdenken. Draußen klapperten die Nachbarn mit ihren selbstgebauten Schneeräumgeräten. Das war natürlich kein gelungener Ersatz für das Vogelgezwitscher im Sommer, von dem man sich hier zu jener Jahreszeit gerne Wecken ließ.

Die Schneemassen waren von solch beträchtlichen Ausmaßen, dass der Nachbar zu meiner Linken gerade zum Äußersten griff. Er nahm seine höllenlaute Schneefräse in Betrieb, so dass meine Ohren dröhnten und die Fenster in ihren Rahmen vibrierten. Dieses mörderische Gerät würde auch vor einer Katze nicht halt machen. Und bei solchen und ähnlichen Ausnahmegelegenheiten wurmte es mich zutiefst, meinen gewichtigen Polizistenstatus für einen Privatjob aufgegeben zu haben, der letztlich genau so unterbezahlt war wie der eines Kriminalkommissars. Sonst hätte ich den Ruhestörer längst seines Spielzeugs beraubt und aus dem Verkehr gezogen. Aber das gab *meine* Lizenz nicht her.

Es wurde allmählich Zeit für mich. Und es wurde Zeit für Garibaldi. Wer bitteschön kam auf die grandiose Idee, einer Schmusemieze den Namen eines berühmten Guerillakämpfers zu verpassen? Oder musste man bei Garibaldi am Ende vielleicht sogar mit aggressiven Ausfällen rechnen?

neuerliche Warnung mehr geben, nur noch den Rausschmiss oder aber den eben angekündigten vorsätzlichen Mord. Und nicht wenige waren der Meinung, ihr Sport und das Gefüge innerhalb der Mannschaft wären ohne einen Mann wie Moritz, der an einer bösen Krankheit namens *Selbstüberschätzung* litt, ohnehin besser aufgestellt. Alle hatten hart dafür trainiert, um einzeln und im Team auf dem Podium zu stehen. In den vergangenen Jahren hatte sich die Deutsche Mannschaft in der Weltspitze so etabliert, dass Medien und Fans in einer Art und Weise erfolgsverwöhnt waren, die kaum Ausrutscher verzieh. Wer diesen Sprung nicht rechtzeitig schaffte, verschwand entweder wieder von der Bildfläche oder gab irgendwann auf. Soll schon vorgekommen sein. Auch übertriebener Ehrgeiz konnte jenen wertvollen Teil des Charakters auffressen, der einen zu einem Teamplayer machte.

Östersund und Hochfilzen waren nicht vergessen, aber abgehakt. Jetzt befanden sie sich in Oberhof – im „Mekka" des Biathlon. Das war für alle immer etwas besonderes. Die Strecke gehörte zudem zu den anspruchsvollsten im Weltcup überhaupt. Rasante Abfahrten, wie die schnelle, gefährliche Wolfsschlucht oder aber schwierige und lang gezogene Anstiege wie der Birxsteig verlangten den Athleten alles ab und machten jede Runde zu einer schmerzhaften Erfahrung in Armen und Beinen. Doch die brodelnde Oberhofer Atmosphäre entschädigte die Sportler für die großen Strapazen. Das tosende Publikum schrie die Athleten die Anstiege regelrecht nach oben und bejubelte jeden Treffer infernalisch, so dass den Sportlern eiskalte Schauer über die verschwitzten Rücken liefen. Ausgerechnet hier fehlte Linus Moritz.

Müller machte eine letzte wegwerfende Handbewegung und meinte: „Jungs, lasst euch nicht runterziehen. Macht einfach das, was ihr am besten könnt – Laufen, Schießen, Siegen.“
Der Tipp war nicht gerade brandheiß zu nennen, doch in Anbetracht der Umstände … was sollte der Trainer sagen. Wie Verschwörer nickten sie sich untereinander zu, die Augen angriffslustig funkelnd. „Alles klar, Chef“, kam die Rückmeldung.
Müller drehte ihnen den Rücken zu und meinte noch etwas von wegen „zur Stelle sein“, dann schloss sich die Tür hinter ihm.
„Armer, toter Linus!“, bemerkte jemand, wenig mitleidig.
„Wo ist der blöde Sack?“ Axel Alt, der sich gerne als Leader der Mannschaft sah – er bezahlte für jeden klitzekleinen Job einen eigenen Mann und durfte sich darum auch gebührend aufregen, wenn seine Skier schlecht gewachst waren, was offenbar dann und wann vorkam – zog eine lange Miene.
„Scheint aufgegeben zu haben. So was gibt's tatsächlich. Müsstest du doch wissen, Alt“, stichelte ein anderer. Dafür schoss ihm Axel Alt einen giftigen Blick zu und gab ihm in einer bewegten Geste zu verstehen, wo sein Platz war – in jedem Fall irgendwo weit hinter ihm.
„Leute, wir implodieren hier grade, dabei brauchen wir eine Explosion. Eine von der sportlich-überzeugenden Art. Rumballern könnt ihr noch genug. Am Schießstand.“ Martin Roth mochte keine langatmigen Diskussionen. Schuldzuweisungen mochte er genau so wenig. Was er sonst noch *nicht* mochte, würde aber bis auf Weiteres sein Geheimnis bleiben.

3
Die erste Brücke ist geschlagen

Schnee ist kalt, Schnee ist blendend weiß, und Oberhof hatte in diesen Tagen wirklich reichlich davon zu bieten. Chris Harte und sein Team waren froh dass die Rennstrecke diesmal ohne Crasheis auskommen würde, denn es war seit Jahren einmal wieder richtig Winter. Richtig Winter hieß richtig Schnee und nicht wie in den Vorjahren mit LKWs angeliefertes, geschreddertes Eis, dass als weißes Band eine trostlos aussehende Wettkampfstrecke markierte.

In Oberhof vollzog sich gerade wieder die Wandlung von der beschaulichen Kleinstadt hin zur Biathlonmetropole. Viele Nationalitäten tummelten sich in der Stadt, die Hotels waren überbelegt, in den Straßen tobte das bunte Leben. Die Menschen feierten euphorisch, sangen und tranken und schafften es, das Häuflein Einheimischer mit ihrer Freude alljährlich zu überrumpeln. Alles befand sich im Biathlonfieber.

Chris Hartes Reporter-Stoffwechsel befand sich in angenehmer Wallung, wie immer, wenn es Großes zu bewerkstelligen galt. Er liebäugelte mit einer der schmackhaften Thüringer Bratwürste, nach denen es hier überall duftete. Ein kurzer Blick auf das letzte Loch an seinem Gürtel ließ ihn diese Idee allerdings schnell wieder verwerfen. Bereits im morgendlichen Halbdunkel war er hungrig herumgeschlichen, hatte in der Kasernenküche nach einem Stückchen irgendwas und einem Getränk Ausschau gehalten, und dazu einen dieser Riesenkühlschränke geöffnet ... danach klebten nur seine Finger, aber das Kleben war leider

kein Indikator für ein prall gefülltes Schlaraffenland. Im Gegenteil. Beleidigt zog Harte von Dannen. Es würde bestimmt wieder auf Schmalkost hinauslaufen.
Seine Arbeit an der Strecke war fast beendet, nur ein bisschen Denkarbeit war noch nötig, um die Athleten fernsehtechnisch ins Rampenlicht zu rücken. Alles nicht so einfach, wenn man nach einer Nacht in der Kaserne viel zu früh aufwachte. Leider verstand er sich nicht sonderlich aufs *Schlafen* in fremden Betten. Oft geübt, aber nie perfektioniert. Wer Ruhe sucht, findet sie garantiert nicht auf einer Rennstrecke, weil es dort keine dunklen Ecken geben darf. Es werde Licht, lautete hier das Prinzip und Chris Hartes Zufriedenheit störte da mindestens noch ein Detail. Er fand, Perfektion, soweit sie ihn und seine Arbeit betraf, war er sich und dieser Megaveranstaltung schuldig. Und jetzt war mit Ruhe gar nichts mehr – für niemanden. Schließlich gab es einen Weltcup zu bestreiten. Dafür würden sie alle im Licht baden; dem der Öffentlichkeit und dem der Hochleistungsscheinwerfer.
Chris Harte stapfte den Schnee unter seinen Füßen platt. Bärentritte, die die lockeren Flocken tief in den Grund traten. Er war gewichtig und wirkte entsprechend ungelenk. Hartes Spezialität waren Selbstgespräche, die er in abgerissenen Fragmenten vor sich hinnuschelte. Dazu kam gewohnheitsmäßig seine linke Hand zum Einsatz, die begleitend zum selbstgemachten Kommentar an seinem Lieblingshaarbüschel auf halber Höhe zwischen Ohr und seitlichem Oberkopf herumdröselte. Die Kameraeinstellung gab nichts her, es schneite wie verrückt und die nassen Flocken hafteten an seinen Wimpern und erschwerten ihm die Sicht. Zudem hatte er für dieses Unterfangen auch noch die falschen Schuhe angezogen.

wuselten dort herum; man rückte sich gehörig auf den sprichwörtlichen Pelz, aber wenigstens war der Kaffee genießbar. Und wenn man wie Chris Harte eine Sitzgelegenheit besetzen konnte, dann stand einem gelungenen Abend fast gar nichts mehr im Wege. Gespannt wurde der Startschuss zum Sprint der Herren erwartet. Chris Harte hatte seine Favoriten, wie jeder andere auch. Das ging von gut leiden bis nicht abhaben können. Doch sein Reporterherz schlug auch immer im Takt des Patrioten. Außerdem wusste er harte und gute Arbeit zu würdigen. Seine Augen suchten und fanden die deutschen Akteure und würden sie verfolgen, beinahe wie ihre Gegner es machten. Nur war seine Position eine weit angenehmere; es gab nichts zu verlieren, außer den Nerven. Sie alle, die sie da vor den Bildschirmen saßen, waren Voyeure und wollten auch nichts anderes sein.

Zwischen weiß dekoriertem Fichtengrün ackerten sich jetzt die Sportler durch die Schneesuppe. Nur sechs von sieben deutschen Athleten gingen heute ins Rennen, und gerade war Niko Vormann aggressiv gestartet. Man bekam den Eindruck, der Mann hatte sich wesentlich mehr vorgenommen, als sich nur um die Erweiterung seines Weltcuppunktekontos zu kümmern. Auf den schillernden Star dieses Aufgebots – Linus Moritz – mussten die Fans bei diesem Weltcup verzichten. Es gab eben Menschen, die wollten sich gerne ein leichtes Leben noch leichter machen …

Irgendwo klingelte ein Handy und Chris Harte verzog unwillig das Gesicht. Bescheuerter Ton, dachte er. Wer lud sich denn so was runter? Hartnäckig klingelte es in den Tiefen irgendeines Hemdes, einer Jacke oder Hosentasche weiter. Niemand sah sich genötigt, das nervige Ding zu beantworten oder auszuschalten. Mann, Mann, Mann!

Felix Weise deutete und machte Zeichen in Hartes Richtung.
Was denn?, deutete Chris Harte zurück, und Weise machte die nicht missverstehende Telefongeste. Na, das war nun wirklich *nicht* zu überhören. Mist, verdammter! Chris Harte verzog einmal mehr das Gesicht, aber diesmal tat er es entschuldigend, denn gerade hatte er entdeckt, dass sich das Dauerklingeln in seinem eigenen Sammelbeutel abspielte. Dort lagerte alles. Ein bisschen sah es nach Damenhandtasche aus. Wer war der Übeltäter, dem er Frank Sinatras „My way" zu verdanken hatte? Wer?
„Wer auch immer da am anderen Ende hängt … hier läuft es grade ganz schön gut. Franky dagegen werde ich bald den Hahn abdrehen."
„Hallo, Chris. Welchen armen Franky meinst du?"
„Hallo, Casper", grüßte Harte zurück. „Frank Sinatra", fügte er erklärend hinzu.
„Wenn ich mich nicht furchtbar täusche, kam da vor dir schon jemand auf den Gedanken Frank Sinatra den Hahn abzudrehen", kam es ein wenig verschwommen zurück.
„Du hast keine Ahnung!", sagte Chris Harte.
„Verrat mir doch was Neues", setzte Casper Brandt nach, und begann gleich darauf seinem Handygegenüber etwas von einem Artikel in seinem Kleiderschrank zu erzählen.
Casper Brandt hatte Seltenheitswert, aber dass er Zeitungsmeldungen neuerdings im Schrank aufbewahrte, wo Harte ganz sicher wusste, dass er über einen eigenen Schreibtisch verfügte … Er kratzte sich am Kopf, den er zuvor leicht schief gelegt hatte, auf der Suche nach seinem Lieblingshaarbüschel. „Casper", begann er, wurde aber gleich wieder unterbrochen.

„Frau Eusebia setzt mir die Pistole auf die Brust. Du erinnerst dich, meine Miete." Ein Stöhnen, das Harte gar nicht näher bestimmen wollte, drang über den kleinen Punkt in der ausgefahrenen Handyklappe an sein Ohr.
„Deine Frau Eusebia hat sich bewaffnet?"… „Hä?", machte der Reporter, doch bevor er nachfragen konnte, was da gerade verbal an ihm vorbeigebraust war, bretterte wirklich und wahrhaftig auf einem der Monitore etwas quer zur Bildschirmmitte dahin. Es sah nach einem Sturz aus – dann tauchte da einer der schwarz-rot-goldenen Biathleten ab – und verschwand zwischen schneebedeckten Büschen irgendwo in Höhe der Wolfsschlucht. Es war die Stelle, an der Harte und Felix Weise am Vormittag als Reklameträger fungiert hatten, um die Voraussetzungen für einen zusätzlichen Scheinwerfer klar zu machen. Und gerade strahlte das übermächtige Ding blendendhell; kein einziger Schatten hielt sich mehr in der Kurve, nicht einmal der unglückliche Athlet, der die Biegung zu schnell genommen hatte. Niko Vormann, wenn Harte die Startnummer im Schneegebrause richtig erkannt hatte. Chris Harte bedeutete den Kollegen, dranzubleiben – da bahnte sich grade was an.
Caspar Brandt redete derweil immer noch, wie ein Wasserfall. „Und weil es sich grade trifft, ich brauche einen Auftrag. Was hast du anzubieten? Wenn es sein muss, mache ich auch ganz bäh Intimfotos."
Das hatte Chris Harte verstanden. Demnach ging es seinem Privatermittlerfreund *wirklich* schlecht.
„Casper, schalt' deinen Fernseher ein", rief Harte dazwischen. Pistolenlady und bäh Intimfotos hin oder her.

„Meinen Fernseher?“, wiederholte der Angesprochene irritiert, doch ein leises Schlurfen sagte Harte, dass sich Caspar Brandt auf den Weg gemacht hatte.
„Ich bin drin“, verkündete der kurz darauf, als wäre es das absolut Größte, den Knopf einer Fernbedienung zu drücken. „Was läuft denn? Ooh nein … sieht aus, als würde sich mein Herr Philips verabschieden.“
„Keine Bange, es schneit bloß“, sagte Harte.
„Was sag' ich denn?“, war nun wieder Casper Brandt zu hören, der offenbar begonnen hatte, mit der Faust auf seinen Fernseher einzuschlagen.
Chris Harte hatte wirklich nicht die geringste Lust, ihm einen Abriss des aktuellen Wetterberichts zu geben. Stattdessen heftete er seine Augen weiter auf das schwarze Loch, das da winterliches Buschland hieß, und einen der Athleten geschluckt hatte.
Einige der Streckenposten hatten sich bereits an der Kante oberhalb der Verschwindestelle postiert; sie würden dem Sportler helfend eine oder auch zwei Hände reichen, wenn der sich den kleinen Hang erst wieder hochgekämpft hatte. Es dauerte und dauerte, bis Niko Vormann – und der war es tatsächlich – mit käsigem Gesicht nach einer der dargebotenen Hände griff.
Harte meinte zu sehen, dass um seinen Mund Dinge hingen, die nichts mit dem Schnee, der Kälte, und dem festgefrorenen Speichel zu tun hatten. Dinge, die einen Reporter neugierig machten …
„Jetzt bewegt sich was“, meinte auch Casper Brandt. „Der sieht aber gar nicht gut aus … hat er grade *Scheiße* gesagt?“
„Wir haben an der Stelle doch keinen Ton“, informierte ihn Chris Harte.

„Ich kann Lippenlesen. Er hat *Scheiße* gesagt“, behauptete Casper.

„Das sagen sie öfter. Aber das sieht mir hier nicht nach einem Darmproblem aus.“ Harte schnippte mit den Fingern, und gab ein Plopp-Geräusch von sich, als wäre ihm diese Idee gerade erst gekommen.

„Du wolltest einen Auftrag, jetzt hast du einen. Beweg' deinen Hintern zur Strecke. Sieh' zu, dass du nicht auffällst, und Casper … zieh' gute Schuhe an!“

4
Nachgefecht

„So hab ich das nicht gemeint“, muffelte ich, als ich schicksalsergeben meinen Herrn Philips ausschaltete und im Schrank nach etwas Ausschau hielt, das annähernd nach guten Schuhen aussah. Garibaldi schob sich unter meinen Arm und beäugte ähnlich kritisch mein Sammelsurium. Jetzt nur kein Kommentar, Kater!, warnte ihn mein fleischfressender Blick. Und da fiel es mir wieder auf. Er war immer noch da, immer noch bei mir, obwohl sein Herrchen und Ernährer doch bestimmt schon sehnsüchtig wartete. Ich würde ihn vor die Tür setzen. Jetzt sofort. Es war zudem eine gute Gelegenheit, um außer den Guerillakämpfer auch noch einen Blick hinauszuwerfen, welche Kleidung für meine nächtliche Winterexpedition angeraten war.
„Dann komm mal gut nach Hause, und mach einen großen Bogen um die Schneefräse!“, warnte ich meinen neuen pelzigen Freund, und imitierte das Geräusch dieser Höllenmaschine. Vielleicht würde ich bei meinem nächsten Einkauf für ihn ein Leckerli besorgen. Das war jetzt allerdings ein *großes* Vielleicht. Nie hätte ich gedacht, dass dieser Einkaufsgedanke mich noch in derselben Nacht heimsuchen, und ein Opfer von mir fordern würde.

Die Luft draußen wirbelte die Flocken nur so herum. „Schweinekalt“, fand ich, und mein ausgestreckter Finger maß weniger die Temperatur, er zeigte vielmehr meine Bedenken an. Dass solch ein Auftrag nicht meiner

Vorstellung entsprach, durfte ich mir gar nicht erst einreden. Würde ich auch nicht, denn da war ja die überfällige Miete. Man tut hin und wieder Dinge, die so gar nicht mit der eigenen Überzeugung korrespondieren; man tut sie, weil es sein muss. Geschmacklose Spannerfotos zu schießen, um Menschen in Schwierigkeiten zu bringen, in die sie ohne mich nicht geraten wären, fand ich aber immer schon gemein.

Nach einem weiteren Blick hinaus in die Welt des Schnees und der Dunkelheit , machte ich mir klar, *was* ich zu verlieren hatte – nämlich einen warmen, sicheren Platz – und tröstete mich damit, dass es diesmal wenigstens keine Intimfotos werden sollten. Stirnrunzelnd erinnerte ich mich an Chris Hartes Worte und kam zu dem Schluss, dass es da offenbar ganz unspektakulär um … also, wenn ich das jetzt so rekapitulierte, war ich lediglich Zeuge geworden, wie da ein Sportler, ein Biathlet, einen Hang erklommen hatte; zuvor musste er dort natürlich hinunter geschlittert sein. Eigentlich völlig undramatisch. Ich würde hinfahren, vielleicht ein paar Fotos machen und damit Chris' Neugierde befriedigen. Ich verstand das Ganze nicht wirklich. Musste ich auch nicht zwingend. Es ging nur um mein Honorar, überlebenswichtig in mehr als einer Hinsicht. Ich nahm meine Kamera aus dem Schreibtisch. Das Handy durfte ich nicht vergessen … und eine schöne, helle fürchte-dich-nicht Halogentaschenlampe.

Meine Füße schauten mir noch immer nur bestrumpft entgegen, also wanderte ich zum Schrank zurück. Die Schuhe, die mir ins Auge fielen, gehörten mir nicht. Es mussten die mächtigen Stapfer eines Yetis sein, und ich sah passend dazu Frau Eusebias ehemaligen Verehrer vor mir. Egal. Hauptsache warme Füße.

Ich sollte schon längst irgendwo im Wald, an der Absturzstelle sein. Im Vorbeigehen griff ich mir meinen Tarnparka. Ein scheußliches Ding, aber warm und mit Kapuze. Frau Eusebia hätte mir zu meiner Wohnung noch eine Garage vermietet. Auf diesen geschützten Unterstand hatte ich aus bekannten Gründen verzichtet: Geld. Zu wenig. Und so verfügte zwar mein Parka über eine Kapuze, doch mein Wagen leider nicht. Schnee türmte sich flächendeckend viele viele Zentimeter hoch.

Der Schnellste war ich nicht. Kein findiger Zauberlehrling, der in Abwesenheit des Meisters die Besen verhexte, damit sie die Arbeit für ihn machten. Casper Brandt machte alles allein. Und eben darum brauchte ich auch gar nicht darauf zu spekulieren, dass mir dieses haarige Ding in die Hand fliegen würde. Wenn der Besen nicht zu Casper Brand kam, musste Casper Brandt zum Besen. Dieser befand sich irgendwo im Fond des Wagens. Meine Autotür klemmte, wie sie das schon tat, seit ich denken kann, und ich zog, zog und zog … bis sie in exakt dem Moment aufging, in dem ich nicht damit rechnete. Jetzt war die Tür auf, und der Schnee wechselte vom Wagendach auf die Rückbank. Sollte er doch. Schließen würde ich jedenfalls meine Tür sicherheitshalber erst wieder, wenn ich im Inneren Platz genommen hatte. Unter der neuen Schneeauflage war es glatt, stellte ich fest. Da hatte ich den ersten Haftungstest für meine neuen alten Schuhe. Nicht übel. Und auch der Opel Ascona war vorsorglich mit Winterreifen bestückt.

Chris würde mich vierteilen, wenn ich so etwas Einfaches, wie diesen Spättermin an einer Biathlon-Strecke versauen würde. Fünf Minuten später quetschte ich mich in meinem Parka auf den Fahrersitz. Ich sah ungemein gefährlich aus. Eine Mischung aus Darth Vader und Bergtroll.

Irgendetwas hatte sich verändert. Von vorher auf jetzt. Meine Augen fanden unter den Rändern der Kapuze aber nur Schattenhaftes. Ich bin überzeugt davon, man empfindet „Beobachtung“... die Nackenhaare richten sich auf und sämtliche Sinne reagieren. Nicht panisch, denn wer sollte Casper Brandt, dem auftragsarmen Privatermittler schon Böses wollen? Gut, da gab es natürlich den einen oder die andere, aber *so eine* Beobachtung war es nicht. Die Vorhänge bei Frau Eusebia bewegten sich jetzt. Bestimmt ist es das, sagte ich mir.
Als ich den Wagen anließ und mir das beruhigende Geräusch des Motors entgegendröhnte, setzte ich rückwärts aus der Auffahrt und gab ein bisschen Wintergas. Es fühlte sich nicht sonderlich überzeugend an, ich schlitterte und das Heck des Ascona kam mir entgegen. Pech für mich, dass ausgerechnet diese Serie zu einer der letzten mit einem Heckantrieb gehören sollte. Ein Blick in den Rückspiegel, und da war es wieder … *Beobachtung.*
Chris Hartes Anweisung für mich lautete, nicht den direkten Weg zu nehmen. So ganz direkt war der auch gar nicht angelegt. Zuerst musste ich nämlich Goldlauter hinter mich bringen – Frau Eusebias und mein zu Hause – um dann auch Suhl den Rücken zu kehren. Um nach Oberhof zu gelangen, nimmt man, wie der Name schon sagt, den Weg nach oben. Ein Blick auf die Straße, und ich wusste, dass hier dringend mein Nachbar mit der Schneefräse gebraucht wurde. Zu sehen war weniger als nichts, doch ich fuhr glücklicherweise die Strecke nicht zum ersten Mal. Ich ahnte die Kurven voraus und wunderte mich, dass der Opel die Beigungen und Schleifen noch einen Tick eher parat hatte. Mir graute schon vor der Rückfahrt, über die ich mich eigentlich freuen sollte. Ich ließ die

Lichter von Oberhof hinter mir und fuhr Richtung DKB-Arena. Um diese nächtliche Zeit gab es keine Absperrungen zum Stadion mehr. Jetzt war die Straße im Begriff, mit der Schneelandschaft eins zu werden. Im Scheinwerferkegel sah der Wald aus wie im Märchen.
Ich parkte abseits der Festbeleuchtung oberhalb der Skihalle. Einen Augenblick gönnte ich mir noch die Illusion von Licht und Wärme, bevor ich die Tür aufstieß und den ersten zögerlichen Schritt ins Freie tat. Ein eisiger Wind von hinten setzte mir ohne mein Zutun die Kapuze auf. Finstere Empfindungen in der nächtlichen Kälte, und als ich die Wagentür schließen wollte, hielt mich einer dieser Plan B Notfallgedanken fest und verhinderte ein schnelles Loslassen.
Meine Hand klebte sekundenlang am Griff, was mir den ersten schrecklichen Fehler vor Augen führte – ich hatte meine Handschuhe vergessen. „Kalt, kalt, kalt", fluchte ich und hauchte auf meine erstarrten Finger.
Da … in der Ecke. Was war das? Etwas lugte mir aus meinem Auto entgegen. Augen. Gelbe Pupillen mit einem konvex gerundeten Stäbchen in jeder Mitte. Katzenaugen. Und gleich darauf landete mein Freund, der fellüberzogene Guerillakämpfer, zu meinen erstaunten Füßen. „Ist nicht dein Ernst", sagte ich und starrte den Kater an. Soviel zu meiner Furcht vor nachtragenden Klienten. Nachdem ich meine Halogentaschenlampe aus den Tiefen meiner Parkatasche geholt hatte, strahlte ich ihn meinerseits an. „Du warst gar nicht zu Hause", warf ich ihm vor und schaute ihn so grimmig an wie ich gerade konnte. Der Kater interessierte sich nicht sonderlich für meine Tirade und schüttelte den Schnee von seinen Pfoten. Eine kleine, beeindruckende Geste, die mir wohl vermitteln sollte, was er von seinem Zuhause hielt. „Blöder Zeitpunkt, ganz blöder Zeitpunkt",

wies ich ihn mittels eines Fingerzeigs auf meine Pilotenuhr hin – unter meinen Besitztümern das einzig wirklich teure Stück. Und irgendwie auch ein Oldtimer.

Egal, was ich auch tat, es würde den Fellvagabunden umbringen. Ich konnte ihn nicht im Auto einsperren, ich konnte ihn auch nicht aussetzen und sich selbst überlassen; gefressen hatte er auch nichts. „Kümmert sich denn niemand um dich?“, wollte ich von ihm wissen. Und darauf bekam ich nun tatsächlich eine Antwort. Garibaldi legte den kleinen Kopf schief, ließ die noch kleineren Spitzohren hängen und schaute mich resigniert an; ich meinte zu sehen, wie er mit den Schultern zuckte.
„Schon gut, so genau hätte ich es gar nicht wissen wollen!“ Ich ging ächzend in die Knie und erklärte dem Tier, dass Kälte tödlich sein kann. „Du wirst mitkommen müssen. Aber ich will nichts von dir hören; keinen Katzenton, kein Schnurren, kein Miau oder Ähnliches, überhaupt keinen Mucks. Und wir einigen uns darauf, dass du vorher Pipi machst“, verlangte ich und unterstrich meine Forderung mit ein paar hektischen Scheuchbewegungen. Eigenartigerweise schienen wir auf einer Wellenlänge zu kommunizieren, denn der Kater hockte sich brav hin und tat, was ich ihn zu tun gezwungen hatte. Sehr beruhigend. Die Katzentoilette dauerte für mein Empfinden zufrieden stellend lange. „Prima“, sagte ich erleichtert, griff mir Garibaldi, stopfte ihn in meinen Parka – womit ich auf meine Umwelt ziemlich übergewichtig wirken musste – und schnürte Bauch und Kater sorgfältig ein. Auch wenn Katzen normalerweise nicht einfach so freiwillig in Parkas verschwinden, Garibali nahm es hin und schien es auch noch zu genießen.

Irgendwo dort unten lag die Wolfsschlucht, die bei dem Schneetreiben nicht leicht zu orten war. Keine zwei Meter von uns tat sich die erste Barriere auf, ein mannshoher Zaun. Mit der Katze unter dem Parka ein nicht zu überwindendes Hindernis. Ich kramte nach Garibaldi; wir mussten irgendwie dort hinüber. „Mutige Katzen zuerst“, lautete mein Vorschlag und als niemand reagierte, musste ich ein klein wenig nachhelfen und ließ ihn so sanft wie möglich auf die andere Seite fallen.
Fehlte jetzt nur noch der unsportliche Casper Brandt. Der Zaun gab unter meinem Gewicht nach und spätestens nachdem ich etwas unsanfter als Garibaldi dort im Schnee landete, nahm mir jeder ab, dass ich alles andere als ein Sportler war. Ich steckte den Kater wieder ein, und wusste, dass es von nun an mit uns steil bergab gehen würde. Zuerst durch den Tiefschnee, dann in den dichten Märchenwald, in dem glücklicherweise wesentlich weniger Schnee lag.
Hin und wieder knirschten Dinge, die ich nicht sehen konnte und von denen ich auch nichts wissen wollte, unter meinem Tritt. Etwas huschte an uns vorüber und ich sog scharf die Luft ein, was Garibaldi dazu bewegte, seinen Kopf aus dem Ausschnitt meines Parkas zu stecken. Ich ertappte mich dabei, wie ich etwas Beruhigendes murmelte und wusste nicht einmal zu sagen, für wen dieses Murmeln bestimmt war.
Höchst ungern hätte ich zugegeben, dass ich mich ein ganzes Stück besser fühlte, nicht gänzlich allein zu sein und zwischendurch meine eigene Stimme zu hören.
An manchen Stellen war es rutschig, und ich achtete darauf nicht zu fallen – vor allem nicht auf meinen empfindlichen Garibaldibauch. Mein Orientierungssinn kam mir in der Dunkelheit allmählich abhanden.

Überall Bäume und dichteste Schwärze, und dazwischen furchterregende Geräusche. Und während der Strahl meiner Taschenlampe immer noch munter hüpfte, musste ich mich bemühen, den Kurs zu halten.
Ich hatte allmählich das Gefühl zu schwitzen. Am Gewicht des Katers lag es sicher nicht; er hatte ja nichts gegessen. Ich übrigens auch nicht. Augenblicklich verschwendete ich daran auch keinen richtigen Gedanken, gleich aber wäre ich froh und glücklich über diesen Umstand.
Ein voller Casper Brandt Magen hätte das saubere Ergebnis der Spuren sichernden Leute doch ganz erheblich beeinträchtigt. Was aber dieses Ergebnis letztlich *brutal* beeinträchtigen sollte, das hätte ich mir auch in einer ausnehmend kühnen Gedankenvariation niemals vorstellen können.
Ich schaute in die Öffnung meines Parkas und stupste Garibaldi vorsichtig an. „Alles in Ordnung? Du bist so verdächtig ruhig." Das Fellknäuel entrollte sich und veränderte seine Liegeposition. Ich bekam eine zufriedene Schnurreinlage. Ich weiß, ich hatte gesagt, dass ich nichts von ihm hören will, aber im finsteren Wald darf man seine Meinung schon mal ändern. Überhaupt war so eine Mensch-Katzen-Unterhaltung gar nicht so übel. Außerdem war ich mir seit fünfzehn Minuten oder länger, nicht mehr sicher, ob wir irgendwo ankommen würden. Eher länger.
Chris Harte hatte sich alle Mühe gegeben, mich zum Ort des Sturzes zu lotsen. Für mich hätte der sich momentan überall befinden können. Und gerade sah es bei dem Wetter und der Dunkelheit auch ein wenig nach *Überall* aus. Man konnte zwischen diesen Bäumen durchaus verloren gehen. Meine Schuhe hingen mittlerweile bleischwer an den Füßen und ich schnaufte wie eine Dampflok. Und als ich schon meinte, der verdammte Wald würde gar nicht mehr enden wollen, sah ich es …

Scheinwerfer leuchteten die Strecke aus, während hier in der Schluchtgegend noch verhaltene Schattenhaftigkeit herrschte.
Gerade aber irritierte mich weniger die Beleuchtung, als vielmehr das Körperding, das da plötzlich unter der Schneeschicht hervorlugte. Der Kegel meiner Lampe hatte es zuerst übersprungen. Vielleicht, weil daran überall Sachen hingen, die zum Waldleben dazugehören. Nur eine Vermutung, Waldexperte bin ich keiner, doch eines drängte sich mir nun geradezu auf … Ich war nahe dran und wollte gar nicht so nahe dran sein. Kein Gemuffel, es roch überhaupt nicht. Kälte hält bekanntlich frisch; die Bedingungen waren ähnlich denen in einer handelsüblichen Kühltruhe. Doch gerade da geht auch einmal etwas kaputt, weil es vergessen wurde. Nach Vergessen sah das hier aber nicht aus. Hier hatte *sich* nur jemand vergessen …
Im Licht der Scheinwerfer standen zwei Pistenraupen, deren Strahler jetzt direkt darauf zielten.
Nie wieder bäh Intimfotos, hatte ich mir gewünscht. Und wenn DAS nicht extrem bäh und verflucht *bedrückend* intim war … Ein Räuspern entfleuchte meiner Kehle, und mein leerer Magen wollte rebellieren, verfügte aber glücklicherweise über keinerlei Munition.
Ich hatte die kleine Digitalkamera eingesteckt, und klopfte jetzt gegen sämtliche Außen- und Innentaschen meines Parkas, bis ich etwas Hartes, Unnachgiebiges spürte, senkte meine Hand dort hinein und zog daran. Was ich zutage förderte, erschien mir weitaus umfangreicher, als das, was ich aus meiner Schreibtischschublade geholt, und im Parka verstaut hatte; ein Knäuel aus Schwanz, Trageband und Ohren. „Na toll, die Bilder wollte eigentlich ich machen“, beklagte ich mich und versuchte,

Garibaldi zu entheddern, wofür ich einen anklagenden Blick erntete. Als wollte der Kater sagen: „Dann steck es nicht dort rein.“ Ich entheddderte weiter, und gab entsprechende Anweisungen zur Erleichterung meiner Arbeit: „Schlüpf mal hier durch“, und „Pfote weg“, und „Schnurrhaare Achtung!“ Wir bekamen es hin, auch wenn am Ende der Aktion ein bisschen Fell meines neuen Freundes an der Kamera haftete. Ich schob den Kater zurück in die unergründlichen Tiefen meiner Winterbekleidung, pirschte mich mit dem digitalen Auge näher an den Tod heran.

Das Gesicht der Leiche sollte schon auf meinen Bildern zu sehen sein, überhaupt sollte der Betrachter etwas auf ihnen erkennen. Mir blieb nichts anderes übrig, als den Schnee mit meinem Ärmel ein wenig zur Seite zu schieben. Ich war mir sehr bewusst, dass ich gerade einen Tatort geringfügig veränderte – wirklich *sehr bewusst*, denn der Kopf der Leiche saß zwar soweit ich das beurteilen konnte auf den toten Schultern, aber was war mit dem Schädel? Und das Gesicht … wo war das Gesicht?

„Das ist ein Mordfall“, murmelte ich und wusste wirklich nicht, ob ich entsetzt oder interessiert sein sollte. Ich war entsetzt.

Was ich zuerst für Schnee gehalten hatte stellte sich als Federgewerk heraus. Daunen aus einer Jacke, die aus der Brust der Leiche quollen. Gab es in diesem Wald Bären? Wölfe? Füchse? Da war etwas an uns vorbeigehuscht. Vorher. Musste etwas Riesiges gewesen sein und dieses Riesige könnte irgendwann seine Zähne in diesen Körper geschlagen und Stückchen davon herausgerissen haben.

Ich schwankte und Garibaldi mit mir. Verwundern konnten mich da die Überreste von Erbrochenem, die seitlich in Höhe der nicht mehr vorhandenen Wangenknochen, zu einer frostigen Masse zusammen gefunden

hatten, nicht. In Memoriam. Ein Relikt des gestürzten Athleten. Kein Wunder.
Ich schaffte es gerade noch rechtzeitig ein paar Mal auf den Auslöser zu drücken, bevor es in meinem Waldstück lauter wurde. Zeit, mir das Ergebnis anzuschauen, blieb mir keine. Wir bekamen Gesellschaft.
Leider beleuchteten die Scheinwerfer der Raupen auch noch etwas, das ich auf gar keinen Fall beleuchtet haben wollte – Fußspuren. Meine. Ich hatte den Schnee auf der kompletten Längsseite der Leiche niedergetrampelt. Dazu konnte man ganz prima sehen, wie sich die Schritte auf den toten Körper zubewegten. Verwischen, tarnen, sagte ich mir und riss nicht ganz mühelos einen schwächeren Ast von einer der Fichten ab, den ich beim Rückwärtsgehen am Boden entlang schwenkte, um die groben Tritte des Offensichtlichen wenigstens ein Stück weit abzumildern. Das sollte genügen, würde es aber wahrscheinlich nicht, wenn jemand genau hinschaute.
„Garibaldi“, flüsterte ich in meinen Parka. „Komm raus und mach' dich nützlich. Wir brauchen Spuren, die nicht nach Casper Brandt aussehen.“
Die Katerpfoten waren nicht die einer Wildkatze, doch wer würde schon glauben, dass da jemand mit einer Hauskatze durch den Wald gestapft war. Ich kehrte vorsichtig über meine Fußspuren und setzte dann den Kater ab, der ratlos zurückblickte. „Lauf einfach ein bisschen herum“, schlug ich vor und machte Garibaldi vor, wie ich mir das Herumlaufen vorstellte. Es sah erstens reichlich dämlich aus, und war zweitens nur dazu gut, dass ich mit dem Fichtennadelzweig die zurückgebliebenen Untiefen anschließend wieder ausmerzen musste. Aber ich möchte dazu anmerken, es klappte, und das tat es gerade noch rechtzeitig, weil jetzt

oberhalb des Abhangs Männer auftauchten.
Einige trugen Anzüge, doch das Design war *Tyvek-Classic-Art* und sehr weiß. Die Schutzkleidung der Spurensicherer. *Spuren*sicherung. Das Wort veranschaulichte eine tückische Zweiseitigkeit.
Garibaldi kam mir entgegen, was mir wirklich sehr *entgegenkam* und ich steckte ihn wieder ein. Ah, uhhh, du bist nass! Ich sagte es nicht, aber ich dachte es und das ziemlich anschaulich.
So schnell es mir, Casper Brandt, dem emsigen Spurentilger, mit seinem Kater und dem Zweig im Anschlag möglich war, verkroch ich mich hinter ein paar Bäumen. Eigenwerbung war hier nicht angeraten.
Die Leute in den Anzügen erregten weniger meine Aufmerksamkeit, aber ein anderer tat es. Diese Best-Western-Cowboy-Stimme würde ich überall erkennen. Sie gehörte zu Ingbert Reif. Ein Name wie ein alter Käse, und oftmals war der dazugehörige Mensch genau so stinkig. Unweigerlich bescherte mir dieser Tenor ein Erlebnis der besonderen Art – unsere gemeinsame Zeit bei der Kriminalpolizei. Irgendwann einmal hatte ich mir mit Ingbert ein Büro geteilt.
Momentan teilten wir uns einen Wald, nur war er immer noch der Polizist und ich sein erster Verdächtiger, würde ich jetzt auch nur die kleinste *Spur* eines Geräusches von mir geben. In jedem Fall hätte ich diesen Thriller lieber aus größerer Entfernung verfolgt. Ingbert war leider ein viel zu guter Polizist, um ihm so nahe zu kommen. Meine Angst übertrug sich wohl auch auf Garibaldi, der nervös unter meinem Parka rumorte.
„Sie haben hier aber gar nichts verloren!“, knurrte Ingbert und ich dachte schon, er hätte mich entdeckt. Aber der Herr Hauptkommissar würde mir kein höfliches „Sie“ widmen.

„Ich bin verantwortlich“, kam es zögerlich zurück, mit einem Fragezeichen versehen. Den Sprecher konnte ich leider nicht ausmachen, er stand für mich zu weit entfernt.
„Verantwortlich. Wofür – den Toten?“, fragte Ingbert Reif jetzt bergauf. „Ich muss schon sagen, eine saudumme Stelle, um eine Leiche zu entsorgen.“
„Nein!“, versicherte der Neuankömmling entsetzt. „Natürlich nicht! Die Lei … der tote Mensch könnte ein Biathlonfan sein … gewesen sein. Vielleicht war es ein Herzinfarkt. Ist ja gerade wahnsinnig spannend. Wir tragen hier schließlich einen Weltcup aus.“
Ingbert Reifs Blick konnte ich nicht sehen, aber ich wusste, wie er schaute – Kobragleich, zum Biss bereit. „Nicht zu beneiden, die Biathlonfans.“ Von seinen Lippen troff Sarkasmus. „Liegen hier vielleicht noch ein paar? Wir sollten das nachprüfen“, meinte er dann und gab vor, ein paar Tasten auf seinem Handy zu drücken, um eine Leichensuche einzuleiten.
Oje! Der Kriminalhauptkommissar mit dem Käsenamen war sauer. Ich konnte nur hoffen, dass das tatsächlich ein Scherz gewesen war, denn er würde mich unweigerlich entdecken. Mein Versteck war keines, und eine lautlose Flucht gleichfalls unmöglich.
„Wir sollten darüber reden“, versuchte es der arme geschockte Mann.
Das wäre auch meine Variante gewesen, falls Ingbert mich neben einer Leiche, am Schauplatz eines ungeklärten Todesfalles erwischen würde. Nur war ich dem Menschen, der am Abhang auf die Szenerie herunter blickte, gegenüber unwesentlich im Vorteil – wir kannten uns. Und da gab es eine Geschichte, von der er wahrlich nicht wollen konnte, dass ich sie erzähle.

Ingbert ignorierte den Vorschlag und holte stattdessen zum nächsten Schlag aus. „Tja, da hätten wir dann noch eine beunruhigende Kleinigkeit – Ihr Anruf … der kam gar nicht zeitnah und jetzt muss ich mich natürlich fragen, warum das so ist.“

Einen langen Augenblick wurde geschwiegen, dann: „Wir mussten uns doch erst versichern, dass alle Sportler in ihren Unterkünften sind und keiner fehlt. Keiner, der nicht auch zuvor schon nicht da war. Außerdem sind da noch die Trainer, die Betreuer, die Ärzte, die Therapeuten, die Techniker …“

„Hol ruhig mal Luft!“, flüsterte ich, und tatsächlich wurde dort hörbar Atem geschöpft, um eine neuerliche Verteidigung zu starten. *Keiner, der nicht auch zuvor schon nicht da war.* Das behielt ich. Ein komischer Satz. Wäre ich an Ingbert Reifs Kommissarstelle, hätte ich da geschwind mal nachgehakt.

„Eine beunruhigende Kleinigkeit hätten wir hier auch“, sagte jetzt einer der Spurensicherer. „Hier sind überall … Katzenspuren.“ Er klang verdammt ungläubig, als würde er sich selbst nicht trauen.

Ja, Katzen sind schon eine Größe, fand ich. Die Abdrücke waren schön irreführend. Und Ingbert ließ sich zum Glück auch in die Irre führen.

„Die Katze war jedenfalls nicht der Mörder“, stellte er fest.

„Mein erster Toter!“, jammerte der Verantwortliche und fingerte nervös an seinem Kinn herum.

„Ach, dann sind Sie der Mörder … mit Begleitkatze.“ Das würde ich jetzt tierisch spekuliert nennen, und dabei hatte es für den Hauptkommissar noch gar keine Gelegenheit gegeben, sich den Ermordeten genauer anzusehen, der könnte auch einfach nur tot sein. Ich fand, die Leute sollten sich allmählich ein bisschen beeilen. Nur, für eine Leiche wurde sich nicht beeilt, die konnte niemand mehr zum Leben erwecken. Meine Füße begannen kälter als bloß kalt zu werden und ich begann, auf der Stelle zu treten. Und jetzt fiel mir ein, dass ich Hunger hatte. Oder meinem Magen fiel es ein. Oder dem Magen des Katers. Irgendetwas knurrte, aber ich konnte schlecht Ingbert nach etwas Käse fragen. Ich versuchte mich in einer Kombination von Ermittler- und Polizeidenken.

Fürs Gedächtnisprotokoll: Drei Dinge die mir auffielen, und das war zum einen der Körper, der nicht roch, was mir sagte, er war gut gekühlt, zum anderen die Fressattacken der Wildtiere, was mir sagte, er konnte nicht frisch *tot* sein und zum anderen die Auffindesituation.

Es wäre interessant zu hören, ob diese untere Abhang-Ebene zugleich auch der Tatort war.

Ich stand weitere dreißig Minuten in der Kälte und wartete die Bergungsaktion der Leiche ab. Es dauerte …

Untermalt wurde das Ganze von den zunehmenden Querelen der beiden Platzhirsche.

„Ist doch vollkommen unwesentlich, was ich sage. In Wahrheit wollen Sie gar nichts hören. Sie mögen den Sport nicht, hab ich Recht? Sie mögen kein Biathlon, weil Sie der Typ *Wüste* sind.“ Das ging an den Kommissar und war ganz sicher nicht nett gemeint, weil es auch nicht nett betont wurde.

Sollte ich je ein Wort mit diesem Verantwortlichen wechseln, wollte ich ihm auf die Schulter klopfen. So schnell hatte das noch niemand erfasst. Selbst meine Wenigkeit musste erst die Schlangenlederstiefel sehen, um zu kapieren, dass Ingberts Element *Sand* war. Wenn da vor meiner Nase keine Leiche gelegen hätte, ich würde mich vor Lachen im Schnee der Wolfsschlucht wälzen. Nur leider war Ingberts Humor auch in der Wüste angesiedelt.

„Passen Sie auf", warnte ihn Ingbert Reif. „Wenn es mir beliebt, kann ich hier den Schnee schmelzen lassen. Dann können Sie Ihren ganzen Weltcup vergessen!"

Wäre ich hier verantwortlich, ich hätte Ingberts Warnung todernst genommen.

„Was sind Sie denn für ein Polizist?", regte sich der Mensch auf.

Bestimmt lag es daran und an den fuchtelnden Bewegungen, die den *Verantwortlichen* aus dem Gleichgewicht brachten. Dazu kamen die Eisglätte und das Rutschgewicht. In jedem Fall machte es Rumms und der Mann sauste mit käfergleich in die Höhe gereckten Beinen hangabwärts.

„Woohh", untermalte der Verantwortliche diese unfreiwillige Rutschpartie und „Mann, gottverdammt!", steuerte Ingbert Reif bei, den der andere im Rutschen prompt von den Füßen fegte. Die Männer in ihren *schneeweißen* Anzügen schafften gerade noch den Sprung zur Seite, bevor der Verantwortliche samt dem Kommissar auf der Leiche landete.

Das Bild, wie die beiden dort obenauf lagen, war es nicht, das einem sämtliche Eingeweide zusammenzog, sondern die Situation des Auftreffens zweier anderer Körper auf dem Toten und das begleitende Geräusche-Potpourri; ein Knacken, ein Zermalmen und das Fluchen der beiden Zerstörer. Ich stöhnte laut auf, um im selben Moment zu wissen, dass ich mich damit verraten würde. Doch weil die Situation gerade überhaupt nicht von der sprichwörtlichen Totenstille eingehüllt war,

blieb mein Kommentar ungehört. Das Team der Spurensicherung packte seine Koffer zusammen und ich konnte Verschlüsse schnappen hören.
„Wollen Sie die Leiche nicht abtransportieren?“, fragte der Verantwortliche, der sich bislang noch keinen Millimeter vom Fleck bewegt hatte.
„Wollen schon“, meinte einer der Männer.
„Sagen *Sie* doch was!“ Die Aufforderung galt dem Kommissar; die beiden saßen ja sprichwörtlich in derselben Leiche.
„Das glaub ich alles nicht!“ Ingbert Reif lachte ein absolut angebrachtes, verdammt trockenes Lachen.
Wo er Recht hatte … mir wäre das mit dem Glauben gerade auch schwer gefallen. Trotzdem, sitzen bleiben und sich still verhalten, fand ich nicht besonders schlau. Was spielten die da? Wer sich zuerst bewegt, verliert? Ich ertappte mich dabei, wie ich durch die Baumlücke schielte, um einen Blick auf Ingbert Reifs Schuhe zu erhaschen, deren Sohlen mir entgegenschauten – natürlich Cowboyboots.
„Was ist da nicht zu glauben, hm? Sie haben die Leiche platt gemacht“, beschrieb einer der Spurensicherer treffsicher das Dilemma.
„Und Sie hocken auf unserem Beweismaterial“, meinte ein anderer.
Ausnahmsweise hielt Ingbert Reif den Mund, ich hörte jedenfalls keine Erwiderung.
„Helfen Sie mir auf … bitte“, sagte der Verantwortliche und streckte den Spurensichernden gleich beide Hände entgegen.
Die Männer sahen zuerst sich an, und danach zu Ingbert Reif. Und jetzt rührte er sich. Er verschränkte die Arme vor seiner Brust.
„Kommen Sie“, lautete die Aufforderung an den Fragenden und Ruckzuck fand sich der Mensch stehend auf dem verharschten Schnee

wieder. Ein dankbarer Verantwortlicher wollte sich die Kleidung abklopfen, unterließ es jedoch, weil sich auf der Rückseite seiner Hose dutzende Daunenfedern aus der Jacke des Toten festklammerten. Vielmehr nutzte er die neu gewonnene Standfestigkeit, um sich vor Ingbert Reif aufzubauen und überdeckte damit meine verwischten Fußspuren. Aber bevor er loswerden konnte, was er zu sagen hatte, durchschnitt das Klingeln eines Handys die nächtliche Winterluft.
Ein jeder in dieser illusteren kleinen Runde versuchte an besagtes Gerät zu gelangen, um zu schauen, ob nicht er gemeint sein könnte. Gemeint war allerdings der Kriminalhauptkommissar und dessen Handy steckte in seiner Jackentasche, die gerade unter seinem Hintern klemmte, der wiederum rückwärtig in der Leiche hing. Ingberts Mund bildete einen schmalen Strich, als er todesmutig nach unten hinten fasste. Die Bewegung erfolgte blitzschnell und war kaum zu verfolgen, als er schließlich das kleine Ding aufklappte und ans Ohr hielt. „Ja."
Ein Würgelaut aus mindestens vier Kehlen kommentierte die Handhabung. Ich strich mir angewidert über die linke Wange, an die Ingbert gerade sein Handy hielt. Sein Gesicht schmückten jetzt sicher ein paar Leichenfetzchen. Garibaldi reckte den Kopf aus dem Parka und leckte sich über die Nase. Jedem seine eigene Meinung. Was Ingbert Reif da am Telefon vermittelt bekam, schien ihn richtiggehend wütend zu machen.
„Wie nennt sich das? Soll ich Ihnen mal sagen, wie *ich* das nenne? Erpressung!", fauchte Ingbert und fixierte jetzt den Verantwortlichen. „Hat der Knilch Ihnen etwa auch das Märchen mit dem kollabierten Biathlonfan aufgetischt? Welchen Teil habe ich denn da grade *nicht* verstanden? Dass ich neuerdings ein Mitglied der Gebrüder Grimm bin

... Ach, Sie können mich mal!“
Zuerst dachte ich, Ingbert würde ausholen und sein Handy in die Schneelandschaft pfeffern, aber er steckte es nur erbost weg.
„Was geht hier ab, HERR Grimm?“, schrie er den Verantwortlichen an.
Herr Grimm und Ingbert Reif, und das in der Schlucht der Wölfe. *Märchen*haft.
Dafür erfuhren wir nun alle den Grund der schon früher vom Kriminalhauptkommissar angemahnten Zeitverzögerung in Bezug auf den Leichenfund.
Der Verantwortliche Grimm zog nun, von einer leichten Aufwärtsbewegung der Mundwinkel begleitet, sein Ass aus dem Ärmel. Zu sehen war vom triumphalen Verziehen der Mundwinkel freilich nichts, aber meine sich selten irrende Intuition konnte das erahnen.
„Ich habe mit allen telefoniert, die es angeht. Auch mit dem Vorgesetzten des Vorgesetzten Ihres Vorgesetzten … das ist der Polizeipräsident, jawohl! Wir sind uns einig – der Weltcup wird stattfinden wie geplant. Das ist eine länderübergreifende Angelegenheit; die Welt ist zu Gast in Thüringen.“ Die *Welt* wurde betont.
„Zu Gast bei toten Freunden, wie?“, ätzte Ingbert Reif. „Sehe ich.“
„Niemand wird von der Leiche in der Wolfsschlucht erfahren. Wer das auch immer war, er ist tot und das muss nicht in die Presse. Der Athlet, der ihn gefunden hat, ist bereits abgereist. Wegen Krankheit. Er wird nichts anderes sagen, sonst kann er seine Karriere gleich mit dem da begraben.“
Der Tod hinterlässt nunmehr Überreste; aber zu irgendeinem Zeitpunkt beherbergten diese Körperreste einmal Leben und eine Seele. *Der da* war

jedenfalls vor kurzem noch ein Mensch. Wie man von und über die Toten spricht, ist Charaktersache und Abfälligkeiten dieser Art mochte ich gar nicht. Der Verantwortliche würde jedenfalls von mir kein Schulterklopfen mehr bekommen. Die Herrschaften waren an diesem Ort des Todes wohl noch eine ganze Weile beschäftigt. Meine Füße aber waren jetzt schon tiefgefroren und meine Bauchregion meldete erneut Hungergeräusche. Es bedurfte keines Blickes auf meine Pilotenuhr, um zu wissen, dass der Abend die mitternächtliche Stunde längst passiert hatte. Was sich hier auch immer sonst noch zutragen würde, mir genügte es vollkommen. Ich wollte auf dem schnellsten Weg nach Hause ins Warme.
Garibaldi rührte sich, streckte den kleinen Kopf aus dem Parka und mir ein paar Schnurrhaare entgegen. Es war sehr nett, aber auch sehr zum Niesen. Ich hielt mir die Nase zu, um mich nicht durch eine Katzenzärtlichkeit zu verraten. Das hätte ich mir schenken können, denn noch während ich zwei Finger in Waschklammermanier über meine Nasenflügel geklemmt hielt, bimmelte schon wieder ein Handy und ich hatte das blöde Gefühl, dass es diesmal meines war. Wie Ingbert Reif es vorgemacht hatte, klappte ich jetzt in Turbogeschwindigkeit das Handy auf und drückte in rasender Abfolge gleich so viele Tasten, dass das Ding keine *Wahl* hatte und Ruhe geben musste. Natürlich zu spät, denn der Leichenbergungstrupp um den Kriminalhauptkommissar schwenkte seine Scheinwerfer abrupt aber exakt in meine Richtung.
So, Casper Brandt. Entweder bist du richtig schnell oder es wird richtig unangenehm, sagte ich mir und glaubte mir auf's Wort. Die Beleuchtung erhellte mich, setzte mich ins Rampenlicht, und ich zog den Kopf ein, dass wenigstens mein Gesicht im Dunkeln lag.

Jemand sagte: „Da läuft ein Kerl in einem Kapuzending. Sieht aus wie der Schwarze aus Star Wars."
Darth Vader. Ja, schon komisch, wie objektiv man sich selbst doch manches Mal gegenüber steht.
„Wenn der von einem der hiesigen Käseblätter ist, kann sich der Polizeipräsident ganz schnell was einfallen lassen. Herr Grimm, das ist Ihr Einsatz. Das *muss* gemeldet werden." , wobei ihm die Schadenfreude anzumerken war..
Bewegung kam in die illustere Runde, und das war mein Stichwort loszustarten. Alle Gedanken bezüglich meiner verräterischen Fußspuren hatten sich erübrigt. Kurz darauf dachte ich Schritte zu hören; hinter mir und neben mir und überall, aber ich meinte, einen passablen Vorsprung zu haben. Und Ingbert Reif würde sich doch nicht die Mühe machen zu rennen, der doch nicht. Nicht in seiner Exklusiv-Beschuhung. Die Käseblattangst war natürlich völlig unbegründet. Es verhielt sich viel schlimmer. Chris Harte war ein Fernsehmensch und keiner dieser Schmierfinken. Und wer, außer Chris, sollte mich sonst um diese Zeit auf dem Handy anrufen wollen. Aber mein aktuelles Problem hieß Verfolgung und Entdeckung, also trieb ich mich selbst zur Eile an. Es war bergab schon schwierig gewesen, aber jetzt wurde es auch noch anstrengend und enorm schweißtreibend, weil es steil bergauf ging. Verbergen konnte ich mich nirgendwo, außer ich legte ein paar falsche Spuren, doch dazu fehlte mir die Zeit. „Rennen, Casper Brandt!", feuerte ich mich an. Und wo meine Kondition gerade für mich selbst genügte, brauchte ich sie jetzt für zwei. Ich musste dem Licht entkommen und mögliche Verfolger abschütteln, was zur Folge hatte, dass der arme Garibaldi in

meinem Parka auf und ab hüpfte wie ein Gummiball.
„Tut mir leid, aber wir flüchten grade!“, lautete meine Entschuldigung. Noch ein paar Meter – fünfzig ... zwanzig – dann konnte ich meine Taschenlampe wieder zum Einsatz bringen. Die brauchte ich unbedingt, denn jetzt befand ich mich wirklich im finsteren Wald, und der Mond leuchtete gar nicht helle. Man brach sich hier ja Bein und Hals. Eine Hand an meinem Bauch, um meine Laufschritte wenigstens ein bisschen abzumildern, die andere an der Seitentasche, in der zur Hälfte die Halogenlampe steckte, brachte mich etwas zum Straucheln. Mein Fuß, mein Schuh, mein Bein verfingen sich und ich wurde rüde gestoppt. Alles, was fliegen konnte, flog – meine Person eingeschlossen.
Garibaldi schaffte rechtzeitig den Absprung während ich gerade mal eine Vierteldrehung schaffte; für mich wäre es in jedem Fall schief gegangen. Was auch immer mich hier eingefangen hatte, schlang sich jetzt um meine Beine. Ich landete unsanft auf der Seite und machte dort Bekanntschaft mit einer dicken Wurzel, die die schneebedeckte Walderde gekonnt verborgen gehalten hatte. Es war ein Gefühl, als würde einem die Hüfte zertrümmert und einen langen Augenblick bewegte ich mich nicht. Ich wollte erst später wieder wissen, ob ich es konnte, gerade interessierte es mich nicht, weil der Schmerz kugelblitzartig einschlug.
Es dauerte, bis ich wieder auf die Beine kam. Vor lauter Ärger machte ich mir die Mühe, das Corpus delicti, welches mich zu Fall gebracht hatte, mitzunehmen. Ich konnte ziemlich nachtragend sein. Garibaldi gab für den Rest des Weges den Fußgänger, er wollte nicht mehr eingesteckt werden.
Wir beeilten uns nicht, obwohl wir das vielleicht hätten tun sollen.

Ingbert Reif konnte sich wahrscheinlich nicht einfach von einem Leichenfundort entfernen, was er aber bestimmt getan hätte, wäre es Sommer gewesen. Was hatten wir doch Glück, heute Nacht! Ich war nämlich allerhöchstens ein Kurzstreckenläufer. Und gerade genügte es nicht einmal für kurz. Ich schleppte meine angeschlagene Hüfte und meine Riesentreter weiter durch den Wald. Die Strecke erschien mir ähnlich ausgedehnt und beschwerlich wie eine Pilgerreise nach Santiago de Compostela. Du bist erledigt, Casper Brandt. Müde, gestand ich mir ein, aber es half nichts; die beginnende Trägheit wurde von einem sagenhaften Hungergefühl abgelöst. Auch dem Kater schien es ähnlich zu gehen.

„Hey, was ist mir dir?“ Garibaldis Humpeln ließ mich auf die vereiste Schneedecke aufmerksam werden. „Komm schon Kämpfer, lass schauen“, log ich und schnappte ihn mir. Und jetzt war Schluss mit zu Fuß gehen. Diesmal klemmte ich ihn unter den Arm, es war ja nurmehr ein kurzes Stück. Wie verteufelt lang „kurz“ doch manches Mal sein kann. Es dauerte nämlich, bis ich endlich die verräterische Ausbeulung im Zaun wieder fand, die ich beim Hinüberklettern verursacht hatte. Wir nahmen gemeinsam und mit allerletzter Kraft diese Hürde.

Der Opel stand gut getarnt, eingeschneit auf dem Parkplatz. Garibaldi setzte ich auf den Beifahrersitz und ich selbst bugsierte meinen gefallenen, lädierten Körper mühevoll hinter das Lenkrad. Chris Harte wartete sicher auf meinen Anruf, doch man musste lernen Unterschiede zu machen: Es gibt Dringendes und Wichtiges. Dringend war rein gar nichts, wichtig aber, endlich etwas gegen die aufdringlichen Knurrgeräusche zu unternehmen. Der Kater und ich, wir machten beide nicht den

allerbesten Eindruck; es konnte nur besser werden, würde es auch, wenn wir etwas zu Essen bekämen.
Auf meiner Opel-Uhr war es 2.20 Uhr. Schon, dachte ich.
Auf meiner Pilotenuhr dagegen 3.20 Uhr. Ach, dachte ich.
Regelmäßig boykottierte ich die Winterzeit, und es gibt ja noch immer Uhren, die *kein* Eigenleben führen. Die einzige Möglichkeit, die uns beide zufrieden stellen und uns einen vollen Magen bescheren würde, war eine Tankstelle anzusteuern. Wo sonst bekommt man um halb vier Uhr morgens Katzenfutter?
Das fragte sich auch der Mensch, der um diese Zeit an der Kasse saß und dem die Augen zuzufallen drohten und bestimmt schon einige Male zugefallen waren.
„Nee, keine Ahnung, sorry!“, entschuldigte er sich auf meine Frage, was eine Katze denn so zu sich nahm. „Hundefutter haben wir aber.“
„Kleinen Augenblick“, sagte ich. Wie sollte ich wissen, ob das für meinen neuen Freund in Ordnung war. Also, ging ich zurück zum Auto. Garibaldi stand auf dem Sitz, und hatte die Vorderpfoten seitlich am Fenster aufgestützt. Er wirkte verlassen und zutiefst traurig.
„Was hast du gedacht, dass ich mich aus dem Staub mache, toll Essen gehe?“ Jetzt war ich beleidigt. Ich setzte mich, um die Sache mit dem Hundefutter zu klären. „Du weißt, dass ich nicht weiß, was Katzen mögen. Der Mensch dort drin weiß es auch nicht“, begann ich, aber allein ein solches Gespräch würde sich hinziehen, und dann hatten wir immer noch nichts zu Essen.
Ich nahm den Kater auf den Arm. Wir passierten die Reihen, aber ich hatte auch beim zweiten Durchgang noch immer keine Ahnung.

Dann kam mir völlig unerwartet liebenswürdigerweise der Kassenmensch zu Hilfe, der eine Dose in der Hand hatte und winkte. „Katzen mögen doch Fisch, oder?“
Warum war ich da nicht selbst drauf gekommen, natürlich, Fisch. Meine Favoriten waren die Bewohner der Meere nicht unbedingt, allein der Geruch – außerdem war es dafür noch zu früh. Aber es gab diese Brotschnitten und es gab abgepackte Wurst und Käse. Und der nette Kassenwart steckte mir einen Dosenöffner in die Tüte mit dem Kommentar „Geht aufs Haus.“
Am Ende der Nacht hatte der dünne Kater den Inhalt dreier Fischdosen aufgefuttert und für mich waren es drei belegte Brote geworden. Dazu wurde Mineralwasser gereicht; schon älter und ein wenig schal vom Aufenthalt im Seitenfach, aber für den Kater ging ohnehin keines mit Kohlensäure. Nach unserem gemeinsamen Mahl ließ ich den Motor an und wir steuerten gesättigt, aber komplett erledigt, unsere in den allerfrühesten Morgenstunden so wunderbar ruhige Seitenstraße an.
Ich spürte jeden einzelnen Knochen, jeden einzelnen Muskel, jeden einzelnen Nerv in meinem Körper und zum ersten Mal freute ich mich auf ein heißes Bad, wo ich mich sonst jeden Morgen über die antiquierte Badewanne mit dem Pinkelbrausekopf ärgerte, weil ich gerne duschen wollte. Einmal hatte ich Frau Eusebia gefragt, wie es denn mit einer Duschkabine wäre.
Sie meinte nur: „Wenn Sie duschen wollen, Herr Brandt, mieten Sie sich doch eine Wohnung mit einer Dusche.“
So erbarmungslos konnte sie sein.

5
Leitfäden

Sie haben ihn erwischt, war Chris Hartes erster Gedanke, als er Casper am Handy zu erreichen versuchte und es nicht schaffte. Es klang so, als wären da Stimmen im Hintergrund zu hören, dann … als würde jemand auf gigantisch viele Tasten gleichzeitig drücken – weil er die richtige womöglich nicht fand? Noch vier Mal wählte Harte die Nummer, doch da rührte sich nichts mehr. Wenn sich am Vormittag noch immer nichts rührte, würde er sich im Polizeipräsidium erkundigen, ob womöglich jemand namens Casper Brandt festgesetzt worden war und dem ungeschickten Privatermittler einen Anwalt besorgen. Konnte es sein, dass sich der Auftrag als so kompliziert entpuppt hatte? Oder hatte Casper nur die falsche Abzweigung genommen …

Harte war sicher, der gestürzte und elendsbleiche Biathlet war Niko Vormann gewesen; mittlerweile hieß es, Vormann hätte wegen Krankheit seine weitere Teilname am Weltcup abgesagt. Sehr schnell kam diese Entscheidung und sie war ziemlich endgültig. Die Deutschen Biathleten waren, wie Chris Harte auch, in der Bundeswehrkaserne oberhalb des Biathlonstadions untergebracht. Dort hatten sie kurze Wege zum Wettkampf und optimale Trainingsbedingungen. Harte schnüffelte sozusagen ein bisschen hinter den Kulissen.

Er wollte eine Reportage machen und hatte es geschafft, für sich ein Bett in der Kaserne zu organisieren. Dort war Gemütlichkeit praktisch nicht vorhanden, aber dafür bekam er die Sportler und ihre Befindlichkeiten

hautnah mit – Stoff, der sonst keinem Sender zur Verfügung stand und den keine Kamera einfangen konnte. Er beobachtete das Training, erfuhr, wie man die Ski optimal für die Strecke präparierte, worauf es beim Schießen wirklich ankam, und welche persönliche Bedeutung das Gewehr eines Athleten für denjenigen hatte. Verdammt spannend.
Chris Harte könnte einige Sequenzen vor den Rennen einspielen; es gab auch Interviews. Von Axel Alt, Martin Roth, Andreas Fuchs, Peter Wagenbrecht, Dennis Paulsen, Frank Ringel und Niko Vormann. Und man fand ziemlich schnell heraus, wer sich gern in den Mittelpunkt stellte, wer Sprüche klopfte, wer sich wahnsinnig toll fand oder im Gegenteil, wer ruhig, und wer zurückhaltend war. Überdies bekam Chris allerhand Gespräche und sogar Privates mit, hörte Gerüchte, wer sich mit wem vergnügte und wer gerade verlassen worden war, wer Ärger hatte und wen das Heimweh plagte. Aber das war allein Sache der Sportler, basierend auf Vertrauen würde er natürlich nichts davon verwerten. Niko Vormann, der Gestürzte und einer von den Sympathischen, war mit seinem Gepäck gerade dabei, sich zu verabschieden.
„Der ist ja immer noch da", brummelte Chris vor sich hin. Seine Neugier warf einen langen Schatten voraus. Vielleicht gab es hier ja noch etwas in Erfahrung zu bringen. Aber egal, Harte wollte ihm aber wenigstens Glück wünschen, wo den Armen selbiges in der Wolfsschlucht schändlich im Stich gelassen hatte. Bevor Vormann in seinen Wagen steigen konnte, rief ihm Chris zu: „Ich hatte eigentlich gehofft, noch ein persönliches Autogramm zu ergattern", doch nach dem Gesichtsausdruck Niko Vormanns zu urteilen, war das die falsche Taktik.
„Ein andermal, ja?", sagte der teilnahmslos. Dann aber erkannte er den

Reporter und sein Gesicht hellte sich ein wenig auf. „Sie haben die Interviews gemacht. Können Sie das denn alles verwenden?"
„Nein, nicht alles", gab Chris Harte zurück. Denn wo ein Niko Vormann sich zu einer Angelegenheit dezent geäußert hatte, wollte ein anderer nicht als Langeweiler gelten und trumpfte ein bisschen auf. Sogar ein bisschen sehr. Und davon konnte man rein gar nichts verwenden.
„Ja, verstehe", meinte Vormann und Chris glaubte ihm. Der Mann kannte seine Kollegen.
„Wollen Sie wirklich alles hinschmeißen? Bislang liegen Sie im Gesamtweltcup auf Rang acht; und wenn ich nicht gänzlich falsch informiert bin, stellt ein gewisser Autohersteller eines seiner neuen Modelle für die Plätze eins bis fünfzehn zur Verfügung."
„So ganz falsch sind Sie nicht informiert. Da ist schon was dran. Soll sich doch Axel Alt einen sichern", sagte Vormann.
Das gefiel Harte nun gar nicht, er war definitiv kein Axel-Alt-Fan.
„Wäre dann schon sein zweiter, wenn ...", er hob einen Finger.
„... wenn Sie nicht gänzlich falsch informiert sind ... Herr ... jetzt hab' ich Ihren Namen vergessen", entschuldigte sich Niko Vormann.
Casper Brandt hätte sich jetzt garantiert in James-Bond-Manier vorgestellt, aber hier stand Chris Harte und der griff in seine Hemdtasche, in der er immer ein paar Visitenkarten untergebracht hatte und reichte dem Athleten eine.
„Weiterhin viel Erfolg", wünschte ihm Chris.
„Wollen Sie immer noch ein Autogramm?", fragte Vormann jetzt.
„Ja, ja klar." Harte wartete; im Normalfall bunkerten die Elite-Athleten stapelweise vorsignierte Autogrammkarten, doch Niko Vormann nahm

eine *Nichtsignierte* aus dem Seitenfach seiner XXL-Sporttasche und schrieb beinahe eine Kurzgeschichte drauf.
Für Chris Harte – den Mann hinter den Kameras
Niko Vormann
„Danke", meinte Chris Harte und nahm die Karte entgegen.
Die Wagentür wurde zugeschlagen, Vormann hob grüßend eine Hand, bevor er die Rückreise nach Ruhpolding antrat. Chris musste noch denken, dass es dort am unmittelbaren Alpenrand mit Bestimmtheit ähnlich verschneit aussah wie in Oberhof.

Peter Wagenbrecht und Andreas Fuchs fühlten sich einfach nur supergut. Endlich Weltcupluft schnuppern. Niko Vormann war abgereist und Linus Moritz aus unerfindlichen Gründen gar nicht erst erschienen. Das war ihre Chance. Man hatte sie aus dem IBU-Cup nachnominiert, um die Kollegen zu ersetzen. Die beiden Zimmerkollegen hatten sich gefreut wie die Schneekönige, als der Anruf von Karl Müller kam. Ein Weltcupeinsatz und dann auch noch in Oberhof. Singend hatten sie vorgestern in ihren Betten gelegen. „Wir fahr'n nach Oberhof, Oberhof, Oberhof ... " tönte es für alle, die es hören konnten, aus dem Hotelzimmer.

Jetzt waren sie beim offiziellen Training auf der bekannten und schweren Rennstrecke. Die Techniker taten ihr Bestes den passenden Ski zu präparieren, aber der Schneefall erleichterte ihnen den Job nicht. Die Strecke war an den Anstiegen tief, was dem großen, gewichtigen Andreas Fuchs weit mehr zu schaffen machte, als seinem schmächtigen Freund. Vereinzelt befanden sich Zuschauer an der Strecke, die ihnen zujubelten.

Morgen würde hier die Hölle los sein. Schweigend fuhren sie ziemlich rasant die Wolfsschlucht hinunter, nahmen den bissigen aber kurzen Anstieg, das anschließende Flachstück zum Birxsteig, und schon ging es wieder bergauf. Die Kameras standen noch abgedeckt und verlassen auf ihren Podesten. Andreas schaute Peter an und lachte übermütig. „Wir haben es geschafft, Alter! Morgen geht's ans Eingemachte."
Peter grinste verlegen. „Irgendwie hatte ich mir das alles ein bisschen anders vorgestellt. Die anderen sind so komisch, als hätten wir vor, bei ihnen zu Hause einzubrechen. Und mit Linus stimmt auch was nicht, aber was solls, wir sind hier und greifen morgen an. Und das lassen wir uns auch von denen nicht vermiesen."
„Hoffentlich kriegen die meinen Ski morgen besser hin, denn grade hab ich das Gefühl, als würde bei jedem Schritt jemand von hinten ziehen."
„Du bist einfach zu dick für diesen Sport", flachste Peter und schlug mit der Stockspitze gegen einen Baum, dass Andreas hinter ihm die ganze Ladung Schnee abbekam.
Jetzt waren sie am Schießstand und legten sich nebeneinander. Karl Müller stand hinten im Trainerbereich und schaute durch sein Fernglas. Andreas hatte sich im Sommer eine neue Waffe bauen lassen und war darauf mächtig stolz. Die Gravur auf dem Schaft hatte er selbst entworfen und nun fuchtelte er im Hotelzimmer pausenlos damit herum. Er musste sie einfach jedem, der ihm über den Weg lief – egal wo – freudestrahlend unter die Nase halten.
Bei Dennis Paulsen war ihm das aber ganz schnell vergangen. Als er ihm das Gewehr entgegenstreckte, war der Kollege so bleich geworden, als müsste er Angst haben, im nächsten Moment erschossen zu werden.

Mann, war der angefressen! Was war denn bloß los? Andreas fragte sich, was es gewesen war, dass die Kollegen so verändert hatte. Im Sommer hatten sie noch alle zusammen trainiert, waren in den Französischen Alpen Rad gefahren und hatten Spaß. Dennis gab schon immer den Zwangscoolen, aber daran gewöhnte man sich mit der Zeit. Jetzt war alles anders, komplett spaßlos, auch Frank Ringel lief wie ein aufgescheuchtes Reh durch die Kaserne, drehte sich pausenlos um, als würde er verfolgt und aß nur wenig. Jedenfalls nicht in Gesellschaft. Wo waren diese Beiden nur reingeraten?

Als sich Chris gerade wieder in seine Unterkunft begeben wollte, klingelte sein Handy; Franky jammerte immer noch volltönend. Das Display kündigte Casper Brandt an. Na, das wurde aber auch allmählich Zeit!
„Es ist beinahe acht Uhr – wohlgemerkt morgens", raunzte Chris.
„Da liegt eine Leiche", packte Casper ohne weitere Aufforderung aus. „Die Information, dass darüber wegen des Weltcups geschwiegen wird, bekam ich sozusagen aus erstem „Handy", nämlich von Ingbert Reif. Sieht nach Kuddelmuddel aus. Aber ich habe Fotos, glaube ich."
„Was heißt glauben?" Chris Harte fand das alles sehr vage. „Du warst vor Ort, du bist unentdeckt geblieben, du hast aus dem Wald gefunden und du bist mit deinem Opel wieder heil nach Hause gekommen."
„Ja … nein … schon … gar nicht", kam es ausnehmend gut und einzeln betont zurück. „Ja, ich war vor Ort. Ich glaube nicht, dass es außer dieser noch eine andere Leiche gibt. Und nein, unentdeckt stimmt nicht, weil du gerade anrufen musstest, als der Kriminalhauptkommissar dabei war, sich so richtig ins Zeug zu legen. Das *schon* steht für einen kleinen aber

gemeinen Unfall. Wenn ich rausfinde, wer die Schlinge dort platziert hat, ist er dran. Und von *heil* kann gar keine Rede sein; ich bin verletzt und mein Freund halb verhungert."
„Hast du etwa jemanden mitgenommen?", fragte Harte. „Das war doch nicht als Ausflug gedacht, Mensch, Casper." Chris Harte murmelte *oh Mann, der Kerl* und *nicht zu fassen*.
„Meine Begleitung hat ein haariges Naturell. Treu bis ins Mark. Und ein Kämpfer."
Chris Harte wollte gerne etwas verstehen, aber das war gerade ein Ding der Unmöglichkeit. Er würde Casper einfach reden lassen und für sich die nützlichen Informationen herausfiltern. Viel zu filtern gab es aber nicht. Wenn Casper sich so konfus anhörte, wie gerade, dann hatte er entweder nicht geschlafen oder ihm war etwas von immenser Bedeutung dazwischengekommen ... Und Casper redete immer noch.
„Meine Hüfte hat übrigens etwas abbekommen; also ganz ehrlich, dieser Sport scheint mir äußerst gefährlich!"
„Im Tiefschnee über ein paar Wurzeln und Baumstümpfe zu hüpfen, nennst du Sport? Deine Frau Eusebia hilft sicher in einer solchen Notlage gern. Wenn du wach bist, komme ich vorbei – später." Chris Harte wollte, dass Casper diesen Fall, sollte es einer werden, weiterverfolgte.
„Ich bin wach!", protestierte Casper. Er war nicht wirklich überzeugend.
„Nachher aber bestimmt", gab Chris Harte zurück. „Ich habe deinen Vorschuss in der Tasche. Und der Auftrag ist noch nicht zu Ende."
Casper Brandt befand sich in Geldnöten seit Chris ihn kannte, und Vermieterinnen konnten ganz schön lästig werden. Insbesondere Caspers Frau Eusebia.

6
Berechtigung der Beharrlichkeit

Morgens begann das Fernsehprogramm auf einigen Kanälen schon ganz zeitig. In diesem begann es mit Pinocchio, und seinen Gegenspielern – dem hinterlistigen Fuchs und dem räudigen Straßenkater. Es war schauderhaft mitanzusehen, wie leichtgläubig Holzpuppen doch sein konnten, also schaltete ich die neueste Gemeinheit der beiden Fieslinge in ihren abgerissenen Mänteln kurzerhand ab.
Wenig später schickte sich der Tag außerhalb meiner vier Wände an, wenigstens in Bezug auf das Wetter ganz annehmbar zu werden. Keine trübe Wolkenstimmung, kein Schneefall. Und wenn es dazu noch Sonne geben würde, läge auf Suhl-Goldlauter wirklich ein goldener Überzug. Ich glaubte zwar nicht, dass ich eine Schneefräsattacke des Nachbarn würde verhindern können, aber ich hätte noch nicht einmal die Energie, mich darüber zu ärgern. Ausruhen, verordnete ich mir und ließ mich in meinen Lieblingssessel fallen. Der war über die Jahre, die man ihm auch ansah, noch immer das Wohlfühlzentrum meiner Wohnung. Sonst besaß ich nichts wirklich Aufregendes, über das meine Gäste stolpern könnten, aber man hatte ja auch Träume ...
Geträumt hätte ich auch gern, die Schmerzen in meiner Hüfte. Aber die waren echt, und ich wollte gar nicht sehen, was unter meiner Kleidung an der Stelle zum Vorschein kam. Wo mir gerade sämtliche Gedanken irgendwie über den Kopf zu wachsen schienen, war einer davon doch ziemlich hartnäckig. Ich sollte endlich Chris anrufen … Aber nach

allem, was Garibaldi und mir bei unserer Erkundung widerfahren war, konnte ich mich gar nicht früher melden. Meine Erklärung wollte er aber nicht hören. Ich hatte es gerade einmal geschafft die Leiche zu erwähnen, als er mich abwürgte. Müdigkeit meinte er. Meine nämlich. Ja, da war ich absolut seiner Ansicht. Der Guerillakämpfer und ich hatten uns im Morgengrauen vor dem Haus getrennt, und so wie wir aussahen, glaubte man uns das „Grauen“.

Doch wie sollte ein Mensch sich einfach schlafen legen, der gerade einen anderen seiner Spezies im schlimmstmöglichen Zustand erlebt hatte – verwüstet, zermalmt und angefressen. Es stand zu vermuten, der Körper würde, nachdem der Bergungstrupp die Überreste zusammengesammelt hatte, an die Rechtsmedizin überstellt werden; und für *Recht* stand in diesem Bezirk Jutta Eisenreich.

Man spazierte nicht so ohne weiteres in Juttas Büro oder schlimmer in den gefliesten Raum, in dem die Stahltische standen. Jedenfalls spazierte man nirgendwohin, wenn man Casper Brandt hieß, weil es da so eine kleine Episode in meiner Biographie gab, eine Verkettung von Umständen, die zu einer Vereinigung mit Prof. Dr. Eisenreich geführt hatten.

Ich verband mich mit Jutta im vergangenen Sommer, der ein herrlicher war – Verführung auf den ersten Blick; auf ihrer Yamaha R6, Midnight Black fuhren wir einigen der schönsten thüringer Sonnenuntergänge entgegen. Und ich *ent*band mich bereits wieder, so ziemlich genau zu Beginn des Winters. Als ich der elementaren Frage nachgegangen war, ob mir so ein Verhältnis gut tat, musste ich der Meinung gewesen sein, tut es nicht und trat die Flucht nach vorn an.

Vielleicht war der Grund auch ein ganz trivialer und hatte gar nicht so

viel mit Nachdenken zu tun; im Sommer sah die Welt einfach anders aus; leicht und unbeschwert.
Hübsch, schlank, mit funkelnden grünen Augen und zarten Händen – das war Jutta Eisenreich, und diese Knochenarbeit im Institut ihr Leben. Sexy kann der Tod um die Ecke kommen, doch ist er niemals geruchlos, hängt sich fest in Kleidern, Haaren und überall, wo er Zugang erhält. Ein Unbeteiligter kann ihn wahrscheinlich nicht verstehen.

Prof. Dr. Eisenreich irritierte mich nach wie vor, aber wirklich bedenklich fand ich in diesem Bau nur den ewig blassen Nils Wonneberg (der Nachname hatte irgendwas „Freudiges“). Dieser Mensch aber, konnte einen das Gruseln lehren; bleich, blutarm und kaum betrübt, über eine frische Lieferung. Offenbar verursachten bei ihm lediglich Mumien eine ausgewachsene Depression – die waren knochentrocken und spröde. Es musste am Eigengeruch liegen, der nicht mehr vorhanden war. Hier gab es kein Parfum des Todes.
Der Mensch in der Wolfsschlucht verströmte derzeit auch noch keines. Ein Glück, dass es nicht Sommer war. Glück für *mich*, denn ich verabscheute diese verwesende Süße. Was war geschehen, und *wann* war es geschehen? Und WER war die Leiche, von der ich annahm, es handelte sich um einen Mann.
Dann gab es da noch diese seltsame Äußerung des *Verantwortlichen*, dieses grimmschen Märchenerzählers auf Kosten und zum Nachteil eines Toten. Es wurde still um mich her und ich wollte ein bisschen die Augen zumachen und darunter, in den endlosen Schatten, wenn mir das noch gelang, nachdenken.

Chris Hartes letztes Satzgefüge kam im Eilschritt zu mir zurück, *Vorschuss* und *Fall noch nicht abgeschlossen*. Ersteres gefiel mir gut, denn nach den Aufwendungen für Garibaldis Fischdosen sah es in meinem Portemonnaie dunkler als düster aus. Und über diesen viel versprechenden Zusatz konnte man auch reden; Casper Brandt würde sich noch zum Biathlon-Experten entwickeln. Solange ich dafür nicht laufen, schießen oder treffen musste. Wohin ich auch sah, da war überall nur blanke Fitness. Das Publikum lassen wir mal schön außen vor und den Privatermittler auch. Ingberts und meine *Mord*vermutung behagte mir überhaupt nicht, aber beim Anblick dieses Toten konnte selbst der optimistischste Charakter nicht mehr davon ausgehen, es könnte sich dabei um ein spontan-akutes Herzversagen handeln. Sportliche Aufregung hin oder her. Das Gesicht zertrümmert, der Schädel an manchen Stellen aufgeplatzt – die pure Destruktion. Und somit war das Herz die letzte, scheidende Instanz gewesen.

Dazu fiel mir der Artikel im Schrank wieder ein. Ein Biathlet; wo ich mich gerade inmitten dieses atemlosen Metiers bewegte, und – laut Chris Harte – noch weiter bewegen würde. Der junge Mann war zwar in einer Kiesgrube ums Leben gekommen, und nach Wintersport roch das nun gar nicht, aber Schluchten gab es hier wie dort.

In einem Krimi würde es jetzt heißen, ein Gefühl sagte mir, da stimmt etwas nicht, aber so ein Gefühl hatte ich nicht. Die Umstände kamen mir einfach nur komisch vor. Das war auch ein *Gefühl*, aber eines, das man nirgendwo festmachen konnte. Mir war so, als würde mich nun meine kalkulierte, zum Selbstschutz mit genügend Pathos unterlegte Mordgeschichte, die ich Frau Eusebia dargeboten hatte, verfolgen. Wenn das jetzt ein Wink mit dem Zaunpfahl sein sollte, so gefiel der mir gar nicht. Ich wollte die Zeilen jedenfalls unbedingt noch mal lesen. Mich interessierte der Name des selbstmörderischen Sportlers – wo ich ja indirekt behauptet hatte, es sähe nur so aus – und handle sich in Wahrheit um Mord. ALLES INDIREKT. Nur bekam das gerade eine völlig andere Wertigkeit. Es waren im Augenblick ein bisschen viele Biathleten und sollte sich herausstellen, dass der Tote am Abhang in der Wolfsschlucht auch einer war, dann hatte ich wirklich einen Fall. *Keiner, der nicht auch zuvor schon nicht da war.* Noch undurchsichtiger ging es ja gar nicht. Oder aber – noch *deutlicher*. Überrascht wäre ich *nicht*, wenn die Zeitungen über Niko Vormanns Ausscheiden und seinen späteren Rückzug bereits ausgiebig spekulierten. Ich wäre aber *sehr* überrascht, wenn diese Blätter diesbezüglich mehr zu berichten hätten. Außer mir befand sich niemand „Privates" bei der gescheiterten Leichenbergung an dem Abhang. Und Chris Harte waren die Hände gebunden, weil der offiziell gar nichts gesehen hatte. Und damit war ich wieder bei Prof. Dr. Jutta Eisenreich … Weil nur sie mir die Antworten geben könnte. Wohlgemerkt *könnte*.

Da steckte ich mittendrin und wusste nicht einmal genau, wo sich diese Mitte befand. Mir kam es vor, als bewegte ich mich in einer Spirale. Es gab so vieles, was ganz dringend beleuchtet werden musste. Ich sollte mich außerdem um eine Sichtung der Fotos auf meiner Kamera kümmern. Und dann war da auch noch die Stolperfalle; es würde mir keine Ruhe lassen, bevor es mir gelungen war zu ergründen, wie und weshalb ich so böse hatte stürzen können. Der Parka aber hing momentan noch glücklich trocknend an meinem Kleiderständer im Gang und dort irgendwo in den Untiefen dieses Darth Vader Kostüms lag die Kamera. Ich bewegte mich keinen Millimeter vom Fleck. Die Ohren meines Sessels, die bereitwillig meinen schweren Kopf aufgenommen hatten, wurden nun mit jedem Atemzug anlehnungsbedürftiger. Ein bisschen wollte ich noch durchhalten … obschon mit einem Mal jede *Kleinigkeit*, die mein Verstand bearbeitete, *groß* wurde. Wie kam der Tote in die Wolfsschlucht? Hatte man ihn dorthin geschleppt, oder war der Abhang der Tatort? Verdächtigte mich Ingbert schon? Der kannte meinen Opel.

7
Abscheu, Abscheu, Abscheu

Sämtliche Nachrichten im Land schwiegen sich aus. Kein Ton, kein Wort über den Toten in der Wolfsschlucht. Niko Vormann war in Oberhof in seinen Wagen gestiegen und hatte den Audi über die Autobahn Richtung Heimat gejagt, als wäre eine ganze Abordnung Dämonen hinter ihm her. Man entkam den eigenen Gedanken nicht. Dank der Nationalmannschafts- und Sponsorenaufkleber, die seinen PKW zierten, hatte ohnehin bereits am Ortseingang jeder in Ruhpolding gewusst, dass Niko Vormann zurück war. Dass er den Schwanz eingezogen hatte.
Die Pizza, die er sich unterwegs gekauft hatte, lag nunmehr lauwarm in ihrer Verpackung. Er nahm sich ein Stück heraus und biss hinein. Für einen Beobachter hätte es wenig genussvoll und sehr nach Verzweiflung ausgesehen, doch einen solchen Beobachter gab es nicht, er war gerade vollkommen allein. Im Augenblick wollte er auch niemanden sehen, mit niemandem reden. Seine Eltern und die Oma wussten vielleicht noch gar nichts, jedenfalls hatte ihn seine Familie nicht erwartet; das würde sich in Kürze ändern. Sein Handy zeigte ihm ein halbes Dutzend Nachrichten an, die er jedoch alle nicht lesen wollte, weil er den Inhalt schon ahnte. Und seine Agentur wünschte ihn genauso *dringend* zu sprechen. Den Inhalt dieses Gesprächs konnte er sich auch denken.
Erst allmählich ging ihm überhaupt auf, was es hieß, sich aus dem Weltcupgeschehen vorzeitig zu verabschieden. Niko Vormann hatte eine Fahrkarte geschossen, und dafür nicht einmal abdrücken müssen. Er war

vor Jahren schon einmal in einer ähnlich schlimmen Situation gewesen. Der Tod begegnete Niko nicht zum ersten Mal. Nur entschied er sich damals für die Karriere, für sein sportliches Weiterkommen und gegen Ehrlichkeit und Moral. Und jetzt schien sich das verfluchte Drama zu wiederholen, nur die Namen der Opfer änderten sich; Joachim (Jo) Kurz und jetzt Linus Moritz. Niko wollte kein Opfer sein, für ihn war es bislang rund gelaufen, sogar mehr als das, er hätte es in dieser Saison geschafft mit der Spitze mitzuhalten, sogar den einen oder anderen Sieg einzufahren. Er war am Leben! Nur fühlte es sich gerade gar nicht so an. Hoffentlich musste ihn seine Oma so nicht sehen und dass er sich eine „ungesunde" Pizza bestellt hatte, erfuhr sie besser auch nicht. Omas Junge hat Mist gebaut, musste er denken, aber der noch größere Mist ging wohl auf Linus' Konto. Der Teamkollege hatte sich in der letzten Zeit weit aus dem Fenster gelehnt, jedenfalls noch ein ganzes Stück weiter als sonst. Eine seiner Bemerkungen war Niko nicht aus dem Kopf gegangen und tat es jetzt auch nicht. Er wäre im Besitz eines Schlüssels, der die Büchse der Pandora öffnete. *Jederzeit*, hatte er gesagt und dabei wahnsinnig zufrieden ausgesehen. Niko musste erst einmal nachlesen, was sich überhaupt in Pandoras Büchse befand. Griechische Mythologie war ihm immer schon ziemlich schnurz gewesen. Er hatte nicht alles gelesen, nur soviel, dass über die Welt beim Öffnen besagter Büchse alles Schlechte hereinbrechen würde.

„Stimmt mein Freund!", sagte Niko.

Aber Linus konnte damit nicht sich selbst gemeint haben. So wie Niko den Teamkollegen kannte, spekulierte der auf einen Batzen Geld, für den er seine Ski am besten gleich einmotten konnte und keinen Finger mehr krumm zu machen brauchte. Er war ohnehin kein besonders guter Schütze. Dieses *Schlechte* hielten Pandora und Linus Moritz für einen anderen parat, nur war dieser Andere, wie es aussah, schneller gewesen. Linus' Fehlen in Oberhof war bemerkt worden, nicht mehr und nicht weniger. Alle nahmen es als selbstverständlich, dass er sich wieder ein ziemliches Ding geleistet hatte. Zum letzten Mal. Das hatte auch der Trainer signalisiert. Bloß, dass es diesmal das *allerletzte* Mal war …

Eine schöne Überraschung, wenn er von seiner Ihr-braven-Leistungs-sportler-könnt-mich-alle-mal Karibikreise nicht zurückkehrte. Linus war der Paradiesvogel im Kader. So abwegig war der Gedanke an einen vorgezogenen Sonnensurftrip da gar nicht. Es hätte sein können, dass er den Weltcup aussparte, und es hätte auch sein können, dass er seinen Plan niemandem gegenüber erwähnt hatte, einfach ein Ticket kaufte und sich in den nächsten Flieger setzte. Dafür hätte ihn niemand getötet, doch Gründe, die mit dem Sport nichts zu schaffen hatten, gab es genug.

Niko Vormann brauchte wirklich keine weitere Bestätigung, er wusste, dass es Linus' Leiche war, die dort vor sich hinfror. Er hatte es verdammt genau gesehen, denn sein Gesicht war so knapp über Linus' gewesen, dass er sich zur Seite drehen musste, um nicht auf den Teamkollegen zu kotzen. Im Angesicht des Todes, obwohl Linus Moritz kaum mehr ein Gesicht hatte, und diese rote Masse seinen Schädel ähnlich grauenhaft überzog wie die Perücke aus einer Mottenkiste. Ausgerechnet, dachte er, wo der gute Linus einer von der eitlen Sorte war. So ein Abgang konnte ihm nicht gefallen. Niko lachte ein gequältes Lachen. Ein Erkennen ohne jeden Zweifel würde es nicht geben. Aber da war Linus' Halsschmuck, ein Edelstahlkreuz mit einem Wellenmuster und einem Surfer drauf, an

einem dunklen Lederband; ein sonniger Karibiktyp eben, und hätte Niko Vormann die Routenplanung übernehmen dürfen, so wären es für den Freund Meer und Wellenkämme gewesen. Kein Tod im Schnee. Die Wut war dort draußen noch irgendwo spürbar gewesen.
Niko durfte sich fragen, wie er so dumm sein konnte, in einem Rennen ausgerechnet an dieser Stelle zu stürzen; dort stürzten sonst höchstens Urlauber, die sich auf die Strecke verirrten. Darüber hatte er schon mal gelacht. Er konnte sich ja auch gleich noch fragen, wie er hätte reagieren sollen. Den Hang hinaufklettern, den Kameras per Gesichtsausdruck ein geknicktes: *Sorry, bin hängen geblieben* anbieten, und weiter laufen? Das war nicht drin, das hätte niemand gekonnt. So knallhart war nicht mal Axel Alt, obwohl Niko ihm und nicht sich gewünscht hätte, den toten Kollegen zu finden. Der hätte dann auch prompt eine Antwort parat gehabt, hatte er ja immer. Und darum musste Niko Vormann möglichst schnell verschwinden. Die Presse würde ihn mit Fragen bombardieren und das durfte nicht passieren, weil er nicht derjenige mit den Antworten war. Als Anreiz hatte ihm Grimm noch einen Scheck zugesteckt. Reden ist Silber, Schweigen Gold, hatte er gemeint und Niko konnte sich denken, was das hieß. Grimms Scheck hatte Niko noch gar nicht angeschaut. Geflüchtet war er trotzdem, sogar ohne jede Gegenwehr.
Über die Krankheit, die ihn so plötzlich befallen hatte, durfte er ein paar Sätze sagen, musste er sogar, und bitteschön alles möglichst glaubhaft. *Glauben* dürften ihm seine Fans diese Ausrede dagegen kaum. Von Enttäuschung und wütenden Kommentaren würde er in den nächsten Tagen lesen. Ein Grund mehr, jede Reaktion seinerseits noch ein wenig nach hinten zu verschieben. Er musste sich darauf einrichten, einen

geknickten Eindruck zu machen, was momentan wirklich zu den leichtesten Übungen gehörte, und das eine oder andere Gespräch mit seinem Doc zu führen.
Er war ein Beißer, nicht der Typ, der aufgab. *Welchen Grund kann es geben, dass ein Niko Vormann aufgibt?*, hatte ihm einer der Reporter zugerufen, als sein Rückzug bekannt wurde. Waren ein zerschlagenes Gesicht und eine aufgerissene Schädeldecke nicht einer der besten Gründe überhaupt? Niko fühlte sich krank, und so groß war seine Lüge nicht. Es ging ihm schlecht, aber das wollte keiner wissen. Er hatte schließlich keinen Flugzeugabsturz überlebt und brauchte deshalb auch keine psychologische Betreuung. Er hatte nur einen angenagten Kameraden beim Verwesen erwischt. Halb so wild, dafür bekam man keinen Psychologen gestellt.
Linus Moritz war unwiderruflich tot, doch das würde als bedauerliche Unfallmeldung irgendwann Wochen nach der Weltcupübertragung gebracht; in der Karibik gab es Tropenstürme, Erd- und Seebeben, Vulkanausbrüche, Dürren, Brände, und noch so allerhand Brauchbares. Unfälle passieren … damit kannte sich Niko Vormann aus.
Den Reporter mit den Bärentretern, diesen Chris Harte, schien es irgendwie gewurmt zu haben, dass Axel Alt sich jetzt wahrscheinlich das nächste Beinahe-Sponsermodell sicherte. Und vielleicht wurmte es ihn selbst ja auch, doch lag ihm weniger am Auto, als vielmehr daran, dem selbstherrlichen Axel mal sportlich ein bisschen in die Quere zu kommen. Vergiss es!, sagte er sich. Und vergiss es schnell! Denn wenn er ehrlich war, dann musste er zugeben, dass der Kollege sich den Erfolg hart erkämpft hatte. Niko kaute auf einem weiteren Pizzastück herum,

aber er schmeckte nichts. Und auch die Cola hätte sonst was sein können. Er war mit den Nerven ziemlich am Ende. Seine Lockerheit hatte er jedenfalls komplett eingebüßt. Die versickerte grade im schneefeuchten Waldboden irgendwo in der Wolfsschlucht, auf Nimmerwiedersehen.
Auf seinem Bett lagen die Sporttasche und sein Gewehr. Er müsste es wegschließen, aber darum drückte er sich herum, denn irgendwo in seinem Hirn meldete eine ängstliche Verbindung, dass, wenn er die Waffe erst im Schrank verstaut hatte, mit ihr auch ein Teil seiner Persönlichkeit weggesperrt, im Dunkeln verschwinden würde. So wie in diesem Kühlschank in der Kaserne … mit dem Unterschied, dass dort drin jemand das Mordwerkzeug deponiert hatte. Es war die Nacht nach der Entdeckung von Linus' Überresten gewesen.

Niko wollte sich eigentlich nur etwas Eiskaltes zu trinken organisieren, weil er zuvor zu viel Pures getrunken hatte. Und falls ihm im Lebensmittelfach unversehens etwas Essbares anspringen sollte – wunderbar. Er hatte geglaubt, Linus’ Anblick hätte dafür gesorgt, dass er so schnell nichts mehr essen wollte, doch sein Magen war anderer Ansicht. Die Neonleuchte flackerte und zeigte einen Abdruck am Griff – rot und getrocknet. Na, wenn das nicht hieß, dass hier jemand genascht hatte …
Er sparte die Fläche rund um die unappetitlichen Fingerspuren aus und zog beherzt am Kühlschrankbeschlag, doch er wurde enttäuscht. Es gab aber überhaupt kein solches Lebensmittelfach, und auch mit dem Trinken wurde es nichts. Milchflaschen. Er mochte keine Milch. Und daneben ein großer Müllsack. Neugier war keine seiner ausgeprägteren Charaktereigenschaften. Doch wo er schon mal da war … also würde er

auch nachsehen. Er zog das Plastik auseinander und bekam das Wachsarsenal eines Technikers geboten. Es gab schon seltsame Kollegen. Den unfreundlich, leeren Kühlschrank wollte Niko schon zumachen – da fiel ihm etwas auf. Da war noch ein Müllsack. Dieser war zusammengerollt. Was ging denn hier ab? Da schien noch jemand ein richtig trickreiches, kleines Geheimnis zu haben. Er packte sich die unförmige Rolle. Der Inhalt war hart und unnachgiebig. Er machte das obere Ende des Sackes auf und griff hinein. Etwas Längliches kam da zum Vorschein.

Das knüppelartige Ding war feucht, und hinterließ auf seinen Fingerkuppen ein sattes Rot. Niko Vormann hatte sich über seine Finger gebeugt, vorsichtig. Er kannte diesen Geruch, war ihm schon viele Male begegnet. Ausgeschlossen, dass es sich um Farbe oder um einen Essenszusatz handelte. Das war Blut. Er versetzte der Tür einen Stoß, so dass diese zufiel und das Geheimnis des Kollegen wieder verbarg, dann schaute er nach dem Abdruck am Handgriff des Kühlschranks. War das etwa auch Blut? In den Fächern befand sich ja nichts Essbares, das jemand angefasst haben könnte.

Worauf er da gestoßen war, konnte Niko in jener Nacht nur vermuten. Aber sein Gehirn hatte nicht gänzlich ausgesetzt und war dazu übergegangen, sich auf seinen Instinkt zu besinnen. Er wusste, dass *er* nicht der Mörder von Linus Moritz war, aber das bedeutete auch, einer aus ihrem Team musste es gewesen sein. Linus konnte nicht erst seit gestern dort unten liegen. Aber jemand wartete eben diesen günstigen Moment ab und entsorgte die Tatwaffe im Kühlschrank. Und Niko konnte sich auch denken, *wer* dafür in Frage kam. Ganz schön blöd, die Visitenkarte auf dem Griff zu hinterlassen.

8
Das Ergebnis glücklicher Zufälle

Mein Erwachen war ein zähes, als hätte ein unartiges Kind Sirup über mein Gesicht geschmiert. Meine Augen hielten dicht und die Lider ließen sich nur mit allergrößter Anstrengung heben. Es lag noch nicht so grandios viel Zeit zwischen dem totalen Wegdämmern und der Auferstehung meiner Person aus den Tiefen der absoluten Gedankenlosigkeit; es war erst später Vormittag. Ich stieg zufrieden in meine Badedusche – diesmal erfreute mich sogar der sachte vor sich hin tröpfelnde Brausestrahl.
Schön, Casper Brandt, mit welcher Geschwindigkeit sich Prioritäten ändern können. Die nächste Instanz war Kaffee und dazu eine Schnitte des nicht verzehrten Brotes vom frühen Morgen. Danach machte ich mich ans Aufrufen der Bilder auf meiner Kamera. Es war schrecklich, die Leichenszene, und verteufelt hell in all ihrer Widerwärtigkeit. Aber da war der Körper noch einigermaßen heil – nicht gesprengt von den Gesäßen zweier Männermuskeln.
„Prof. Dr. Eisenreich, ich komme!" Jetzt konnte ich verhandeln. Ich war schon immer ein Verfechter des Grundsatzes *quid pro quo*, dieses für das, gewesen. Nach dessen Prinzip jemand, der etwas gibt, dafür eine angemessene Gegenleistung erhält. Natürlich ahnte ich gerade noch nicht, was von mir Schlimmes verlangt werden würde … und dass mein wohlklingendes quid pro quo reine Auslegungssache war.
Ich hatte bereits meinen Schrank und die Kommode ausgeräumt, um an die Zeitungsartikel zu gelangen, und war dabei, meinen Fundus ein wenig

zu ordnen, als eine Klingel, nämlich meine, einen Besucher ankündigte.
„Komm rein!“, rief ich.
Chris Harte hatte keinen Schlüssel, es war vielmehr eine Herausforderung, denn der Mann verfügte vielleicht nicht über mein beinahe geniales Talent sich irgendwo unerlaubt Zutritt zu verschaffen, aber die Türen in Frau Eusebias Haus stellten nun wirklich kein Hindernis dar. Es war nicht Chris, wie ich jetzt am Drehgeräusch eines Schlüssels erkannte. Oh Mist, verdammter! Wen hatte ich hereingebeten …
„Herr Brandt“, schallte es da schon aus dem Flur. Frau Eusebia. Und überall lagen Wäschestücke herum und auf meinem Bett die Zeitungsartikel. Ich schob sie schnell zu einem Haufen zusammen, und legte den Kiesgrubenausschnitt obenauf; wo stand bloß der Name? Wie hieß denn der Verunglückte? – Da … Joachim …
„Na, hier sieht es ja aus“, tönte Frau Eusebia, als müsste *sie* anschließend das Aufräumen besorgen.
Wie kam es, dass wir uns schon wieder in meinem Schlafzimmer trafen. Ich besetzte schnell das Bett und die aufgehäuften Artikel und stopfte alles Überstehende unter Po und Beine. Frau Eusebia bückte sich – die Ansicht behagte mir gar nicht – und kurz darauf schwenkten zwei dickliche Finger einen durchscheinenden roten Damenslip vor meiner Nase. Ihr Augenaufschlag hatte viel Fragendes, aber wenig Verständnisvolles.
Im ausgehenden 19. Jahrhundert war es verboten gewesen, Frauenzimmer mit in die Wohnung zu nehmen; von da an erhielten die Herren plötzlich nur mehr Besuche von Familienmitgliedern, insbesondere Schwestern. Wir befanden uns nicht im 19. Jahrhundert. Und der Slip war bestimmt ein Relikt von Jutta, sehr hübsch, musste ich denken. Bis mir

eine andere Variante einfiel – es gibt Männer, die gerne Frauenkleider tragen, womöglich auch Frauenunterwäsche. Ich hatte da mal so einen Fall … erschreckend, vor allem für die Ehefrau, der in aller Regelmäßigkeit die Klamotten abhanden kamen. Wenn es das war, was meine Hauswirtin glaubte, würde sich meine Miete baldigst ins Ultimo steigern. Solche Männer wurden doch als Monster angesehen, die wollte niemand bei sich unterbringen. Mein Schnauben war deshalb ein unwilliges; vielleicht lag da ja auch noch irgendwo der dazugehörige BH. Sie würde ihn bestimmt vor mir finden. Ich pflückte Frau Eusebia schnell das rote Teil von den Fingern und stopfte den Slip zu den Zeitungsausschnitten. „Ein bisschen Frühjahrsputz, dachte ich“, lautete meine dämliche Behauptung und ich rutschte nervös auf dem Sammelsurium unter mir herum.

„Sehr früh“, meinte meine gestrenge Vermieterin. „Wo wir doch noch tiefsten Winter haben. Und das noch eine ganz Weile, Herr Brandt.“

„Scheint grade so, als würde er in jedem Jahr länger dauern, der Winter.“

Was sollte ich denn sagen? Was wollte sie überhaupt?

„Wurde bei Ihnen ziemlich spät gestern. Sind Sie in Ihrem Fall schon weitergekommen? Der Sportler, wie hieß er noch gleich?“

Ja, wie hieß er noch gleich. Das war jetzt blöd. Sie war eine Minute zu früh bei mir eingedrungen. Ich musste mich retten – in dampfplauderige Umschreibungen der ach so furiosen Privatermittler-Mysterien. „Sie werden das nur von *mir* hören, sozusagen exklusiv, weil bislang selbstverständlich sämtliche Ermittlungsergebnisse unter Verschluss gehalten werden. Wir befinden uns in einem frühen Stadium, darum muss ich Sie bitten, alles, was Sie von mir erfahren so verschwiegen zu behandeln, als wären es ihre wohlgehüteten Backrezepte.“

„Ich backe gar nicht, Herr Brandt“, sagte Frau Eusebia und schaute mich an, als wäre backen etwas Sündhaftes. Bei ihrer Figur war es das mit Bestimmtheit, aber ich hatte wenigstens auf ein bisschen Solidarität gehofft. Meine Fantasie war ein solider Baustein meines Unterbewusstseins und verlässlich, aber nach einer so kurzen Nacht … *Kurz*, so hieß der Biathlet. Joachim Kurz. Ich freute mich über meinen Einfall, also doch noch ein Hauch der alten Verlässlichkeit. Wo war ich gerade stehen geblieben?
„Es wird letztlich der blutige Fingerabdruck sein, der den Täter überführt. Ich bin so nahe dran“, ich deutete mit Zeigefinger und Daumen eine Entfernung von wenigen Millimetern an.
„Das ist ja sehr spannend, Herr Brandt.“ Frau Eusebia machte Anstalten, sich neben mich auf mein Bett zu setzten. Oh nein, nicht schon wieder ...
„Dann sind Sie wirklich an der Polizeiarbeit aktiv beteiligt?“, wollte sie wissen, und nun landete das Hinterteil des Kittelschürzenkleides auf meiner Bettdecke.
Zumindest hatte sie mir freundlicherweise den weiteren Verlauf meiner Geschichte geliefert. Gerade hatte ich nämlich überhaupt keine Eingebungen mehr. Und im Buch war ich noch nicht soweit; der blutige Fingerabdruck war natürlich Teil eines Falles von Glen Leborski. Es passte mir aber gerade hervorragend in den Kram, wo doch überall Fingerabdrücke zurückblieben – fast überall. Und irgendwie war ich ja auch tatsächlich aktiv beteiligt an der Polizeiarbeit, darum scheute ich mich auch nicht meiner Vermieterin diese erweiterte Variante zu berichten. Wer war denn in den finsteren Wald gegangen und hatte die Todesermittlungen begleitet … Keine Frage, Ingbert Reif würde nie

wieder in irgendeiner Art und Weise mit mir zusammenarbeiten, doch davon wusste Frau Eusebia nichts.

„Es kommt selten vor, dass die Kriminalpolizei einen privaten Ermittler zu Rate zieht, aber ja, manches Mal ergänzt man sich auch." Oh, Casper Brandt, mach schnell, dass du da wieder rauskommst.

„Sagten Sie gestern nicht, der Auftrag käme von ihrem Reporterfreund?" Sagte ich das? Ich meinte aber, das hatte SIE gesagt. Irgendwie stimmte alles. Ein Lügner war ich nicht, lobte ich mich. Merken sollte ich mir dieses Hintertürchen aber schon, sonst könnte das unangenehme Folgen haben.

„Die Front ist ungeeignet für einen Kriminalbeamten, das würde zu viel Staub aufwirbeln. Die Leute reden nur ungern mit dem Gesetz. Ein Reporter und ein privater Ermittler sind keine Amtspersonen." Wenn bloß der Reporter endlich an Ort und Stelle auftauchen würde.

„Warum wollten Sie mich denn sprechen?", versuchte ich abzulenken und die Situation zu glätten, fiel aber bloß noch tiefer.

„Wissen Sie, Ihre Vermieterin muss auch leben. Ich wollte die einträgliche Auftragslage nutzen und die Miete kassieren."

Kassieren. Es gibt Tätigkeitswörter, die haben ähnlich schlimme Auswirkungen wie ein Schädel-Hirn-Trauma; mir wurde speiübel. Wie schnell meinte Frau Eusebia denn, würde so eine Überweisung oder Auszahlung vonstatten gehen, wo ich ihr doch gestern erst erzählt hatte, dass ich den Auftrag angenommen hatte. Was wäre, wenn ich immer noch ohne dastehen würde. Tat ich nicht, aber das war wirklich ein *Mords*zufall. Und jetzt verstand ich auch, was das Gute an Beziehungen war. Wenn der eine in Schwierigkeiten steckt, kann er die mit seinem

Partner teilen. Wenn es ganz heftig wurde und einem die Wohnung gekündigt, stand man trotzdem nicht ohne Dach über dem Kopf da. Chris Harte, wo bleibst du?, dachte ich. Es wurde allmählich verdammt *eng*.

Als hätte er die stummen, gellenden Schreie, die ich seit geraumer Zeit ausschickte gehört, lehnte Chris mit einem Mal an der Ecke meines Schlafzimmers; lautlos hatte er die Wohnungstür überwunden.

„Du bist wach, das ist gut“, sagte er zwinkernd, seinen Lieblingshaarbüschel in Bearbeitung.

Ich mochte es gar nicht, wenn Männer zwinkern. War es möglich *süffisant* zu zwinkern? Wahrscheinlich nicht. Es sah trotzdem so aus.

„Ahhhh“, machte Frau Eusebia und fuhr erschrocken zusammen.

Wir mussten zusehen meine Vermieterin loszuwerden, doch erst einmal musste sie aus meinem Bett raus. Ich bedeutete Chris Harte, die Artikel, die nun offen auf meiner verlassenen Seite lagen, irgendwie wegzuzaubern. Und der hatte nichts Besseres zu tun, als Juttas Slip aufzunehmen und ihn zwischen seinen Händen in die Länge zu ziehen.

„Über Geschmack lässt sich *gar* nicht streiten“, bemerkte er und einen Moment lang hatte ich keine Ahnung, ob der gemeine Kerl damit nicht auf Frau Eusebia anspielte. Chris zog so lange, bis er zwei ungleiche Teile der Unterwäsche in Händen hielt und ich Gelegenheit hatte, ein Kissen auf die zurecht geschnittenen Druckerzeugnisse zu werfen.

„Frau Eusebia, meine Vermieterin – Chris Harte, mein Reporterfreund“, übernahm ich die verspätete Vorstellung.

Mir war klar, dass alles aufzufliegen drohte, je länger sie hier war. Darum streckte ich unerschrocken eine Hand aus, um ihr galant aufzuhelfen. Sie fasste danach, quetschte meine Finger in Ringermanier zusammen.

Chris beobachtete meine Aktion aus gebührendem Abstand. Er schien das lustig zu finden.
„Herr Brandt, um noch einmal auf den Grund meines Besuchs zurückzukommen …“
Nein, jetzt aber raus! Das sagte ich nicht, aber ich dachte es, und verabschiedete Frau Eusebia mit den beruhigenden Worten: „Die Miete bringe ich Ihnen nachher in bar.“
Chris hatte den Vorschuss doch dabei? Und wie viel wurde mir überhaupt zugestanden? Als sich die Wohnungstür schloss und ich endlich wieder Herr meines Schlafzimmers war, rutschte ich schwer atmend, völlig erledigt an der Wand entlang und sank auf den Boden.
„Was genau wolltest du vor der Dame verbergen, Casper?“, fragte mich Chris Harte.
Ich unterhielt mich nicht gerne in meinem Schlafzimmer. Das war ein Eindringen in meine Domäne und es ging eindeutig zu weit. Allein die Gestaltung meiner Bettwäsche … nein, keine Chance, ich sagte doch PRIVAT.
„Das da befand sich alles in meinem Schrank, und der war schon vor mir da. Die Kommode habe ich noch gar nicht in Angriff genommen“, umfasste ich mit beiden Armen das Chaos. „Frau Eusebia sammelt Zeitungsausschnitte. Ich wollte die alten Dinger loswerden, ich bin so was von gar nicht auf dem Laufenden. Ich bräuchte ein paar neue, aktuelle Meldungen.“
Chris kramte ein paar der Artikel unter dem Kissen hervor; die jetzt zerrissen und nicht mehr zu gebrauchen waren...
„Die hier sind jedenfalls hinüber“, bemerkte Chris.

Warum sagte ich ihm nicht, dass es der Artikel des Biathleten war, der vor drei Jahren in einer Kiesgrube ums Leben kam, den ich für mich behalten wollte und den ich jetzt mühsam in der Bibliothek im Archiv ausgraben musste. Wenigstens hatte ich den Namen behalten. Joachim Kurz.
„Lass alles liegen", schlug ich vor.
„Dich auch?", meinte Chris und setzte sich neben mich; jetzt lehnten wir beide an der Wand. Da war Platz genug.
„Frühjahrsputz." Missmutig starrte ich auf diesen wüsten Kleiderwust. Ich wusste gar nicht, dass sich so viel Kram in meinem Schrank befunden hatte, und dann noch die Kommode …
„Wäre ich nicht drauf gekommen. Und hör' auf, die Wäsche so böse anzuschauen. Sag mir lieber, wie viel du deiner Frau Eusebia schuldest."
„Zwei Mal Miete." Schlicht und wahr. „Du warst gut, absolut lautlos", lobte ich Chris und meinte seine Enteraktion meiner Wohnung.
„Du warst abgelenkt", gab er leichthin zurück. „Ich werde aber nicht fragen, ob das, was ich da grade sehen musste, irgendeine Bedeutung hatte."
„Na komm, das war ein Unfall." Was dachte er denn, dass ich meiner Vermieterin freiwillig auf die Schenkel hüpfte?
„Klar", sagte Chris, und mir wurde klar, dass *ihm* überhaupt nichts klar war. Er beugte sich vor, fischte sein Portemonnaie aus der Hosentasche, zählte einige Hunderter, mehrere Zweihunderter und einmal einen fünfhundert Euroschein ab und fächerte sie vor mir auf.
„Hier sind … zähl' es nach, aber es müssten 2000 sein."
2000!!! hoffentlich weckte mich aus diesem wunderbaren Überlebens-traum nicht gleich die schreckliche Türklingel. Aber nichts geschah, ich

saß immer noch am gleichen Fleck und auch die Scheine verschwanden nicht. Ein gutes Zeichen. Am Telefon hatte Chris es einen *Vorschuss* genannt. Wenn das ein Vorschuss sein sollte, was musste ich für den Rest tun, jemanden umbringen?
„Lukrativer Auftrag, alle Wetter! Was möchtest du wissen? Was soll ich für dich in Erfahrung bringen?"
„Alles, Casper. Wer ist die Leiche, was weiß der Cowboy, finden hinter den Kulissen Ermittlungen statt, obduziert deine Freundin mit dem roten Slip den Toten, wie ist er gestorben – und wer hat alles mit diesem Tod zu tun. Dafür wirst du an die Strecke müssen, ganz offiziell diesmal – Casper Brandt, Privatermittler."
„Ehrenhaft, zuverlässig, unbestechlich", fügte ich hinzu und warf mich in die Brust.
„Loyal gegenüber seinem Auftraggeber", sagte Chris Harte und stand langsam auf. „Meine alten Knochen mögen den Untergrund hier nicht. Du hattest doch irgendwo Polstermöbel."
Meine nicht ganz so alten Knochen mochten den Untergrund auch nicht. Wir machten uns also auf den Weg zu den Polstermöbeln. Als wir an der Garderobe vorbeikamen, an der mein Parka hing, fielen mir die Fotos wieder ein. „Ein paar Leichenbilder habe ich, die müsste ich allerdings für dich vervielfältigen lassen. Sehen brutal aus – liegt nicht an den Bildern, sondern am Zustand des Toten."
„Casper, was soll ich damit, genügt doch, wenn du sie hast. Es ist dein Fall!"

9
Schlupfwinkel des menschlichen Körpers

Sie hatte erst spät an diesem Vormittag die Bettdecke zurückgeschlagen. Schlaflosigkeit war nur selten Jutta Eisenreichs Problem, doch es gab Bilder von Körpern, die einem nicht mehr aus den Kopf gingen. Gestern Nacht, das war so ein Bild gewesen. Verwüstung, lautete der Begriff, der hier passte, denn genau das war offensichtlich geschehen. Professor Doktor Jutta Eisenreich war keine Expertin auf dem Bereich der Klimaforschung, sie war Rechtsmedizinerin. Die Leiche war in den späten Abendstunden, es muss nach der Geisterstunde gewesen sein, bei ihr im Institut eingeliefert worden; völlig zerstört, als hätte ein Riese auf dem Mann Platz genommen. Nachdem Jutta genau diesen Vergleich im Beisein der Spurensicherer gebracht hatte, waren die Männer unisono losgeplatzt. Sie war nicht in der Stimmung gewesen mitzulachen. Wäre Nils bei ihr gewesen, ihr Sektionsassistent, er hätte ihnen einen Vortrag über „die Seele des Todes“ gehalten, der eindringlich genug gewesen wäre, sämtliche Lacher zum Verstummen zu bringen. Jutta hatte versucht, ihn auf seinem Handy zu erreichen; Mitternacht war Nils' Wonnebergs bevorzugte Tageszeit. Sie bekam jedoch nur seine Automatenstimme zu hören, die jedem, der es wissen wollte, mitteilte, dass er sich gerade auf dem Friedhof befand.

Als sie jetzt gegen Mittag ins Institut eilte, hatte sich Nils bereits mit dem Neuzugang vertraut gemacht. Leichenblässe zierte seinen anspruchsvollen Teint. Ihr Assistent litt keineswegs an einer Stoffwechselstörung, er sah sich nur als einen Anhänger der Gothic-Kultur und Jutta Eisenreich störte sich nicht daran; das fiel definitiv unter *Privatangelegenheiten.* Außerdem hatte diese Haltung unleugbar auch seine Vorteile. Wenn jemand in der Lage war jedes Stadium des Todes unvoreingenommen zu betrachten und keine Todesart verabscheute, dann hieß dieser jemand Nils Wonneberg. Sich auf diesen *neuesten* Tod einzustcllen, war mehr Albtraum, denn Herausforderung.

Als Jutta ihn gestern Nacht nicht ans Ohr bekam, warf sie für sich einen zweiten Blick auf die Leiche. Außer ihr befand sich kein Mensch im Institut, natürlich nicht, es war bereits halb drei Uhr morgens. Der Tod erschreckte sie längst nicht mehr. Das hatte er noch fertig gebracht, als sie gerade ihr Medizinstudium begonnen, und ein Professor in einem blutbesudelten Kittel vor seinen Studenten erschienen war. Absichtlich schockieren, und dabei gleich schauen, wer es nicht packen würde. Jutta war gleich beim ersten Schnitt des Professorenskalpells in kalte, tote Haut schlecht geworden, bevor sie – die Augen gen Himmel verdreht – auf dem ebenso kühlen Marmorboden zusammengebrochen war – zur Belustigung des Professors. Das war der Anfang. Nicht vom Ende, Jutta Eisenreich hatte ein Ziel und ganz gleich wie überzeugt Professor Bremer war, dass er *das Mädel nie durchbringen würde*, sie wollte es schaffen. Nicht für ihn, nur für sich und sonst niemanden. Sie hatte sich durchgebissen, durchgehalten.

Zwischen dem Damals und dem Heute war viel passiert; Berufung zum Professor der Rechtsmedizin, Doktor der forensischen Psychiatrie. Ohne diese bedeutsamen Titel war sie schlicht und einfach Jutta Eisenreich, zweiundvierzig Jahre alt und alleinstehend.

Der alte Professor Bremer war eines schönen Tages selbst vor einem seiner Toten zusammengeklappt. Gehirnschlag lautete die Diagnose und seinen Körper krallten sich sogleich die ehrenwerten Kollegen. Wer in einer Uniklinik das Zeitliche segnet, fällt den Haien der Wissenschaft zum Opfer und wird in deren Sinn zerlegt.

Jutta war auf seiner Beerdigung gewesen, bei der die Ehefrau des Professors weinend versicherte, dass ihr Karl-August nie, nie obduziert werden wollte. Würde ich auch nicht wollen, dachte sich Jutta. Ihr Widerstreben erklärte sie mit der manches Mal rüden Behandlung eines Toten. Religiöse Hintergründe, derennach nur ein kompletter Körper das Himmelreich erblickt, wollte sie nicht geltend machen. Dann musste es dort oben ziemlich verlassen und öde sein, denn kein Körper wird ins Grab gesenkt, so wie er einst auf die Erde kam; im Zustand der Ganzheitlichkeit.

Die Organe werden entnommen und verbrannt, sobald die Obduktion beendet ist, der Körper aufgefüllt mit Packen von Sägemehl. Die Nähte danach sorgfältig wieder geschlossen, bereit zur Präsentation vor den Angehörigen. Die westliche Welt war nicht das alte Ägypten, und die Maßnahmen zur Erhaltung eines Körpers, eine enorm aufwendige, zeit- und kostenintensive Angelegenheit.

Ein grausig entstellter Körper wie *dieser* aber fand sich nur ganz selten auf einem ihrer Stahltische. Am Abhang der Wolfsschlucht an der Biathlonstrecke – ihrer heimatlichen Biathlonstrecke – hatte man ihn gefunden. Jutta Eisenreich mochte diesen Sport und gerade jener verfügte über verschiedene Zutaten, die viele Rennen zum Krimi werden ließen. Doch damit konnte nicht die Brutalität gegenüber einem Menschen gemeint sein. Auch nicht, dass sein Mörder nach der Gewalttat ausgesehen haben musste, als käme er aus einer Schlächterei. Der Tod war ein Bekannter, der in zahlreichen Maskierungen auftrat, aber Jutta hatte es bislang immer noch geschafft, ihn bloßzustellen. Sie hoffte, es würde ihr auch diesmal gelingen.

„Er war ein hübscher junger Mann", sagte Nils und deutete auf den Körper. Kein Mensch konnte DAS noch sehen.

„Hier steht nichts über seine Identität", bemerkte ihr Assistent.

„Die wurde offiziell noch nicht ermittelt", sagte Jutta, aber wenn sie sich so ungläubig anhörte, wie ihre Stimme klang, dann brauchte sie sich nicht zu wundern, dass Nils nachhakte, was er auch sofort tat.

„Will mir Ihr Ton oder besser Ihre *Be*tonung etwa vermitteln, dass kein dringend notwendiges Interesse besteht, den Namen des Mannes zu erfahren? Gibt es dafür einen Grund?"

„Das hätte mich bereits in der vergangenen Nacht interessiert, aber du warst ja in deinem Vampirmäntelchen wieder mal auf dem Feld der Toten unterwegs." Jutta hatte Nils nie gefragt, was genau er an Friedhöfen so faszinierend fand. Sie würde ihn besser auch nie fragen, was ihn am Tod faszinierte. Vor kurzem war sie auf ein Gedicht gestoßen, zufällig, weil es an einer Stelle lag, an der es nichts verloren hatte; heftig, war ihr dazu eingefallen. Heftig aber gut. Nur verstehen konnte das niemand, außerhalb dieses Universums des Todes mit seinem Sinnes-Tiefenpsychologischen Formaldehyd- Odeur.

„Es nennt sich *Cape*. Und diesmal war der Anlass ein anderer, streng genommen war ich nämlich für das Institut unterwegs – Nachforschungen. Wir müssen die Mumienhand zurückgeben, am Besten der Dame, der sie so grob entrissen wurde", rechtfertigte sich Nils.

Es handelte sich bei diesem makaberen Fundstück ohne jeden Zweifel um eine Frauenhand. Ein paar Kinder waren beim Spielen in der Nähe des Friedhofs auf das altertümliche Relikt gestoßen. Die Polizei beschäftigte sich für gewöhnlich aber nicht mit Fällen, in denen einer Toten ein Körperteil gestohlen worden war. Und so gelangte der menschliche Überrest in einem Beweismittelbeutel im Institut.
Nils war der Experte und … Moment … „heißt das, du hast die Hand mitgenommen?"
Bisher war es ihnen nicht gelungen, herauszufinden, zu wem die Hand gehörte. Die Analyse würde mindestens noch zwei weitere Tage dauern.
„Es gibt genügend reiche Familien, die eine Gruft unterhalten, Todschick." Nils grinste. „Aber ich bin noch nicht durch."
„Wo ist die Hand?", wollte Jutta wissen. Was würde das für einen Ärger geben, wenn ein menschliches Körperteil, das zudem ein Beweisstück war, verschwand.
„Wir sind nicht für die Aufklärung verantwortlich. Ich wüsste nicht mal, wie ich es bezeichnen sollte; der Raub eines Körperteiles wird bestraft, ist aber streng genommen kein Verbrechen. Und wir sind nur für die Fakten zuständig." Jutta schüttelte bedauernd den Kopf.
„Welche Fakten denn? Es kümmert doch niemanden, ob die Frau ihre beiden Hände auf der Brust verschränkt hat, dann fehlt da eben eine. Aber ich möchte wissen, wer sie genommen hat, und wer ihr den Ring vom Finger gezogen hat. Das ist die Hand einer Lady. Man darf also annehmen, es war ein sehr teurer Ring."
Der akribische Nils; ob einem anderen diese winzige Einkerbung am linken Mittelfinger überhaupt aufgefallen wäre, Jutta bezweifelte es.

Die Haut zieht sich stark zusammen, es macht keine Mühe das Schmuckstück abzunehmen und es bleiben keine Abschürfungen zurück. Friedhofsangestellte aber standen schon zu allen Zeiten in dem üblen Ruf diebisch veranlagt zu sein. Wem sollte diese Herrlichkeit im Tode nützen – man konnte sie einfach unbemerkt einstecken und verkaufen. In welcher Generation ein solcher Diebstahl stattgefunden hatte, war wahrscheinlich gar nicht mehr nachzuvollziehen.

„Und dafür stemmst du Sargdeckel auf?" Jutta suchte nach einem Sitzplatz, aber da war keiner in Reichweite.

„Das ist eine grobe Verdächtigung. Mich interessierten nur die, die ich schon geöffnet vorfand. Ein Grabräuber nimmt sich nicht die Zeit, den Deckel anschließend wieder zu versiegeln."

„Wie überaus beruhigend." Bislang hatte Jutta Unterhaltungen dieser Art vermieden. Natürlich glaubte sie nicht, dass ihr kluger, verlässlicher und ausgesprochen angenehmer Assistent krumme Dinger auf Friedhöfen drehte.

„Wenn wir ihre Identität herausgefunden haben, dann wissen wir auch wann sie gestorben ist. Und bis dahin werde ich mich weiter umsehen. Außerdem habe ich ein paar Tests gemacht, sie kann nicht länger als fünfzig Jahre tot sein; plus/minus fünf."

„Ach, nur beinahe ein halbes Jahrhundert." Jutta stöhnte, doch insgeheim war sie auch ein wenig stolz auf ihren Assistenten. Nils Wonneberg war stur auf seine Art, aber er war auch ein Verfechter der Wahrheit. Und er besaß genügend Verstand, um ihr auf den Grund zu gehen. Seine Methoden hinterfragte sie lieber nicht. Das kam ihr gerade sehr bekannt vor. Casper Brandt war auch der Typ Wahrheit; *lass sie unangenehm sein, es gibt immer ein Danach – und danach ändert sich sowieso alles.* Wenn das jemand verstehen würde, dann Nils. Professor Doktor Eisenreich wollte sich nicht damit beschäftigen. Gerade wollte sie auch gar nicht an Casper denken.

„Sehen wir zu, dass wir hier ein paar Ergebnisse bekommen. Ich mag es gar nicht, wenn der junge Mann noch länger auf seine ewige Ruhe warten muss." Jutta schlüpfte in ihren Kittel und streifte die Handschuhe über.

Aus der Oberbekleidung des Toten quollen kleine Daunen, feucht und schmutzig. Es sah ein bisschen so aus, als kämen sie direkt aus seiner Brust. Und mit Bestimmtheit trugen auch die Unfallverursacher diese zarten Kunstwerke an ihrer Kleidung. *In* ihrer Kleidung? Jutta Eisenreich wünschte sich, dass die winzigen Kiele für eine stechende Erinnerung bei den Herrschaften sorgten.

„Können wir ihn Peter nennen? Anonymität hat er nicht verdient."

Nils' Blick barg ein Versprechen. Er würde Himmel und Hölle in Bewegung setzen, um dem Menschen vor ihm einen Namen zu geben. Peter. Wie kam er ausgerechnet auf *diesen* Namen? Sie hatte einmal einen Peter gekannt. Und Casper hatte ihn auch gekannt. Aber dieses Kennen lag lange zurück, war nunmehr eine Erinnerung.

„Können wir", gab Jutta bereitwillig zurück. Die Forderung kam gleich hinterdrein. „Aber du gibst die Hand zurück; dem Institut … mir. Was du sonst treibst, kann mir gleich sein. Und lass dich dabei bitte nicht erwischen, Nils! Was mache ich denn ohne meinen fähigen, überlegten, hoffnungsvollen Assistenten."

„Hängen Sie da noch ein paar schöne, lobende Worte mehr dran, und ich tue alles, was Sie wollen."

„Wehe! Einen Assistenten, der nur tut, was *ich* will, den kann ich nicht gebrauchen.“ Jutta schüttelte belustigt den Kopf. Nils Wonneberg würde das nicht fertig bringen – ausschließlich nach den Anordnungen der Leiterin des Instituts zu handeln und zu arbeiten.

„Was ist mit Peter passiert? Egal, wie lange er im Freien gelegen hat, es ist Winter und die Natur ist *dafür* nicht verantwortlich.“ Nils deutete auf die Vorderansicht des Toten.

„Sicher nicht, nein. Die Zerstörung der Leiche war ein Unfall, wie es heißt – ich würde es allerdings grobe Fahrlässigkeit nennen. Kriminalhauptkommissar Ingbert Reif traf als erster am Fundort ein. Es muss dort eine Art Handgemenge stattgefunden haben. Darüber wollte aber niemand wirklich sprechen, dafür gab es einiges zu lachen.“ Jutta war die Verärgerung deutlich anzumerken.

„Der meint doch auch, von seiner Lässigkeit getragen zu werden; ich bin sehr gespannt, wenn er versucht, das zu erklären.“ Nils mochte Ingbert Reif nicht, und umgekehrt verhielt es sich wahrscheinlich genauso. Die beiden machten, wenn es ihnen gelang, einen großen Bogen umeinander.

„Nehmen wir Peters Position; liegend. Demnach ist der Ursprung dieser *groben Fahrlässigkeit* in einem 130-Grad-Winkel, seitlich oberhalb des Körpers zu orten. Sagt dem Hauptkommissar denn niemand, dass man bei Eis und Schnee keine Boots trägt.“ Nils hätte nicht die geringste Scheu, Ingbert Reif mit diesem unvernünftigen Teil der Kleiderauswahl zu konfrontieren.

„Wer im Glashaus sitzt …“, meinte Jutta und veranschaulichte gestenreich, wie sich eine Person etwas über die Schultern warf, bevor sie ihrem Gegenüber die Zähne zeigte und auf Nr. 13 und Nr. 23 deutete.

„Frau Professor haben eine düstere Fantasie“, sagte Nils und ließ Jutta seine normal gewachsenen Eckzähne sehen.
„Peters Zahnreihen sehen aus, wie die Wolkenkratzer nach dem 11. September. Das können wir vergessen. – Nehmen wir Fingerabdrücke.“
Jutta untersuchte Peters Finger; langgliedrig, schlank und fein. Hatte Nils von diesen ehemals perfekten Händen auf ein hübsches Gesicht geschlossen? Jutta Eisenreich vergegenwärtigte sich die Bedingungen rund um die Auffindesituation ihrer Leiche.
In den letzten Wochen hatte es in den Nächten gefroren, und auch die Tagestemperaturen durchbrachen die Null-Grad Grenze nur zögerlich. Die Leiche musste einige Zeit von einer Schneeschicht bedeckt gewesen sein. Irgendwann in den vergangenen Tagen hatte dann zwischenzeitlich Tauwetter eingesetzt und durch die Bäume waren Spuren von Sonnenlicht gefallen. Ausreichend, um der leichten Decke ihre Substanz zu nehmen. Der Körper war nur wenig degradiert, gab sich jedoch diesen neuen Bedingungen hin und die Zersetzung, die Kälte und Schnee gestoppt hatten, setzte sich fort. Allerdings nur sehr langsam. Bakterien und Enzyme reagieren mit Wärme. Wäre es jetzt Sommer, hätten sie hier in der Gerichtsmedizin einen fetten Verwesungsprozess auf dem Tisch und nicht eine Leiche mit einem nur leicht grünlich verfärbten Unterbauch. Aber an den Stellen, an denen sich Füchse und Nagetiere über den Toten hergemacht und Haut und Knochen herausgebissen hatten, beschleunigte sich der Fäulnisprozess. Eine wesentliche Rolle bei der Verwesung, spielt auch das Körpergewicht; bei einem schlanken Menschen geht sie grundsätzlich schneller vonstatten. Nils' Gedicht hatte, wie Jutta sich erinnerte, auch von einer der Stufen des Zerfalls gehandelt.

„Das einzig *eindeutig* Identifizierbare, sollte es jemand wieder erkennen, ist dieser Kreuzanhänger im Surferstil. Sommeraktivitäten im Winterkleid.“ Jutta berührte kurz die Halskette, die in einem Plastikbeutel steckte. Sein Mörder hatte auf ihn eingeprügelt, rasend vor Zorn. Wurde er vermisst? Und wenn ja, wer vermisste ihn? Eigentlich wäre das ein Rätsel für Casper Brandt. Den Ermittlungsbeamten schien ja nicht sonderlich an einer schnellen Aufklärung des Falles gelegen zu sein. Jutta fragte sich ernsthaft, zu welchem Zeitpunkt die Kriminalgeschichte aufgehört hatte, ein Schicksal als solches zu sehen, und wann diese angefangen hatte, nunmehr Fälle, Fakten und Zahlen aufzulisten. Ihre Sichtweise war eine andere und war es von Beginn an gewesen. Sie sah die Leiche, aber sie erkannte auch den Menschen unter dem sich verfärbenden Körper, den sich zersetzenden Muskeln, der leicht ausziehbaren Haare, der vom Korpus rutschenden Haut, den abfallenden Fingernägeln … der Charakter der Endgültigkeit.

Juttas Sektionsassistent nahm eine Pinzette, teilte die noch vorhandenen Haarsträhnen am Oberkopf auseinander und fahndete nach kleinsten Rückständen; unter dem Mikroskop wurde selbst kleines riesig. In diesem Zustand könnte man Peters Schädel vielleicht noch rasieren, um die Aufplatzungsform offen zu legen und damit einen Eindruck der Verletzungen und der Tatwaffe zu bekommen. Nils' Miene trug einen Ausdruck von hundert Fragezeichen, bis mit einem Mal in deren Mitte ein Ausrufezeichen erschien.

„Ich glaube, ich kann hören, was mein Assistent gerade denkt“, sagte Jutta Eisenreich.

„Bestimmt nicht, weil es schändlich ist, aber es wäre wirklich äußerst befriedigend. Ich dachte daran, dass, wenn ich einige gute Bilder seines Schädels hätte, könnte ich versuchen, einen Kopf mit Peters Proportionen aus Gips herzustellen. Unser Institut ist der Eigner eines schlauen Programms … “ Nils' Augenbrauen wanderten nach oben. Er schien sich in seinen Unmut zu verbeißen.

Seine Gedanken waren oftmals schräg, netter umschrieben nannte es sich einfallsreich – jedenfalls liefen sie selten ins Leere, auch wenn die Vorgehensweisen ziemlich unorthodox daherkamen. Der Mann war kein Sektionsassistent, dem man die Brocken einzeln vorkauen musste, er besaß ein Gespür für die Dinge, ja, manches Mal sogar eine beunruhigende Intuition.

„Noch kann ich nichts Schändliches daran finden.“ Jutta hob am Ende des Satzes leicht die Stimme.

„Aber gleich“, versicherte ihr Nils. „Ich war ja noch nicht fertig. Also, wir veranstalten eine kleine Präsentation am Fundort dieses Körpers. Bei der Tatwaffe improvisieren wir ein bisschen. Und während noch alles gebannt in das Gesicht eines Toten schaut – Bang! Jemand wird ihm den Schädel einschlagen müssen und … ich stehe *nicht* zur Verfügung. Wollen doch mal sehen, wer als erstes zuckt und aus den Latschen kippt, verehrte Frau Professor.“

„Nils, das ist grauenhaft und obendrein ethisch nicht vertretbar.“

„Falsch. DAS ist grauenhaft und ethisch nicht vertretbar!“, sagte Nils Wonneberg und wies auf Peter mit dem zerschlagenen Gesicht und dem zerstörten Körper.

10
Anzeichen des Todes

Meine Polstermöbelbelagerung mit Chris Harte hatte gegen Nachmittag ihr Ende gefunden. Wir würden uns wieder zusammensetzen, wenn ich etwas zu berichten hatte. Und ich hoffte, verdammt noch mal, das wäre sehr bald der Fall. Genau in dem Augenblick hörte ich einen Motor aufheulen – unverkennbar mein geschäftiger Nachbar, der seine Schneefräse zum Einsatz brachte.
„Was ist das denn?“ Chris machte ein fragendes Gesicht und deutete auf seine Ohren.
„Ich hoffe gar nichts, außer, dass wir uns von jetzt an nicht mehr wirklich gut verstehen“, brüllte ich in seine Richtung.
„Dann bin ich jetzt gegangen“, brüllte Chris zurück.
„Du könntest meinen Nachbar versehentlich überfahren, wenn du ihn übersiehst!“ Überhören ging ja nicht.
Mein besorgter Blick war bei diesem infernalischen Geräusch sofort die Straße entlang gehastet, ob da vielleicht nicht gerade ein planlos umherstreifender Garibaldi des Weges kam. Ich schaute meinem Freund von der Haustür aus hinterher, machte mir auch noch die Socken nass, weil ich um eine Ecke spähte. Wo steckte er bloß? Nirgendwo ein einziger Pfotenabdruck zu sehen …
Also gut, dann eben nicht. Ich hatte ja sowieso eine Katzenhaarallergie. Ich zählte das Geld für die Miete für Frau Eusebia ab und steckte es in einen Umschlag. Chris Harte war ein Freund, einer, dem Geld nicht weh

tat, einer, der einen Auftrag vergab und für den Ermittler aus purer Sympathie ein paar Scheine mehr abzählte. Ich glaubte nicht daran, dass dieser Fall nur annähernd das Geld wert war, das Chris für mich aus seiner Brieftasche gezaubert hatte, und dabei sollte es bloß ein Vorschuss sein.
Dieser Mensch in der Wolfsschlucht war brutal ermordet worden, und somit war alles, was mir zu tun blieb, schneller zu sein, als Ingbert Reif – gern erinnerte ich mich da an unsere gemeinsame Zeit im Schießkino des Präsidiums. Also, genauer: An Ingberts Niederlagen. Außerdem hatte ich in diesem Fall die Rechtsmedizin und damit die weibliche Doc Holliday an meiner Seite – jedenfalls würde ich jetzt genau dafür sorgen. Ich zog mich um und legte auch noch ein Eau de Toilette auf. Nur einen Hauch, damit Jutta Eisenreich nicht auf den Gedanken kam, ich würde das ausschließlich und einzig für sie tun. Im Flakon befand sich nur noch ein spärlicher Rest, ich wollte irgendwann bald für Ersatz sorgen. Während der gesamten Einkleidungs- und Toilettenprozedur hatte ich genügend Zeit mir die Nebenwirkungen auszureden, die dieses Wiedersehen mit sich brachten. Nein, es würde *nicht* meine Nerven in Hochspannung versetzen, würde *nicht* meine sensible Magengegend um Zentimeter anheben, würde *nicht* in meinem Kopf ein Karussell in Bewegung setzen, würde *nicht* mein Gehör blockieren, dass nunmehr ein dämliches Summen zu vernehmen war … Es würde gar nichts! Da ich das Sein oder Nichtsein für meine Belange gerade erfolgreich analysiert hatte, sah ich mich nun in der Lage, die Fahrt ins Institut zu wagen, griff mir die Digitalkamera und zog einen Mantel an.
Mein Parka war sozusagen nur Tarnung, und jetzt war er nicht mal mehr das, weil ein schneenasser Garibaldi dort drinnen sein katzenhaftes

Unwesen getrieben hatte. Der Umschlag mit Frau Eusebias Geld trug ziemlich dick auf; besser, ich nannte es gleich *Frau Eusebias Geld*, dann würde es mir nicht erst fehlen. Vielleicht stellte sich beim Geldloswerden sogar eine gewisse Erleichterung ein, dachte ich, und so bediente ich die grauenhaft tönende Türglocke meiner nachbarschaftlichen Hausherrin. Mieter bekamen im Vertrauen nur dann einen Schlüssel ausgehändigt, um bei längerer Abwesenheit des Vermieters die Blumen zu versorgen oder die Post aus dem Briefkasten zu nehmen. Frau Eusebia wollte aber partout nirgendwo hin. Und so lebten auch die Blumen allesamt noch, weil ich nie gebeten wurde, ihnen zu trinken zu geben.

„Herr Brandt", sagte Frau Eusebia und brachte es doch tatsächlich fertig, überrascht auszusehen. Kaum zu glauben.

Ich zückte schnell den dicken Umschlag. „Es war eine Ausnahmesituation und ich hoffe inständig, Sie verzeihen mir die verspätete Zahlung."

„Ach, Herr Brandt, etwas Ähnliches höre ich von Ihnen doch jedes Mal." Sie nahm den Packen entgegen.

Einen Satz zum Wetter gönnte ich uns noch, dann wünschte ich ihr einen schönen Tag.

„Was haben wir denn heute noch vor?", säuselte Frau Eusebia jetzt und schnupperte, wie ich beim Öffnen der Fischdosen des Katers. Ganz toll! Jetzt hatte sie es geschafft, mir meinen Eau de Toilette-Auftritt kräftig zu vermiesen. Und *wir* hatten sicher überhaupt gar nichts vor.

„In unserem Fall gibt es eine spektakuläre Wendung. Ich befinde mich gerade auf dem Weg in die Erfurter Rechtsmedizin. Eine Leiche wartet darauf, identifiziert zu werden."

Gut möglich, dass ich nach Hause kam und die Luft verpestete; ich

würde meinen Mantel am Besten in *ihrem* Gang auslüften lassen.
„Sprechen Sie von einem weiteren Toten? Wie kommt es, dass außer Ihnen niemand etwas darüber zu berichten weiß … es gibt nicht *eine* Zeitungsmeldung." Frau Eusebia blickte mir misstrauisch entgegen, nur diesmal wusste ich *genau*, wovon ich sprach.
„Eine solche wird es auch in den kommenden Tagen nicht geben", erklärte ich.
„Mein lieber Herr Brandt. Dass Sie mir gut auf sich aufpassen."
Was denn, sie hatte ihre Mietschäfchen doch im Trockenen; und das Geld für den nächsten Monat hatte ich gleich mit in den Umschlag gepackt – im Voraus. Ja, ich würde aufpassen, aber die Toten waren kaum bedrohlich, sie wirkten nur so. Selbst das hatte nichts Gegenständliches, es war die uralte und allzu menschliche Furcht vor der Undefinierbarkeit des Dahinscheidens an sich.

Erfurt ist eine Stadt mit vielen Gesichtern; würde ich Ihnen alle aufzählen wollen, ergäbe das ein eigenes Buch. Eines davon ist die wunderschöne Altstadt mit ihrem mittelalterlichen Flair, dem gigantischen Dom, seiner volltönenden Gloriosa und seinen unergründlichen Geheimnissen. Geheimnisse gehörten zu meinem Leben, wenn es sie nicht gäbe, bräuchte keine Menschenseele einen Privatermittler. In den meisten Fällen war für mich jedoch nur das Gesicht von Jutta Eisenreich von Bedeutung.
Mit ihr saß ich im Sommer gern in einem der Cafés an der Krämerbrücke, wir redeten von Liebe und Leichen und genossen die wärmenden Sonnenstrahlen.
Nun trödelte ich ein wenig vor dem Eingang des rechtsmedizinischen

Instituts herum; die Türen waren zwar gläsern, doch wenn man auf Transparenz hoffte, die bekam man hier nicht geboten. Mein Erscheinen in den teilweise bis zur Decke gekachelten Räumen lag bereits einige Zeit zurück, meine Aversion gegen die typischen Begleitgerüche dieses Zentrums des Todes umschloss jedoch in meiner Erinnerung noch immer jede Faser meiner Befindlichkeit. Und jetzt gedachte ich den Sektionssaal anzusteuern und dort meine Fotos anzupreisen.
Frau Eusebias Wäscheleine war im Winter eingemottet, sonst hätte ich mich an einer der Plastikklammern vergriffen, die ansonsten so langweilig zweckmäßig vor sich hin hingen. Ersatzweise gab es diese Creme, deren Hauptbestandteil Menthol war. Da tränten einem die Augen, und man sah kaum etwas, aber der Körpergeruch der Leiche wurde einigermaßen erträglich. Jutta hatte so etwas hoffentlich zur freien Verfügung. Im Wald hatten andere Verhältnisse geherrscht, aber hier bekam ich schon bei dieser luftigen Gelegenheit eine Ahnung von beginnender Zersetzung. Doch jetzt, in dieser einge*wand*eten Umgebung konnte es kaum besser, nur um vieles schlimmer werden. Ich pirschte mich näher heran. Da waren Stimmen zu hören. Ein Mann, wahrscheinlich dieser Assistent und Jutta Eisenreich. Ein bisschen wartete ich noch, schaute ein wenig, versuchte nicht aus Versehen etwas zu berühren. Ich überlegte mir, wie man eine Frau anspricht, die man einst hatte wissen lassen, dass sie die Richtige sein könnte, gerade aber nicht, und dass es darum besser wäre, wenn man sich auf Abstand wieder traf. Gut möglich, dass ich das zum Winteranfang genau so überkompliziert formulierte, und genau so gut möglich, dass ich selbst diverse Schwierigkeiten hatte, es zu begreifen. Jutta nahm mir den Rückzug nicht übel, er fand geordnet statt und

hinterließ auf beiden Seiten Verletzte, aber keine tödlichen Wunden. War ich deshalb so nervös? Bevor es problematisch und kritisch zu werden drohte, marschierte ich festen Trittes den Gang entlang und rief einen Tick zu fröhlich: „Hallooo."

Da kam er auch schon um die Ecke – der Blasse, der aussah, als wäre er in einen Zuber mit Mehl gefallen. Ein bisschen Max und Moritz.

„Hallo auch, Herr Brandt", begrüßte er mich und eine Hand, die nicht die seine war, deutete auf den Raum, in dem die Toten bearbeitet wurden. „Bitte einzutreten."

„Jutta", krächzte ich entsetzt. „Sag ihm, er soll die Hand wegnehmen."

„Hab ich Sie erschreckt?" Er lauerte auf meine Antwort, ein feines Lächeln auf den gut geschnittenen Zügen.

„*Ich* war in der letzten Nacht derjenige, der diese schlimm zugerichtete Leiche dort drin gesehen hat, und *Sie* … haben gar nicht genug in der Hand, um mich zu erschrecken." Das war ein wenig geschummelt, und ich glaube, das wusste er auch. Trotzdem.

„Touché!" Er grinste und ich bekam eine angedeutete Verneigung. Aber wenigstens nahm er die fremde Hand fort.

„Warte einen Augenblick, Casper, ich kleide dich schnell passend ein, weil du sonst Spuren hinterlässt." Und schon erschien Professor Dr. Jutta Eisenreich in der Tür, hielt mir einen weißen Kittel hin, ein Mützchen, um meine Haare darunter zu verstecken, Latexhandschuhe und die berühmte Menthol-Creme, die vielleicht gar nicht nötig war.

Mein Gott!, musste ich denken und starrte sie sprachlos an. *Traumgleich*, diese Stylistin der Toten. Und schon wurde ich Lügen gestraft.

Denn es fing an … alles. Nerven, Magensachen, das Karussell, das

Summen. Und sämtliche vorherigen Versuche mir meine Reaktionen auf Frau Professor auszureden, verpufften.
„Spuren hinterlassen, ich?“ Etwas anderes fiel mir nicht ein, und Jutta fiel nicht auf, dass ich mächtig am Rudern war; ich wollte nicht in den Strudel geraten.
„Du riechst gut“, sagte Jutta und ich hoffte, ich konnte es vermeiden wie ein Schuljunge rot bis zum Haaransatz zu werden. Da half nur, mir Frau Eusebia vorzustellen und ihr Fischdosengeschnuppere. Jutta zog mich wie angekündigt an, neigte dann ihr Gesicht zu mir und küsste mich auf die Wange. „Gerade vorher kamst du mir in den Sinn.“
„Du mir auch ... wegen der Leiche.“
„Natürlich“, meinte sie und ich bekam ein Lächeln, obwohl die Bemerkung gerade so weit an einem Kompliment vorbeischoss, dass es schon fast an Unverschämtheit grenzte. Ich wollte es schnell hinter mich bringen, und ich wollte die nächsten Stunden und länger hier bei ihr bleiben. Beides gleichzeitig – extrem verwirrend! Mir ein Herz fassend, tappte ich Jutta und dem Assistenten hinterdrein, tunkte einen Finger in die Cremedose und platzierte eine satte Ladung zwischen Oberlippe und Nase.
„Das wäre nicht nötig, die Leiche ist gut konserviert. Sie riecht nur ein kleines bisschen“, ermutigte mich Jutta.
Aber das kleine bisschen war mir schon zuviel. Und ich cremte weiter.
„Ammoniakgas und Schwefelwasserstoff“, nuschelte ich.
„Für beides sind Bakterien zuständig“, sagte Jutta. „Soweit ist die Zersetzung noch gar nicht fortgeschritten. “
Besser gut gecremt, als *er*stunken. Gleich wird es besser, sagte ich mir. Gleich. Außerdem roch hier *immer* irgendetwas.

Stahltische. Aus den Augenwinkeln schienen sie fast lebendig und bemüht, den bestmöglichen Eindruck zu machen. Unheimlich glänzend warteten sie geduldig. Dabei lag auf einem von ihnen *der Tod*.

Ich wusste sehr genau, was dort geschah. Die Aufwerfungen an den Seiten und die Rinnen, die sämtliche Körperflüssigkeiten abfließen lassen, verursachten mir eine Gänsehaut. Dabei ging es so reinlich normalerweise in keiner Küche zu, doch alle Sauberkeit half kaum das würgende Unwohlsein ausmerzen, das ich bisher noch bei jedem meiner (sehr kurzen Besuche) empfunden hatte. Vielleicht waren es aber auch der Formaldehydgeruch oder die Kühle.

„Bist du sicher, dass du dich auf den Beinen halten kannst?“ Jutta musterte mich besorgt. Sie kannte mich ein wenig; wie man jemanden kennt, der sich in einer schnellen, hinterhältig nach außen hängenden Linkskurve an seinem Vordermann festklammert. – Und wir reden hier von meinem Ritt auf der Yamaha und nicht über Sex.

„Sicher erwartet niemand von mir, dass ich sage, es ist angenehm. Aber mir geht's gut.“ Bestmögliche Antwort. Mein Blick wanderte zu dem in hellstes Neonlicht getauchten Körper. Dieser Herr Grimm und Ingbert Reif hatten keine Mühen gescheut; zwei Ärsche und ein wehrloser Hinterbliebener.

„Das ist Peter“, sagte der Blasse, als befänden wir uns zusammen auf einer Party und er müsste mir unbedingt ein paar Leute vorstellen. Peter. Ich schaute Jutta an. Zufall? An diesen anderen Peter hatte ich lange nicht mehr gedacht.

„Ja, wir hatten schon … das Vergnügen“, gab ich zögerlich zurück. „Aber da sah er noch ein bisschen besser aus.“ Das war mein Intro und

ich rechnete damit, dass irgendjemand auf meine Äußerung einging.
„Und Peter heißt er womöglich nicht", fügte ich hinzu, fand es aber ausgesprochen freundlich, den so grausam dahin Gemordeten, nicht auch noch eines Vornamens zu berauben.
„Du kannst ihm einen Namen geben? Wie kommt das, Casper?" Jutta wartete gespannt auf meine Antwort.
„Nein, ich kann eurem Peter keinen Namen geben, aber ich war zufälligerweise am Fundort."
„Zufälligerweise", wiederholte Jutta. „Casper, was noch …, das war nicht alles, sonst hättest du keinen Grund gehabt herzukommen."
Die Frau war immer ein Grund herzukommen, aber musste ich ausgerechnet jetzt zu dieser Einsicht gelangen?
„Ich habe Fotos gemacht. Da war Peter noch besser … aussehend, intakter." War er das wirklich, fragte ich mich. „Jedenfalls dachte ich mir, es würde helfen. Und ich dachte mir außerdem, wir könnten übereinkommen, dass ich im Gegenzug etwas erfahre – etwas, das sonst niemand erfährt."
„Sie haben Fotos? Zeigen Sie her!" Jetzt kam er auf mich zu. War das ein Glitzern in seinen Augen? Hatte er nicht zugehört. Es gab nichts umsonst.
„Herr Fröhlich, ich helfe gerne, wenn ich kann, nur möchte ich dafür bitte eine Information."
„Dich hat jemand beauftragt", bemerkte Jutta und ich nickte.
„Nils Wonneberg ist mein Name, Herr Brandt. Sie bekommen die Info, oder?" Jetzt schaute er seine Frau Professor an. Die Augen glitzerten weiter. Ich würde es *gierig* nennen. Gefiel mir gar nicht.

„Zuerst bekomme *ich* eine Information, dann sehen wir weiter“, revidierte Jutta Eisenreich prompt die Aussage ihres Assistenten, was mich auf den Gedanken brachte, dahinter könnte ein Plan stecken.

„Was hast du gesehen, und wann war das. Für wen arbeitest du und für wen sind die Antworten – sollte ich mich dazu entschließen, sie dir zu geben. Casper, wir brauchen Peters Identität. Wer war der hübsche junge Mann?“

Hübscher junger Mann. Ich mochte diese wunderbar illusionäre Gabe. *Ich* war derjenige, der in der Schlucht der Wölfe gewesen war, als die beiden Herren in der Leiche Platz genommen hatten. Da konnte ich nicht mehr in „hübsch“ denken.

„Das ist nicht bloß *eine* Information. Es sind Tausende. Genau genommen ist es sogar ein Auftrag“, gab ich ihr zu verstehen, zückte aber gleichzeitig die Digitalkamera. Ich wollte eigentlich die Fotos zusammen mit meiner Geschichte präsentieren, doch Herr *Wonne* schnappte mir die Kamera weg. Der sah verteufelt fröhlich aus, dankbar geradezu. Hoffentlich entging ich einer Umarmung.

„Ist nicht das, was Sie denken, Herr Brandt. Nur, wenn Sie hier gute Arbeit geleistet haben, kann ich die Fotos nutzen, um einen Kopf herzustellen.“

Konnte der Mensch etwa auch Gedanken lesen?

„Wozu brauchen Sie den Kopf? Ich kann ihn noch erahnen unter all dem … ja“, deutete ich übertrieben gestikulierend in die entsprechende Richtung. Die Identität würde man doch auch anders herausbekommen – ganz sicher. Seine Hände waren, soviel ich sehen konnte, in Ordnung.

„Sage ich Ihnen, wenn es mir gelingt.“

„Casper, das möchtest du gar nicht wissen.“ Jutta zog ein Gesicht das gen Weltuntergang tendierte.
„Warum versucht man ständig, mir Dinge auszureden? Ich bin schon von Berufs wegen informell veranlagt.“ Und diese Veranlagung nahm mit der Verschärfung meiner jeweiligen Mietsituation nur noch zu.
„Von mir erfahren Sie es, wenn Sie wollen, vielleicht stehen wir ja auf der gleichen Seite“, meinte Nils Wonneberg.
Und weil ich an diesem Tag schon verdächtigt worden war, mit Frau Eusebia zu kokettieren und heimlich Frauenunterwäsche zu tragen, wollte ich jetzt nicht auch noch mit dem jungen Mann da auf der gleichen Seite stehen.
„Quid pro quo“, kam ich mit meinem Restlatein an und gleichzeitig meinem Lieblingsspruch.
„Bedeutet?“, fragte Jutta, die natürlich wissen wollte, welches meine Bedingungen waren.
„Ich will niemanden mit meinem Schweigen langweilen, aber das war eben mein Ernst, ich brauche etwas. Und so leid es mir tut, es sollte im Gegenzug, dass ich euch die Bilder überlasse und einige *Eindrücke* weitergebe, wenn ihr versteht, was ich hier andeute, etwas Sensationelles sein.“
Was dann aber kam, war so in etwa die schlimmste aller möglichen Gegenforderungen. Ich konnte nicht einmal ablehnen, weil ich irgendwie Chris Hartes großzügigen Vorschuss abgelten musste.
„Sollst du haben, dafür begleitest du meinen geschätzten Assistenten auf den Friedhof.“
Ich hatte gerade Friedhof verstanden. Konnte nicht sein, oder?
Der *wonnige* Nils winkte mit der Hand. Schon wieder nicht seine, die ein

weiteres Mal ganz plötzlich aus dem Nichts auftauchte.
„Erpressung ist strafbar“, behauptete ich. „Paragraph 253 StGB. In schweren Fällen kann eine Freiheitsstrafe bis zu einem Jahr verhängt werden. Und ein *besonders* schwerer Fall liegt vor, wenn der Täter *gewerbsmäßig* oder als Mitglied einer Bande handelt.“
„Casper, die Betonung nehme ich übel. Und Nils nimmt sie auch übel.“
„Nein, tut er nicht, Frau Professor, weil Sie sich Sorgen machen“, sagte Nils, der Übergangene.
Auch das noch! Wo war ich da hineingeraten? Jutta nahm meinen Arm und drehte mich von der Leiche weg.
„Es geht um eine Frauenhand, die aus einem Sarg aus einer der Grüfte gestohlen wurde.“
Oh, sehr pikant! Jutta breitete den Fall vor mir aus, ließ mich teilhaben an den geheimen Ermittlungen ihres Assistenten und dann kam ich auch noch in den Genuss, eben jenes Fossil zu bestaunen, um das es ging. Die Hand lag jetzt wieder beschaulich, zurückhaltend in toter Unbeweglichkeit auf dem Tablett. Ich bekam einen schlimmen Hustenanfall. Hatte ich denn glauben wollen, dass dieses Teil ein Halloweenartikel war? Im rechtsmedizinischen Institut gab es keinerlei Artikel, nur Schaurig-Echtes. Gut, die Hand hatte ich mir also angeschaut.
„Die Frau trug einen Ring am linken Mittelfinger. Sehen Sie.“ Der Assistent berührte besagte Stelle.
Ich sah überhaupt nichts, schon gar keinen Ring – nicht einmal den Abdruck eines solchen.
„Der ist weg“, fügte er noch an, als könnte ich dieses Detail irgendwie übersehen haben.

Nils Vorhaben nötigte mir einen gewissen Respekt ab, aber wenn ich daran dachte, dass ich nachts in Begleitung dieses ungesund aussehenden Kerls entlang der Gräber marschieren und die letzten Ruhestätten der Toten inspizieren müsste …

„Das ist mein *pro quo*? Was soll ich denn machen, Schmiere stehen? Er kann Ingbert Reif mitnehmen. Das würde wenigstens Sinn machen; wenn sie uns beide erwischen, nehmen sie uns mit, ich habe schon längst keinen Ehemaligenbonus mehr."

„Möchtest du einen Deal oder nicht?" Jutta blieb eisenhart.

„Beim kleinsten Geräusch laufe ich … und ich bin schnell", sagte ich und meinte es genau so.

„Herr Brandt, Sie müssen nichts Illegales tun." Nils, *die Wonne* in Person meinte es gut mit mir, aber verdammt noch eins, ich war ein ehemaliger KK, und das steht für *Kriminalkommissar* und nicht wie vermutet für kompletter Knaller.

„Herr Wonneberg", holte ich aus, „ich mag keine Friedhöfe und ich spreche hier nicht von diesen Erdhügeln, sondern von dem, was sich *drunter* befindet."

Was sollte dieses Legal-Illegale sein? Da taten sich ja Abgründe auf; und ich wollte bitte meine Privatermittler-Lizenz behalten.

„Sie positionieren sich vor der Gruft, kann sein, wir bekommen Besuch." Der blasse Nils war die Ruhe selbst. Damit passte er gewiss nicht schlecht zu den seligen Bewohnern einer Gruft.

„Positionieren ist definitiv keinen Deut illegal", stimmte ich zu. Den erwarteten Besuch wollte ich wirklich nicht kommentieren. Gab es dort Ratten? Auch hier lag ich mit meiner Interpretation grundfalsch, doch

das sollte ich noch erfahren.
„Eigentlich hatte ich vor, zu den Fotos eine kleine Geschichte zu erzählen.“ Es schien mir der richtige Zeitpunkt zu sein und ein guter Ansatz, um meinen guten Willen zu beweisen. Ich berichtete, was es zu berichten gab. Den Anfang machten der Sturz des Biathleten und Chris Hartes Neugier … das Ende, die Anweisung für alle Beteiligten während des Weltcups nur ja nicht zu laut aufzutreten und meine überstürzte Waldflucht.
„Casper, versuch' bitte den tatsächlichen Namen von Peter herauszufinden, dass uns Nils' Demonstration erspart bleibt. Und ja, das *ist* ein Auftrag.“ Juttas Blick war ein bittender. Diese grünen Augen sengten meine Sinne an.
„Einen gleichwertigen habe ich aber schon“, sagte ich wahrheitsgemäß. „Und zweimal Geld dafür zu bekommen entspricht nicht meinem Credo.“ Ja, manches Mal brachen die Aufträge nur so über mich herein.
„Ehrenhaft.“ Das kam von Nils Wonneberg.
Doch genau das wollte ich auch sein. Selbst wenn das einen finanziellen Nachteil bedeuten sollte.
„Was ist mit meiner Sensation?“ Und jetzt war ich es, der Jutta bittend ansah. Meine Augen sind braun mit goldenen Sprenkeln, wenn es jemanden interessiert.
„Ist das sensationell genug, dass Peters Kleidung mehrere Sponsoren-Logos aufweist? Sensationell genug, dass ich auf ein sehr persönliches Motiv für diesen Mord tippen würde und dass blinde Wut die Triebfeder gewesen sein muss? Dass man Peter überrumpelt hat, ist uns auch bereits bekannt.“

„Überrumpelt." Gerade klang ich ein wenig wie Mr. Arizona, Ingbert , der gedroht hatte den ganzen Thüringer Schnee schmelzen zu lassen.
„Habt ihr sie denn noch alle beisammen??? Diese Typen haben Peter plattgewalzt! Und ich kann mir schon denken, dass der Mann ein Biathlet war. So Wintersportweltfremd bin ich nämlich nicht!" Ich glaube, ich war gerade laut geworden … und würde es unter diesen Bedingungen jederzeit wieder tun.
„Ein Mann nach meinem Geschmack", lachte Juttas Assistent und bevor ich mich versah, widersprach ich auch schon mit einem entschiedenen: „Nein!"
„Ach nicht doch, Herr Brandt", sagte Nils.
„Er zieht dich nur auf. Eigentlich war das gerade ein Kompliment", meinte Jutta. „Du ergreifst für eine Leiche Partei."
Ich mochte keine Männerkomplimente, denen war nicht zu trauen.
„Peter hat vor nicht allzu langer Zeit noch geatmet, gelacht, geliebt; was auch immer. Doch wer das Opfer eines Mordes wird, könnte selbst auch etwas anderes, Finsteres, getan haben." Und ich gedachte herauszufinden, was das gewesen war.
„Ich werde Sie über sämtliche Entwicklungen auf dem Laufenden halten, Herr Brandt , morgen Abend, kurz vor Mitternacht am Tor zur Westseite?"
Ich hatte also ein Date.
„Hmhm", meinte ich. Mehr Zustimmungsenthusiasmus brachte ich gegenwärtig nicht auf.

11
Du bist der Schuldige!

Seine Ski liefen heute überhaupt nicht. Frank Ringel fluchte innerlich. Er kämpfte sich durch den dichten Nebel den Birxsteig hinauf. Ein eisiger Wind blies ihm entgegen und auf seinen Augenbrauen und Wimpern gefroren die winzigen Kristalle, nahmen ihm die Sicht oder was davon noch übrig war. Warum trug er denn keine Brille? Wie konnte man so bescheuert sein? Die Nebelschwaden schienen sich um ihn zu formieren, unerbittlich, als wollten sie ihn einkreisen. Er war doch nicht allein gestartet, überhaupt hatte er kurz zuvor noch einen Teamkollegen vor sich gesehen. Aber jetzt war da niemand mehr; nicht vor ihm, nicht hinter ihm – nirgendwo. Und es war still. Unwirklich. Gespenstisch. Wo waren die schreienden Fans, die Fahnen und Banner? Überall nur dieses brüllende Schweigen. Die Kameras bewegten sich wie von Geisterhand und verfolgten seinen Anstieg. Aber da war weit und breit kein Kameramann. Der Nebel wurde dichter. Wenn das so weiterging, musste das Rennen abgesagt werden. Doch abgesagt wird nur, wenn der Schütze die Scheiben nicht mehr sieht oder wenn das Fernsehen es so haben möchte.
Bei diesem Rennen ging es um viel, nur hatte Frank plötzlich keine Ahnung mehr, *wofür* er hier seine Muskeln verbrannte. Aufgeben wollte er nicht, er hatte doch gerade fünf Treffer im Stehendschießen für sich verbucht. Oder?
Verdammt! Offenbar leckte sein Gedächtnis gerade gewaltig und konnte er *gar nichts* mit Sicherheit sagen. Als Frank Ringel auf den weißen

Schnee unter sich schaute und auf seine Beine, wurde ihm bewusst, dass da nirgendwo Spuren zu sehen waren und er selbst schon minutenlang nicht vom Fleck kam. Das gab's doch nicht!

„Läuft nicht gut, oder?“, kam da eine bekannte Stimme aus dem Nebel. „Bei mir auch nicht.“

Wenn es bei jemandem lief, dann bei Axel Alt, denn der hatte ja seine eigenen Techniker.

„Hey Linus!“, rief Frank Ringel erleichtert. „Mensch, ich dachte schon, jetzt hat's mich erwischt – durchgeknallt.“ Er lachte, aber sein Lachen wurde jäh abgewürgt – von einer Erinnerung und von der Tatsache, dass ihm Linus Moritz auf der Strecke *entgegenkam*. Der Freund fuhr Schuss und doch bewegte er sich nicht. Seine Hände waren leer … keine Skistöcke, und er trug Freizeitkleidung; Jeans und dazu ein Hemd, dessen Revers mit Werbung gespickt war. Der Reiseveranstalter fiel Frank Ringel überdeutlich ins Auge und auch das Kreuz mit dem Surfer um seinen Hals. Vor kurzem hatten noch alle geglaubt, Linus hätte das süße Leben gewählt. Aber *Süß* ist am Sterben gar nichts. Was zum Teufel war hier los? Bitte, das konnte doch alles nicht wahr sein!

„Du bist tot.“ Es war sein Schrei, der den Nebel zerriss. „Tot, tot …“

„Nein, aber wenn du weiter wie ein Blöder herumplärrst, krieg ich nen' Hörsturz“, sagte jemand.

Frank Ringel schreckte hoch. Der Birxsteig verschwand, zusammen mit den Kameras und Linus Moritz. Er lag in seinem Bett, die Decke ballte sich an seinen Füßen zu einem Knäuel. Vor ihm stand Dennis Paulsen, mit dem er das Zimmer teilte.

„Weißt du, eigentlich hatte ich vor zu schlafen. Auf deine Geschichten

habe ich keinen Bock. Da …“, er deutete auf die Timex an seinem Handgelenk. „2 Uhr und 12 Minuten. Du machst echt keinen Spaß!“
Frank würde sich nicht entschuldigen. Nicht für einen verdammten Albtraum. „Weißt du Paulsen, wenn wir nicht getan hätten, was wir getan haben, dann würde ich einen weiten Bogen um dich machen.“
„Das sehe ich genau so. Mach dir nicht ins Hemd, O.K.? Wir können nicht zurück, Jo ist tot.“
Frank Ringel gab diesem Tod eine Zeit, zählte für sich die Jahre, Monate und Tage ab – drei, drei, siebzehn.
„Und Linus auch“, sagte er dann. „Jemand wird kommen und fragen, wer von uns es war. „WER war es? Was meinst *du*?“
„Bist du irre? Krieg dich ganz schnell ein oder …!“ Paulsen ballte eine zitternde Hand zur Faust.
„Was?“, fragte Frank, ahmte die fließende Bewegung eines Schlages nach und untermalte seine Darstellung mit einem Knirschlaut – ein unsichtbares, schweres Etwas, das auf ein Hindernis traf.

12
Kein Raum für Irrtümer

Er würde das nicht schlucken, auf keinen Fall, meinte Ingbert Reif. Bislang führte er Selbstgespräche, schon aus lauter Zorn und dazu hörte er überlaut Johnny Cash.Die Songs klangen nach genau dem Leben, das er gerne führen *wollte*, aber niemals führen *würde*. Trotz seiner Wut war Ingbert in der Lage, seine Gedanken aufgeräumt und ordentlich zu halten und das bedeutete, noch einmal die Bilder des Mordes durchzuspielen.
Der Typ in der Wolfsschlucht, die überhaupt nichts mit Wölfen zu tun hatte, war nicht erschossen worden, obwohl hier alle eine Flinte auf dem Rücken trugen. Wer hätte gedacht, dass er es in seinem Einzugsgebiet Schmalkalden-Meiningen einmal mit einem solch sportlichen Mordfall zu tun bekam. Leichenfälle hatte er des Öfteren zu bearbeiten, aber einen, bei dem man sich an höchster Stelle bemühte, seine Ermittlungsarbeit möglichst erfolgreich zu behindern, das war neu. Ingbert Reif war ziemlich gut in seinem Job, seine Aufklärungsquote lag bei über 95%. Ihm diesen Fall zu versauen, würde er nicht erlauben. Und nichts anderes war man gerade dabei zu versuchen.
Ingbert hatte zu Beginn seiner Karriere eine klare Vorstellung von seinem Leben gehabt. Die Vorstellungen waren mit der Zeit aber immer mehr zusammengeschrumpft. Er erklomm die Leiter der Hierarchie, entgegen allen Hindernissen, bis er beim Hauptkommissar angelangt war, doch was kam danach? Wenig, wenn er keinen höheren Dienstweg beschreiten wollte und genau das wollte er nicht. Es *wäre* alles gut, doch

es *war* nichts gut. Schnöde Bürokratenbüroarbeit konnte Ingbert nicht leiden, er musste raus, musste den Abschaum von der Straße holen. Totschläger waren Abschaum, Mörder waren Abschaum und auf der anderen Seite standen die Bürger, die man beschützen musste. Dazwischen gab es nichts. Genauso hatte er gedacht.
Dann kam ein Hindernis, das Ingbert zu spät erkannte, und mit ihm der Gedanke an Mord. Zweimal in seinem Leben war er selbst nahe dran gewesen, einen zu begehen.
Das erste war seine Ehe mit einer Frau, die geschworen hatte, in guten wie in schlechten Zeiten zu ihm zu stehen, alles mit ihm teilen zu wollen, und sich dann ganz plötzlich nicht mehr an ihr Versprechen erinnern mochte. Was vorher ein: „Liebling, egal wie spät es heute bei dir wird, ich werde warten“, wurde zu einem: „Musst du denn schon wieder weg? Was machst du überhaupt? Der Typ ist mausetot, um den kannst du dich doch auch morgen noch kümmern!“ Sie nörgelte hemmungslos herum und Ingbert konnte bloß noch an eines denken, sie loszuwerden. Das einzige Mittel, das ihm zur Verfügung stand war die Scheidung, Mord kam nicht in Frage. Auch wenn er zugeben musste, daran gedacht zu haben. Aber dann wurde sie schwanger.
Er wusste nicht, ob das auf alle Frauen zutrifft, aber *seine* Frau wurde mit jedem Monat und mit jedem Kilo, das sie zunahm, schlimmer. Eine Tyrannin, die meinte, ihn nun mit der längst verdorrten Frucht ihrer Liebe erpressen zu können. Seine Tochter, ein gesundes Kind, aber kein fröhliches, wurde mit der Zeit ihrer unausstehlichen Mutter immer ähnlicher. Jetzt beherbergte und ernährte er zwei von der Sorte. Ingbert graute vor dem nach Hause kommen, manches Mal schlief er sogar im

Büro, und als das den Kollegen irgendwann auffiel, nahm er sich ein Zimmer in einer Pension.

Bis es dann soweit war … Der Gedanke dem eigenen Kind den Hals umdrehen zu wollen ist schlimm genug, aber bevor er es wirklich tun würde – ein Doppelmord – zog Ingbert die Notbremse. Ihre Wege trennten sich – viel zu spät.

Aber die menschliche Psyche war nicht minder nörgelig. Sie vergisst nichts, reagiert anfällig und allergisch. Aus Ingbert Reif war ein zorniger Mann geworden, ein Mann, den seine eigene Familie beinahe dazu gebracht hätte, sich und seine Überzeugungen aufzugeben. Beinahe …

Ingberts noch nicht ganz ausgeträumter Traum waren die Vereinigten Staaten, ein Sheriffposten in einem netten County und auf der breiten Brust ein Seven Point Star, ein Siebenzack-Stern, der die Grundsätze der Polizeiideologie repräsentierte, die da wären: Charakter, Integrität, Ehre, Kenntnis, Höflichkeit, Loyalität und Gerechtigkeit. Der Stern war auch ein Symbol des Vertrauens und sein Träger der Leiter der Polizeibehörde.

Hier war er nur ein billiger Kriminalhauptkommissar, der zwar auch einen Ford Mustang fuhr, diesen aber aus eigener Tasche bezahlt hatte. Wenn man etwas falsch anfing, sollte man rechtzeitig abbrechen – nachher war dafür keine Zeit mehr. Oder der Mumm kam einem irgendwann abhanden.

Johnny Cash sang etwas über einen Ort, an dem alles anders war. Besser. Davon zu singen war einfach. So einen Ort kennt jeder, sagte sich Ingbert. Und einen anderen, zu dem er gerade unterwegs war und der nichts mit irgendwelchen Wünschen zu tun hatte. Ingbert würde seinem Sheriff Coroner, nämlich der Rechtsmedizin, einen Besuch abstatten.

Jutta Eisenreich; die wohl auch einige der sieben-zacken- Eigenschaften erfüllte. Loyalität zählte aber nicht dazu und Höflichkeit … eine eiskalte vielleicht. Doch „Kenntnis“ besaß die Frau. Und mit ihrem Assistenten, dem verqueren, bleichsüchtigen Typen würde Ingbert freiwillig ohnehin kein Wort wechseln. An dem war einiges nicht ganz echt und sollte er ihn jemals in einem Stückchen – und sei dieses Stück noch so winzig – rechtsfreien Raum erwischen, dann gnade ihm Gott!
Diese Leiche am Abhang der Wolfsschlucht warf einige Fragen auf. Ingbert mochte Rätsel, aber natürlich nur solche, deren Lösungen er aus seinem Stetson zaubern konnte. Ihn ärgerte gewaltig, dass er sich mit jeder vergeudeten Stunde mehr von diesen Lösungen entfernte. Bei der Gelegenheit hatte er auch eine andere *Entfernung* wieder vor Augen.
Der Kerl, der am Fundort plötzlich irgendwo aus dem Dunkeln geschossen kam. Keine Zeitung hatte etwas gebracht, aber er würde dafür sorgen, dass der Tote aus der Wolfsschlucht irgendwann auf der Titelseite ankam. Ob er nun autorisiert war oder nicht, Lady Coroner hätte nichts davon zu schweigen. Er würde die Antworten, die er brauchte, schon bekommen.
Dort an der Rennstrecke waren dazu überall Kameras installiert und Kameras zeigten eine Menge beweglicher Bilder. Einen Mord sah man darauf bestimmt nicht, aber was man sehen konnte, war ein Teil der Fernsehübertragung; jener Moment in dem ein Läufer aus dem deutschen Team in der Wolfsschlucht den Absturz gehabt hatte und dort unten eine böse Überraschung erleben musste. Der eklige Knalleffekt blieb natürlich allein dem Athleten vorbehalten, aber Hunderttausend und mehr Menschen wurden Zeuge, wie eine Unachtsamkeit das Leben eines Eliteathleten verändern kann.

Für Chris Harte und seinen Sender war es sicher ein gutes Geschäft gewesen. Nach dem Ausscheiden des Biathleten wollte jede Fernsehanstalt im In- und Ausland diesen Sturzmoment und auch den darauf folgenden bringen, als die Streckenposten dem Pechvogel über den Abhang hinaufhalfen und die Kamera sich das entsetzte Gesicht des Mannes ganz nah heranzoomte. Eine Totale.

Den Biathleten, Niko Vormann, wollte Ingbert erst einmal noch eine Weile außen vor lassen. *Erst einmal*, bedeutete lediglich, dass er mehr brauchte, als er bisher hatte, nämlich überhaupt nichts, außer den Unstimmigkeiten an der Strecke und mindestens einer komischen Bemerkung von Seiten Herrn Grimms. Dazu kam, dass er nicht ohne Samthandschuhe an den Gestürzten ran durfte. Ingbert konnte die umständliche Nummer mit den Samthandschuhen nicht ausstehen.

Nebenbei blieb ihm nur ein wenig herkömmliche Polizeiarbeit. Und so ganz nebenbei sollte er auch daran denken, dass es sich bei dem Mann theoretisch um einen Kollegen handelte. Beliebt, hieß es. Schneidig hieß es auch, zuverlässig, entschlossen und noch so ein paar fürchterlich flüchtige Charaktereigenschaften. Obendrein und das ziemlich überzeugend, behaupteten Niko Vormanns Kollegen einstimmig, er wäre verdammt schnell und hätte in dieser Saison einen Spitzenplatz belegt.

Für Ingbert war es nahezu unmöglich einen Sportler vom anderen zu unterscheiden, sah man die Männer und Frauen doch meist nur in ihren schwarz-rot-goldenen Rennanzügen, mit ihren Brettern an den Füßen, Brillen im Gesicht, Mützen auf dem Kopf und einem Gewehr auf dem Rücken. Wegdenken konnte er sich diese ganze Ausrüstung nicht. Und irgendwie war es auch nicht sein Sport. Schon wegen der Bedingungen.

Der Märchenerzähler hatte Recht. Ingbert war der Typ Wüste. Und wo steckte er? Im Schnee.
Als er auf den Parkplatz des Instituts einbog, fuhr weiter vorne gerade ein Wagen weg, der verdächtig nach Casper Brandts Opel Ascona aussah – schreckliche Mühle. Hatte Brandt am Ende wieder was mit Lady Coroner? Ingbert hatte gedacht, das wäre passé, aber was wusste er schon von Frauen. Nicht sonderlich viel und doch mehr als genug. Und was wusste er von Brandt?
Der war ein Idiot, aber ansonsten … wem Brandt Deckung gab, der musste nicht fürchten, eine Kugel abzubekommen, die würde dieser lieber selber einfangen. Genau die richtige Voraussetzung für einen dämlichen Privatermittlerjob. Da brauchte Brandt seine Gedanken nur auf die gehörnten Ehemänner zu konzentrieren, deren Frauen er ausspioniert hatte und die seine Beweisfotos in Rage versetzten. Die meisten von ihnen besaßen ja nicht mal eine Waffe und im umgekehrten Fall – Frauen benutzten Gift.
Er stieg aus seinem Ford, in Mantel, Anzug, schneeweißem Hemd und dunkler Krawatte, und prüfte die neue Besohlung seiner Boots. Der Märchenonkel war Schuld. Dieser fette Kerl und Isaac Newtons Entdeckung der mitreißenden Schwerkraft. Nach der Landung in den Innereien eines Toten, hatte Ingbert die Stiefel in den Müll geworfen und zwei andere Paar beim nächsten Schuster für Eis- und Schneejahreszeiten aufrüsten lassen. Das war seine Konzession an den Winter, und es würde auch die einzige bleiben, wenn es nach ihm ginge.
Gedämpft klangen die bearbeiteten Absätze der Stiefel auf dem Marmorboden, als er das Gebäude betrat, doch laut genug, um sich Gehör und die

nötige Aufmerksamkeit zu verschaffen.
„Der werte Kriminalhauptkommissar“, begrüßte ihn Jutta Eisenreich. In ihrer Stimme lag ein Tadel, womöglich sogar Zorn.
Aha, dachte er. „Sagen Sie, was Sie zu sagen haben“, forderte er sie auf. Mal sehen, wie viele der Zacken für Lady Coroner am Ende noch übrig blieben.
„Genau darum geht es – ich habe Ihnen nichts zu sagen.“
„Ist doch Quatsch. Es gab eine Kollision und das Opfer war schon vorher eines. Und jetzt möchte ich bitte die Ergebnisse der Obduktion haben. Ich habe eine angeordnet.”
„Sie glauben, ein *Bitte* genügt?“, gab sie zurück. „Tut es nicht. Und anzuordnen hat die Polizei gar nichts, nur der Staatsanwalt.“
„Dann hat eben der Staatsanwalt eine angeordnet. Also …“ Ingbert reichte es allmählich. Er war nicht gekommen, um die Dame zum Tanz aufzufordern. Gerade drehte er sich aber gehörig im Kreis. Jutta Eisenreich zeigte ihm die leeren Handflächen und wandte sich wortlos um.
„He“, rief Ingbert.
„Kommen Sie oder sind Sie zu feige sich das Ergebnis ihrer Penetration anzuschauen?“ Jutta Eisenreich sagte es zu den Wänden und zu dieser stinkenden Luft, *ihn* sah sie dabei gar nicht an. Penetration. Das klang verdammt unanständig. Sie wollte ihn sauer machen und das gelang ihr. Sogar ziemlich gut.
„Anziehen“, lautete die wenig liebenswürdige Aufforderung und Ingbert bekam eine Vollausstattung. Wenn die Frau dachte, er würde kneifen, dann hatte sie sich geschnitten. Schlimmer als das Szenario der letzten Nacht konnte es unmöglich werden. Dazu stand er jetzt auf seinen zwei

Beinen und kein Grimm war in Sicht. Doch da kam auch schon der kalkige Assistent an, ein unverschämtes Grinsen klebte auf seinem Gesicht. „Herr Kommissar."
Ingbert knurrte, eine Erwiderung gab es nicht. Stattdessen setzte er entschlossen einen Fuß vor den anderen und trat an den Stahltisch mit der Leiche. Seine Hände steckten in Latexhandschuhen, er hatte begonnen zu schwitzen. Schlimmer war der Anblick nicht, aber *deutlicher.*
„Haben wir schon eine Vorstellung, womit die Tat begangen wurde?" Ingberts Stimme war nicht Ingberts Stimme und das ärgerte ihn, er hörte sich an wie eine kratzende, alte Schallplatte.
„Da wir zwei oder sogar drei Täter haben, ist das wirklich schwierig festzumachen. Einmal ist da der Mord, bei dem kaltblütig auf Gesicht und Schädel des Opfers eingeschlagen wurde. Der Körper … das ist wirklich ein Novum in der Kriminalgeschichte … wurde – mit Verlaub, Herr Kommissar – von zwei Ärschen in diesen desolaten Zustand versetzt. Das Täterprofil würde für ein Verrücktenduo sprechen."
Jutta Eisenreich ging noch weiter … und versetzte ihm einen Klaps auf das Hinterteil. Vor Schreck machte er einen Schritt zur Seite und musste sich am Stahltisch festhalten.
„Das reicht jetzt!" Ingbert schluckte heftig. In den Latexhandschuhen sammelte sich der Schweiß. Sollte sie doch in ihrem Kühlschrank bleiben, das Wüstenangebot galt nicht länger.
„Und ob", bekräftige Professor Eisenreich. „Es ist genau das, was auch in meinem Bericht zu lesen sein wird."
Der Assistent sah nach diebischer Freude aus und Ingbert hätte sich gerne revanchiert.

„Sie sollten sich besser auf den Mord konzentrieren. Ich komme wieder und dann will ich Ergebnisse. Und halten Sie mir Dracula vom Leib." Ingbert sah Juttas Assistenten an, damit sich da auch keinerlei Missverständnisse breit machen konnten.
Aber die Revanche würde es geben, ganz sicher. Im Augenblick zählte jedoch bloß eines: Ohne sich noch eine Blöße zu geben und erhobenen Hauptes hier rauszugehen.
„Wären Sie ein bisschen netter und weniger giftig, Herr Hauptkommissar, dann wäre es leichter für mich, mit dem ermittelnden Beamten zusammenzuarbeiten", lautete die Erwiderung.
Ingbert hasste allen Sympathiekram. Das wurde doch ohnehin überbewertet. Gefühle. „Und Casper Brandt ist natürlich nett und ganz ungiftig. Schon klar. Ich dachte, ich hätte seinen Wagen gesehen. Und da frage ich mich schon, was er hier verloren hat, der Herr Privatermittler."
„Sie dürfen sich alles fragen …", sagte Jutta Eisenreich schlicht. Mehr kam nicht.
Gut, das war's, meinte Ingbert Reif. Wiederkommen würde er in jedem Fall. Er zog am Latex über seinen Händen, stülpte das nasse Innere nach außen und entledigte sich der unangenehmen Handschuhe. Ingbert legte das weiße Plastikzeug auf eine Ablage und als er dem Stahltisch den Rücken zuwandte, sah er es …
Der Bildschirm eines Laptops zeigte die Leiche – es war dieselbe Leiche, die hier gerade auf dem Stahltisch lag. Aber diese Fotos waren woanders aufgenommen worden, nämlich im Wald, an der Fundstelle. Und sie zeigten den Körper in seiner ursprünglichen Lage und Fasson; nicht *penetriert* wie Lady Coroner es ausgedrückt hatte. Casper Brandt.

Ingbert Reif nickte. Auf ihn wäre er gar nicht gekommen, nicht gleich jedenfalls. Ingbert deutete mit ausgestrecktem Finger auf den Bildschirm.

„Interessant. Sehr sogar“, sagte er und betonte jedes Wort genüsslich. „Dem Schnüffler steht Ärger ins Haus.“ Niemand widersprach ihm. Wenn das kein Beweis war, dass hier alle unter einer Decke steckten. Casper Brandt, der sich verkleidete, einen Tatort mit seinen Spuren verseuchte, Fotos schoss, Beweismaterial weitergab, Ermittlungsrelevante Ergebnisse mitanhörte und sich dann rennend aus dem Staub machte. Woher hatte er von der Leiche gewusst?

„Ich vertraue darauf, in Kürze Ihren Bericht auf meinem Tisch zu haben, Frau Professor Dr. Eisenreich.“ Ingbert war kein Dummkopf, er wollte auch nicht dafür gehalten werden. Darum setzte er nach und hatte es plötzlich gar nicht mehr eilig, sich zu verabschieden. Ingbert stach dem Vampir einen Finger in die Brust. Er würde es überleben, aber ob Dracula es überlebte, war sehr fraglich.

„Arbeitet er da etwa mit einem Programm für erkennungsdienstliche Maßnahmen? Woher er das wohl hat?“, sinnierte Ingbert laut und seine Augen fixierten sein Gegenüber wie eine Schlange die auserwählte Beute. Er würde sich diesen Typen kaufen – Revanche. Dracula grinste nicht länger.

13
Das sinnlose Argument

Der weiße Ford schoss rückwärts aus der Garage in der Boylston Street. Die Feuerwehrglocke auf dem Dach des Wagens läutete Sturm. Eine Leiche, eine Besichtigung, ein Mord, der auf seine Entdeckung wartete. Als Dr. Georges Burgess Magrath in den Rückspiegel sah, bemerkte er, dass seine rote Perücke verrutscht war. Er schob sie gerade. Und weil er dabei war, auch gleich seine schwarze Künstlerkrawatte. Sich schön machen für den Tod oder um die Lebenden ein wenig auf die Palme zu bringen. Magrath lachte und klopfte auf das Armaturenbrett des uralten Ford, den er Lizzie getauft hatte. „Eile, braves Mädchen, schauen wir uns den Ort des Todes an."

Ich wollte eigentlich weiterlesen, aber Dr. Magrath hatte mir gerade das Stichwort gegeben. Ein kauziger Typ, aber genial und eine Figur aus einem meiner Glen Leborski Romane. Der Doc im Buch war nicht ganz das, was Professor Dr. Eisenreich im wirklichen Leben war; in den Vereinigten Staaten stand der Begriff *Medical Examiner* für einen erfahrenen Pathologen und Gerichtsarzt. Einer, der einen ersten Blick auf eine Leiche wirft und wenn er zu dem Schluss kommt, dass die Todesursache eine unnatürliche sein könnte, auch sämtliche nachfolgenden Untersuchungen durchführt.
Es war Tag drei nach dem Leichenfund am Rande der Rennstrecke und allmählich sollte ich mich noch einmal nach Oberhof begeben, um etwas

für meinen Vorschuss zu tun. Nicht, dass mir die Athleten wegliefen. Meinen Mantel hatte ich in den Gang gehängt, aber nicht in den von Frau Eusebia. Er muffelte auch nicht so schlimm, wie ich anfangs befürchtet hatte. Ein Mantel war kein Kleidungsstück, in dem man sportlich wirkte. Nun, ich glaube nicht, dass ich überhaupt *irgendwie* sportlich aussah. Aber jetzt wollte ich mich bemühen, wenigstens einen guten Eindruck zu machen. Also verlangte ich jetzt das von mir, was ich am wenigsten leiden konnte – Einkaufen.
Gutes Schuhwerk, wie Chris Harte sagen würde, eine neue Jacke und wegen der Kälte vielleicht noch etwas Wolliges auf die Ohren. Es würde bestimmt keinen Spaß machen, aber es war bitter nötig. Und für diese Shoppingtour musste ich nicht mal ein Stück meines Besitzes versetzen. Irgendwie fand ich das beruhigend. Casper Brandt war kein Freund des Geldes, kein Mann, der dem bunten Scheinen nachjagte, aber was sollte ich machen. Wie jeder Bürger musste ich leben.

Es war mir noch immer nicht gelungen, was ich aus meinem Schrank gezogen hatte, wieder dort hineinzuräumen. Demoralisiert von den komischen Anspielungen meiner Schlafzimmerbesucher, hatte ich überhaupt keine Lust, mich jetzt damit zu beschäftigen. Mein erster Griff in den Kleiderwirrwarr, förderte einen Norwegerpulli zutage. Er war das Wärmste, das ich auf Anhieb finden konnte.
Das Ding presste sich an meinen Körper, wie eine Wursthaut an ihren Inhalt und die Ärmel schienen mir auch ein wenig knapp. Eine proportionale Größenzunahme schloss ich aus, nicht in meinem Alter. Auch vorher nicht. Dieses Vorher müsste schon verdammt lange zurückliegen.

Der Zeitungsartikelhaufen sah mir grässlich anklagend entgegen. Jo Kurz, den ich auf die gleiche Art *überrumpelt* hatte, wie die beiden Ärsche den anderen Athleten. „Jo Kurz“, sagte ich den Namen des Toten in der Kiesgrube vor mich hin und versuchte das Datum auf dem Artikel zu lesen. Da war nichts zu machen. Ich musste in die Bibliothek. Aber zuerst musste ich einkaufen und danach ins Biathlonstadion. Außerdem war da noch Peter, und ich mir sicher, dass es sich bei dem Mordopfer um *Keinen, der nicht auch zuvor schon nicht da war* handelte. Eine Visa-Card besaß ich nicht, darum fütterte ich meine Brieftasche mit einigen von Chris' Scheinen. Es konnte losgehen.
Die Flocken hatte ich nicht bemerkt, sie mussten heimlich gefallen sein. Als ich jetzt aus der Tür ging, holte mich die Winterwelt wieder ein. Frisch und blendend hell.
Der Opel war derweil eine innige Beziehung mit dem Schnee eingegangen, so dass mein Handbesen wieder zum Einsatz kam. Ich ließ mir Zeit, schielte nach allen Richtungen und da … wischte er um die Ecke. „Gerade hab ich an dich gedacht“, sagte ich und mir fiel ein, Jutta hatte etwas Ähnliches auch zu mir gesagt. Der Guerillakämpfer kam näher. Ich ertappte mich, wie ich in die Hocke ging und die Hand ausstreckte. Schnell zog ich sie wieder zurück. Keine gute Idee Casper Brandt, du hast eine Katzenhaarallergie, sagte ich mir ernsthaft. „Ich habe eine Katzenhaarallergie“, verteidigte ich mich und meinen Rückzug.
Garibaldi sah aus, als wüsste er das längst. Katzenhaft enttäuscht. Er riskierte einen kurzen Blick auf sein Fell und konnte daran nichts Komisches finden. Ich auch nicht, Katzen hatten nun mal eines.
„Ich muss jetzt weg, aber später … bin ich wieder da.“ Willst du ihm

deine Visitenkarte geben, einen Termin vereinbaren? Es gab Situationen da konnte ich mich wirklich nicht leiden; das gerade war so eine. Dafür hatte mich der Kater auf etwas gebracht, *denn genau* das würde ich tun – Visitenkarten drucken lassen; jetzt sofort, weil ich jetzt sofort welche brauchte. Als Privatermittler, der mitten in einem Fall steckte, unbedingt. Ich nahm den Kater hoch, Katzenallergie hin oder her, und drückte ihn an meinen Norwegerpulli. Wer von uns überraschter war, wusste ich nicht zu sagen. „Wir sind ein klasse Team, Kämpfer. Wenn du wiederkommst, hab ich was für dich.“ Und was in Gedanken eben noch ein *womöglich* gewesen war, wurde nun ein *bestimmt*. Ich weiß nicht, wie es aussieht, wenn ein Kater jubelt, aber seine Ohren bewegten sich. Und schon wieder hatte ich ein Date.

Zuerst wollte ich mir meinen Traum von einem Stapel edler und aussagekräftiger Visitenkarten erfüllen oder zumindest schon mal in Auftrag geben. Der Druckmensch meinte, mir unbedingt eine Beratung angedeihen lassen zu müssen; aber dafür hatte ich jetzt wirklich keine Zeit. Er zog ein langes Gesicht, als ich ihm sagte, es müsse schnell gehen. Ich brauchte die Karten heute; wegen der Sportler, die sich an mich erinnern sollten. Gleich nach dem Kauf meiner Winterkleidung wollte ich zurück sein, um sie abzuholen. Das hieß Zugeständnisse. Aus edel und aussagekräftig wurde nichts. „Wir machen es schlicht“, beschloss ich. „Ich komme nachher wieder.“ Der Mensch zwang ein ebenso schlichtes Lächeln auf sein Gesicht. Mein Wiederkommen schien er als Drohung zu verstehen. Warum sollte ich mich entschuldigen? Und wofür? Ich kaufte schließlich eine Ware. Die ganze Angelegenheit ging

mir schon jetzt gehörig auf die Nerven.
Meine Einkaufstour führte mich in all die Geschäfte, die ich nicht vorgehabt hatte, jemals von innen zu sehen. Ich war ein Kunde ohne Ahnung und ein geschultes, aufmerksames Auge sah das auf den ersten Blick. Die Verkäuferin in der Sport Boutique (wohlgemerkt Boutique, und das hieß schon satte dreißig Prozent Aufschlag, wenn man nur die Eingangstür öffnete) bemerkte mich in meinem Norwegerpulli und meinte, jemand, der sich seit dem letzten Krieg nichts mehr geleistet hat, dem könnte man prima etwas aufschwatzen. Die Strategie klappte hervorragend. Sie schwatzte und am Ende besaß ich alles, was ich ihrer Meinung nach *unbedingt* haben *musste*. Meiner Meinung nach nicht, aber es sah gut aus. *Ich* sah gut aus. Also bat ich darum, man möge die Preisschilder entfernen und behielt gleich den neuen Pulli, die Hose samt Daunenjacke und die Schuhe an. So leicht waren die Dinger, viel zu leicht, um eine solche Stange Geld zu kosten, da war absolut nichts dran, und die Dame sagte, ich würde gar nicht bemerken, dass ich überhaupt welche an den Füßen hatte. Das fand ich nun das schlechteste Argument des Tages. Und jetzt hoffte ich, *sie* log. Meine Gedanken gingen zu Garibaldi.
Den Kater konnte ich nicht hängen lassen, und mein Duftbedürfnis wollte ich ebenfalls noch befriedigen. Man musste sich richtig auf die Suche begeben. Im Vorübergehen, so wie ich es gerne gehabt hätte, klappte leider gar nichts. Ich ging in eine Parfümerie, und wusste kurz darauf schon nicht mehr, was ich hier wollte. Brauchte ich wirklich ein neues Eau de Toilette? Ja, brauchte ich, weil mein Flakon inzwischen nicht einmal mehr einen *Hauch* des wohlriechenden Zeugs hergab. In

diesem Fachgeschäft bekommt man gratis einen Eindruck, wie sich jemand fühlt, der einen grausamen Erstickungstod stirbt. Da roch einfach *alles* und *alles* war mir zuviel. Eine der Verkäuferinnen sah mich herumkramen und erfasste meine Not. Sie drückte mir einen Flakon in die Hand und meinte: „Versuchen Sie's, wird Ihnen stehen.“
Sie konnte doch gerade bestimmt nicht meinen, was *ich* meinte, das wäre reichlich unverschämt gewesen. Ich nuschelte ein sauerstoffloses „Wunderbar“, bezahlte und war weg. *Mein Gott, was für eine Qual musste es sein, dort zu arbeiten!*, überlegte ich mir und pumpte jede Menge frische Schneeluft in meine Lungen.
Das Leckerli für Garibaldi war noch schwieriger zu bekommen, aber schließlich tat sich vor mir ein Discounter auf, nur für Hunde, Katzen und anderes Getier. Die Sachen, die in meinem Korb landeten waren ähnlich kostspielig wie mein Eau de Toilette. „Und Sie haben sich nicht verrechnet? Wirklich nicht?“, fragte ich. Einkaufen war teuer und ein Tier zu haben offensichtlich auch. Ich hatte kein Tier und ich wollte auch keines, das hier war eine Ausnahme.
Der Opel nahm meine übrigen Einkäufe ohne jede Regung entgegen und ich war ehrlich froh, der Fußgängerzone und ihren Geschäften zu entkommen. Auf dem Rücksitz lag die Schlinge, die mich auf Waldeswegen eingefangen hatte und unterdessen ein wenig dem Vergessen anheim gefallen war. Ich würde das Ding noch genauer begutachten. Heute Abend. Und mir dann den Jagdmeister vorknöpfen. Nicht heute Abend. Aus den Augenwinkeln bemerkte ich mehrere stumme Blicke. Wurde ich gerade beäugt? Kleider machen Leute. Hoffentlich klappte das auch an der Rennstrecke.

Chris Harte hatte mir die Termine aufgeschrieben, so dass ich nicht Gefahr lief, mitten in einen Wettkampf zu platzen. Heute stand die Staffel der Herren auf dem Programm; 16.30 Uhr, und Chris meinte, das würde mich vielleicht interessieren. Für mich war sogar eine Akkreditierung hinterlegt worden; mein Freund unterstützte meine Ermittlungen wirklich nach besten Kräften. Dass in dieser Disziplin pro Nation nur vier Athleten zum Zug kamen, konnte von Vorteil sein. Die übrigen mussten ja schließlich irgendwo stecken. Ich würde also zusehen, den einen oder anderen zu erwischen. Auf Chris' Zettel standen sogar die Namen der deutschen Biathleten und deren Startreihenfolge. Jenseits des Weltcup-Interesses spukte da immer noch „seine letzte Runde" in meinem Kopf herum und aus meiner Brieftasche lugte der arg geschundene Zeitungsartikel. Die Meldung machte nicht geisterhaft von allein auf sich aufmerksam, ich hatte sie zusammen mit den Geldscheinen eingesteckt.

Lawrence D. Cutten hatte mit Glen Leborski einen coolen Helden zum Leben erweckt. Casper Brandt war kein solcher, doch gerade befand sich Glen Leborski in einer ganz ähnlichen Situation. Es war ein Roman, sicher. Aber in jedem Roman steckte außer einer guten Geschichte, eine Menge Brauchbares. Und Frau Eusebia mochte Glens Fälle auch. Natürlich glaubte sie, dass es meine waren.

Ein Blick auf meine Uhr sagte mir, ich hatte noch genügend Zeit. Ich könnte eventuell ein wenig recherchieren, ein paar Erkundigungen einholen. Zudem wollte ich nicht uninformiert in der Hochburg des Biathlonsports auftauchen. Wissen ist Macht und macht obendrein schlau. Aber zuvor musste ich noch einmal zurück zu meinen druckfrischen Karten.

„Sie gefallen Ihnen nicht", maulte der Mensch, aber ich hatte es immer noch eilig. „Sie haben mir die Pistole auf die Brust gesetzt!“, keuchte er. Casper Brandt, der räuberische Visitenkartenerpresser. „So übel auch nicht“, versuchte ich ihn zu beschwichtigen. „Und wenn die alle sind, reden wir über einen neuen Entwurf. Dann dürfen Sie mich auch beraten.“

„Das sind einhundert Stück. Die sind so schnell nicht alle.“

„Haben Sie eine Ahnung“, sagte ich.

„Ja, ja“, meinte er.

Die Zeit war noch immer auf meiner Seite, als ich gar nicht so viel später die Tür zur Bibliothek aufstieß, mit Visitenkarten in der Reißverschluss-gesicherten Seitentasche meiner Jacke. Gähnende Leere blickte mir entgegen. Das konnte allerdings nur zu meinem Vorteil sein. Bücher, überall wo man hinsah. Also wanderte ich ein bisschen durch die Reihen. Ich brauchte natürlich kein Sportbuch, keines über Biathlon, ich gedachte Fragen zu stellen und Antworten zu bekommen. Dazu musste ich mir einfach ein bisschen Aufmerksamkeit sichern.

„Sie können mir bestimmt ein gutes Buch über Biathlon nennen“, sprach ich die junge Frau an, die wie es schien, für die Bücher und uns Suchende verantwortlich war.

„Sie könnten das hier nehmen, in dem wir gerade vorkommen, doch das ist leider noch nicht fertig geschrieben“, spaßte sie und fragte mich, womit ich anfangen wolle. Ich wollte nicht *anfangen*, ich steckte doch schon mittendrin. Also zuckte ich nur die Schultern und hoffte, das würde sie schon richtig als Zeichen von Unentschlossenheit werten.

Bildbände waren nicht mein Ding, aber ausgerechnet so einen schleppte sie an. Dann … für mich überraschend, sagte sie: „Nein, das sind Sie nicht – kein Bildbandtyp.“

Nein, das war ich bestimmt nicht. „So genau weiß ich gar nicht, was ich bin", erklärte ich „nur eingeladen, um mir heute die Staffel der Herren anzuschauen." Jetzt musste ich aber zugeben, dass ich mit den unterschiedlichen Wettkämpfen nicht allzu viel anfangen konnte.

Für mich waren es Bezeichnungen ohne Bedeutung, ohne Aussage und Substanz, denn dafür wäre ich selbst zuständig gewesen, was man von einem anständigen Privatermittler auch erwarten konnte. Die junge Frau erklärte mir, sie hätte so gerne frei genommen, um die Herrenstaffel wenigstens im Fernsehen zu verfolgen. Ihr Name war Margit. Mit einer Eintrittskarte hätte ich vielleicht dienen können, aber nicht mit einem freien Arbeitstag.

„Außerdem dachte ich, ich könnte etwas über die Sportler erfahren. Sollte ich, oder was meinen Sie?"

Ich meinte es jedenfalls, und wenn Margit das auch meinte, dann hätte ich zumindest einen Grund nach allem Unmöglichen zu fragen; auch nach selbstmörderischen Unglücksfällen in Kiesgruben.

„Das ist der Haken an einer Einladung", sagte Margit und zwinkerte mir zu. „Sie haben keinen Internetanschluss, oder?"

Hatte ich tatsächlich nicht, sollte ich aber haben. „Ist in Planung", gab ich zurück.

„Verstehe", meinte sie.

Wohl kaum, denn selbst, wenn ich das Geld gehabt hätte, um mir einen neuen Computer und alles was dazugehört anzuschaffen, dann war da immer noch Frau Eusebia, die Neuerungen jeder Art und ihre Vor- und Nachteile in meinem/ihrem/unserem Haushalt so lange drehte und wendete, bis das neue Jahrtausend seinem Ende zuging und alles, wofür

ich meinte kämpfen zu müssen, längst veraltet war. Siehe eine simple Duschkabine.
Ich sagte Margit, ich müsste einiges wissen, und sie breitete einladend die Hände aus. „Niemand da, außer Ihnen. Fragen Sie, was Sie wissen müssen …"
So viel fragte ich gar nicht, aber Margit opferte sich bereitwillig und am Ende erstreckte sich meine sehr eingeschränkte, sportliche Vorstellung ein ganzes Stück weiter in Richtung Oberhof und DKB Arena. Meine Uhr meldete, ich sollte allmählich mit meiner Recherche beginnen, ich stand immer noch am Start, wenn man das so sagen konnte.
Der Bildband lag dort auf dem Tisch und ich blätterte ein bisschen, mir meine Einleitung überlegend. Das dauerte zu lange. Außerdem war ich im *Einleiten* nicht gut.
„Da gab es diesen Unfall in einer Kiesgrube. Ich glaube das war vor etwas mehr als drei Jahren. Der Athlet hieß Joachim Kurz."
Unfall stimmte so nicht, aber das grauenhafte Wort *Selbstmord* mochte ich nicht aussprechen. Margit aber sprach es aus. Plötzlich lag ein Schatten über ihrem Gesicht, und es war nicht die hereinfallende Sonne, die ihn warf.
„Jo soll sich aus Liebeskummer umgebracht haben, heißt es. Er soll dort raus gefahren sein und sich mit seinem Wagen über diese Steinwände gestürzt haben."
Es klang, als hätte sie ihn gekannt, aber ich nehme mal an, Fans kennen ihre Sportler tatsächlich … irgendwie.
„Warum interessieren Sie sich für Jo Kurz?" Sie schaute mich mit großen freundlichen Augen an.

Die Wahrheit Casper Brandt? Ja, entschied ich.

„Die Zeitungsmeldung war als Unterlage in meinem Schrank. Beim Ausräumen fiel sie mir auf … weshalb die Kiesgrube? Diese Männer sind Polizisten, sie tragen Waffen." Ich packte hier meinen allerersten Gedanken in Worte, ohne das Wort „umständlich" zu benutzen.

„Eine Zeitungsmeldung in Ihrem Schrank? Da haben Sie aber lange nicht aufgeräumt."

„Sehr lange", bestätigte ich.

„Das ist nicht alles, oder? Sind Sie Enthüllungsjournalist?"

„Enthüllungs- …" Mein Mund wurde trocken. Jetzt war ich perplex und angewidert. Ich, Enthüllungsjournalist? Auf Polizist war Margit nicht gekommen; und das, wo ich doch mein schönes, neues Outfit anhatte. Aber wenn ich ehrlich war, musste ich einräumen, den Polizistengeruch hatte an mir auch in meiner aktiven Zeit nie jemand wahrgenommen.

„Nein. Ich bin Privatermittler. Es handelt sich aber allein um *meine* private Ermittlung."

„Tut mir leid, das verstehe ich nicht", sagte Margit und ich konnte es ihr nicht verdenken.

Den Mord an der Rennstrecke durfte ich nicht offen legen, also gab es nichts, womit ich mein besonderes Interesse am Tod eines Biathleten gerechtfertigt hätte. Und meinen Roman und Glen Leborski konnte ich auch schlecht anführen.

„Ich traue diesem Zeitungsartikel nicht", meinte ich deshalb, als könnte man diese sonst selbstverständlich und uneingeschränkt für bare Münze nehmen.

„Ich traue Jos Teamkollegen nicht", sagte Margit.

So. Oh. Meine Ohren waren gespitzt, und denen meines Katers gar nicht unähnlich. Casper Brandt, du hast keinen Kater!, rief ich mir in Erinnerung.
„Selbstmord macht keinen Sinn“, erklärte Margit . „Für Jo lief es in dem Jahr wirklich gut; er stand so oft auf dem Podest wie kein zweiter. Seine Freundin hatte sich von ihm getrennt, aber das lag da schon zwei Monate zurück. Jo war beliebt und sah gut aus. Und er hat gern gelesen, kam öfter Mal in die Bibliothek. Wir haben uns unterhalten, zusammen gelacht.“
Margit hatte Jo Kurz also tatsächlich gekannt … irgendwie.
„Selbstmord macht nie Sinn“, erklärte ich entschieden.
„Jo hatte keinen Liebeskummer. Am Anfang, gleich nach der Trennung, da bestimmt, aber …“ Es klang nach Protest. Und nach Verliebtheit.
Sollte ich sagen, Kummer welcher Art auch immer kann sich mitunter klauenartig halten? Das würde nur oberschlau klingen und so oft hatte mich dieser spezielle Kummer nicht erwischt.
„Wer waren Jos Teamkollegen zu der Zeit?“ Vielleicht fanden sich ja ein paar Namen auf meinem Zettel. Ich hatte ihn eingesteckt … dachte ich. Aber der Zettel war weg, irgendwo verschwunden im Boutique-Müll zusammen mit meiner alten Hose und dem zu kurz geratenen Norwegerpullover. Ich traute mir aber zu, die Namen im Kopf zu haben. Margit musste da nicht lange überlegen. „Frank Ringel, Dennis Paulsen, Niko Vormann und Linus Moritz.“
Ja … vielleicht … vielleicht auch nicht. Verdammt! Aber hieß der Athlet, der die Leiche am Abhang in der Wolfsschlucht entdeckt hatte nicht Niko Vormann?
„Würden Sie mir die Namen aufschreiben, ich kann mir so schlecht

Dinge merken“, bat ich Margit.
„Wie heißen Sie eigentlich?“, fragte sie mich.
Ich förderte eine meiner Visitenkarten zu Tage. „Casper Brandt.“
Margit nahm das nicht ganz so gute Stück entgegen. „Ist das Ihr Ernst?“
Namen bekommt man, die sucht man sich nicht aus. Sonst wäre die Welt eine andere. Man stelle sich vor, eine nicht ganz so junge Frau erwartet ein Kind. Sie liegt leidend im Kreissaal einer Klinik und von einer der Wände blickt ihr ein Gemälde entgegen – ein Kunstdruck mit einem Messingschild; darauf steht zu lesen: Casper David Friedrich. Ein Schuft, wer Böses dabei denkt, und obendrein konnte Frau auch noch wählen, aber diese nicht mehr so junge Mutter macht ihren Sohn (ja, ich bin's) lebenslänglich zum Casper.
„Schon“, sagte ich unbestimmt, weil ich bestimmt nicht vorhatte, meine skurrile Namensgeschichte herumzutratschen. Die Karte war freilich auch nicht das, was ich wollte, aber so auf die Schnelle …
„*Übernehme nicht jeden Fall*“, las sie vor. „Meinen Sie das so?“
Ach *das*. Ja, genau *so* meinte ich es. Zu erklären war da nichts, ich entschied nach Gefühl. Bislang waren mir solche Entscheidungen leider verwehrt geblieben – aus Mangel an Aufträgen.
„Und warum diesen?“ Margit war hartnäckig. „Sie sagten, es wäre Ihre private Ermittlung.“
Man konnte sich auch selbst einen solchen Auftrag erteilen. Eine Gewinnspanne war da natürlich nicht vorhanden. Aber Zufriedenheit, meine, wenn ich das Rätsel geknackt hatte.
„Und warum sind Sie so sicher, dass kein Liebeskummer im Spiel war?“, fragte ich zurück.

„Jo war nur ein paar Tage vor seinem angeblichen Selbstmord am späten Nachmittag in die Bibliothek gekommen. Zum Abschluss der laufenden Biathlonsaison gibt es für gewöhnlich eine Riesenfeier für alle Sportler. Und Jo hat mich gefragt, ob ich ihn begleiten würde.
Verstehen Sie, Herr Brandt – er wollte mich gerne dabeihaben.“
Oh, du verteufelt-böses Schicksal! Man lädt doch niemanden ein, wenn man genau weiß, dass man diesen Tag gar nicht mehr erleben will. Und man bringt kein Herz durcheinander, außer man ist heimtückisch und zudem bösartig. Was beides auf Jo, so wie Margit ihn beschrieb, nicht zutraf. Trotzdem konnte zwischen der Einladung und Jos Entscheidung zum *Selbstmord* (der Gedanke war schlimm genug) etwas geschehen sein, von dem die junge Frau nichts ahnte. Der Privatermittler in mir blieb skeptisch.
„Was ist damit, dass Sie Jo's Kollegen nicht trauen. Wie kommt das und warum in aller Welt spielt dann dieser mörderische Sport für Sie noch immer eine so große Rolle?“
„Ich hätte besser gesagt, dass ich Jo's Teamkollegen nicht *mag*. Antipathie ergibt sich. Manchmal genügt ein einziger Blick. Oder nur ein Wort. Aber ich mag den Sport und die Nationalmannschaft besteht ja zum Glück nicht nur aus Linus Moritz, Niko Vormann, Frank Ringel und Dennis Paulsen.“
Diese Herrschaften waren aber so ziemlich der wesentliche Teil der Nationalmannschaft, meinte ich.
„Sie versuchen aber nicht herauszufinden … *irgendetwas* herauszufinden?“ Das würde mir gar nicht gefallen.
„Zuerst war genau das meine Absicht. Einem der Männer nahe genug zu

kommen, um in seine Augen zu sehen“, gab sie zu.

Das begriff ich, aber es barg auch ein gewisses Risiko – immer vorausgesetzt, der Selbstmord war wirklich keiner. Die Zeit bringt die Wahrheit ans Licht, heißt es, aber hier verging sie, und gar nichts kam zum Vorschein.

„Fällt Ihnen außer diesem noch ein anderer Grund ein, weshalb Jo sich die Kiesgrube *nicht* ausgesucht hat?“, fragte ich.

Margit überlegte; ihr ging es um das *ob*, nicht um das *was*. Ob sie es mir erzählen sollte, mir vertrauen konnte.

„Vergessen Sie bitte alles, was mit *Enthüllung* zu tun hat. Das bin ich nämlich auch nicht. Nicht der Enthüllungstyp.“

Das war mein Fall, für den mich niemand bezahlte. Also brauchte ich auch niemandem Rechenschaft ablegen. Außer mir selbst. Ein gutes Gefühl, eines, das nach mehr schrie. Weniger selbstverständlich, war da meine geldvolle Brieftasche.

„Also gut, Herr Brandt. Ich weiß nicht, ob jemand davon wusste, wahrscheinlich nicht.“ Margit entschied sich, mir zu vertrauen. „Jo hatte schreckliche Höhenangst. Er hat Bücher gewälzt, die das Thema behandeln, aber erst als wir uns besser kannten, hat er mir davon erzählt. Herr Brandt, Jo hätte seine Waffe benutzt, um sich umzubringen.“

„Sie … wir sprechen von … wovon? **Mord**?“ Mir wurde plötzlich ganz flau im Magen.

„Ich weiß es wirklich nicht!“, sagte sie kaum hörbar und flößte mir mit diesem Flüstern verdammtes Unbehagen ein.

Ich wusste es erst recht nicht. Aber ich hatte geschafft, was mir unvorstellbar fern und gewiss nicht in meinem Interesse lag, die junge Frau traurig zu machen. Da war noch etwas, das ich unbedingt fragen musste.

Vielleicht konnte man dem armen Peter bald einen Namen geben.
„Margit, das ist jetzt sehr wichtig. Welcher deutsche Biathlet nimmt gerade nicht am Weltcup in Oberhof teil?“ Eigentlich, so glaubte ich, müsste es sich um einen deutschen Sportler handeln, denn der Körper hatte mit Sicherheit schon einige Zeit dort gelegen. Die Weltelite würde sich aber bestimmt erst kurz vorher am Austragungsort einfinden, alles andere machte keinen Sinn. Und dann war da noch der ominöse Satz des Verantwortlichen.
„Na ja, ich würde sagen, wenn es einer nicht ganz so verbissen sieht, dann heißt er Linus Moritz.“
Den hatten wir doch gerade schon. Einer von Jo Kurz' ehemaligen Teamkollegen. „Linus Moritz“, wiederholte ich. Schöner Name für Peter, musste ich denken, und dachte gleich noch weiter …
Könnten Linus' Kollegen, die auch Jo's Kollegen gewesen waren, ein ernsthaftes Interesse daran gehabt haben, ihn loszuwerden – wegen der Sache mit Jo? Wenn es eine solche „Sache“ überhaupt gab. Solch einen Verdacht würde ich mit Vorsicht behandeln.
„Vielleicht ist er krank?“, meinte ich.
„Davon hätte etwas in der Presse gestanden. Aber er könnte auf eigene Faust seinen Urlaub verlängert haben. Es sind nur Gerüchte, aber … er ist der Typ, verstehen Sie.“
„Was für ein Typ genau?“ Und mir ging es gerade weniger um einen Charakter. Wenn ich einen Internetanschluss besäße, würde ich schauen, wie der Mann aussieht. Attraktiv sollte er schon sein.
„Die Bibliothek *hat* einen Zugang zum Internet. Möchten Sie?“, wurde ich gefragt.

Natürlich. Möchten würde ich schon, doch wer kein Internet hat, der ist auch unfähig, sich in dieser Sphäre zu bewegen. Mir reichte es jetzt und ich wollte Frau Eusebia mit allen mir zur Verfügung stehenden Mitteln dazu bewegen, mir endlich eine Duschkabine und den Eintritt in diese neue Zeit zu erlauben.

„Prima“, erwiderte ich. Fand ich ja auch, aber … Ich fuhr mit dem Zeigefinger über eine Augenbraue und öffnete den Mund. Margit würde mich vor den Bildschirm setzen, und was dann? Die der Telepathie mächtigen Dame hatte auch diesen Gedanken empfangen. „Sie sagen mir, was Sie sich ansehen möchten und ich erledige den Rest, in Ordnung?“

Und ob das in Ordnung war! Und Chris Harte könnte bestimmt eine Karte organisieren.

14
Das unauslöschliche Siegel

Der Briefumschlag war aus einem unscheinbaren Braun, nur die Klebestreifen an den Enden verschafften dem Innenleben eine tiefere Bedeutung. Frank Ringel überlegte immer noch, ob er erfahren wollte, was das war. Normalerweise versendet und empfängt man Nachrichten auf seinem Handy. Sportler erhielten während eines Wettkampfes selten bis nie Post. Die Agenturen dagegen schon. Und meistens handelte es sich um Fanpost oder Autogrammwünsche. Das wurde für ihn erledigt, darüber brauchte er sich keine Gedanken zu machen. Immerhin hatte er noch im Urlaub an die hundert Karten signiert. Fanpost war *das* sicher keine. Frank träumte schlecht, jetzt fühlte er sich zudem noch verfolgt. Es wäre einfach – ein verirrter Schuss – ein tödliches Versehen. Auf seinen Unterarmen bildete sich eine Gänsehaut.
„Hör auf damit!“, mahnte er sich, doch er war immer derjenige gewesen, der mit der Situation am schlechtesten klarkam. Frank kam überhaupt nicht klar. Ihm hatte diese erzwungene Verbundenheit nie behagt, einige der Teamkameraden konnte er nicht einmal sonderlich gut leiden, konnte sie *überhaupt* nicht leiden.
Er fingerte misstrauisch an dem Kuvert herum; darin verbarg sich etwas Festes. Bekam *er* zur Abwechslung mal eine Autogrammkarte geschickt? Der Scherz eines Kollegen? Er sollte das Teil endlich aufmachen, er starrte schon viel zu lange darauf. Warum machte er so eine große Sache aus seiner Post? *Weil ich ein blödes Gefühl habe!*, beantwortete er sich die

Frage selbst. Vielleicht schenkte ihm hier jemand seine zweifelhafte Aufmerksamkeit, der ihm verübelte, dass er Vormanns Platz einnahm, was wirklich der absolute Hammer war. Frank Ringel war unversehens zum Startläufer der Männerstaffel aufgerückt, obwohl ihm diese Rolle niemand zutraute. Es war wohl einfach nur so, dass die drei folgenden Kollegen, wenn Frank es verbockte, fit genug waren, um die liegengelassene Zeit wieder aufzuholen. Die Entscheidung war allein Trainersache und Karl Müller hatte sich für ihn entschieden. Niko Vormann wäre eigentlich derjenige gewesen, aber jetzt nicht mehr. Und Linus Moritz hatte der Trainer für den Teamwettbewerb ohnehin nicht vorgesehen. Frank hatte Mühe, Linus' Tod zu realisieren. Und Frank hatte Angst. Die wollte er, so gut es ging, vor dem Ekel Dennis Paulsen verbergen. Aber seine Träume verrieten ihn. Jo und die Kiesgrube, Linus und die Wolfsschlucht. Er musste sich zusammennehmen. Koste es, was es wolle. Wenn er heute Nachmittag die Strecke lief, würde er nicht an den Tod denken … nicht an den Tod denken … nicht …

„Scheiße!“, schniefte Frank und erinnerte sich an jenen Abend zurück, der alles auf den Kopf stellte.

Der taffe Niko Vormann. Nach dem Sturz sah er bloß elend aus. Er hatte sich eine Flasche Wodka organisiert. Und dass das Zeug nicht zum Händedesinfizieren gedacht war, konnte man sich denken, den Grund für diesen spontanen Exzess aber überhaupt nicht. Die Kollegen fragten, was das sollte, fanden es eine reichlich krasse Entscheidung wegen eines blöden Fehlers den Weltcup sausen zu lassen. Das konnte schließlich jedem passieren. Missgeschick, dumm gelaufen, abhaken, vergessen. Doch Niko hatte nur grässlich meckernd gelacht und einen großen

Schluck aus der Flasche genommen. Dass er hinterher husten musste, schien ihn nicht davon abzuhalten, mit dem Trinken weiterzumachen.
„Abhaken?“, meinte er ungnädig. „Vergessen?“ Lauter diesmal. Er war wirklich im Begriff zu stänkern. Den Eindruck machte er jedenfalls und darum hatten sich alle anderen auch ziemlich bald verabschiedet.
Niemand wollte in den Strudel der Ereignisse hineingezogen werden. Nicht mitten im Wettkampf, am besten überhaupt nicht. Und obendrein kapierte keiner diesen totalen Rückzug.
Frank Ringel hatte triftige Beweggründe, den Kollegen nicht im Stich zu lassen. Sie waren zusammen in der Hölle gewesen. Wenn jetzt einer den anderen aufgab, waren sie alle verloren. Dennis Paulsen und Frank waren bis zum Schluss des traurigen Besäufnisses bei ihm geblieben. Aber irgendwann war Frank eingedöst, als ihn plötzlich ein lauter Knall auffahren ließ. Die Wodkaflasche krachte auf den Holztisch. „Der Surfer surft nicht in der Karibik! Der surft nirgendwo. Nie wieder!“, schrie Niko.
Frank atmete tief durch. „Komm lass gut sein.“ Er griff sich den Wodka. Jetzt reichte es. Frank war müde und er wollte sich den Stuss nicht länger anhören.
„Gut ist nichts! Neiiin …“ Niko Vormanns ausgestreckter Zeigefinger bewegte sich in mahnender Schullehrermanier hin und her. „Gut ist gar nichts! Das war kein Selbstmord – diesmal nicht. Konnte keiner sein. Diesmal.“ Niko betonte es, als wüssten sie nicht alle drei ganz genau, was beim letzten Mal passiert war.
„**Brei**. Der schöne Linus hat ein Gesicht und einen Schädel aus Brei.“
Es klang wegen des Wodkas schon ziemlich verschwommen, aber die Worte verfügten immer noch über die Gewalt einer Bombe. Dennis und

Frank hatten sich angeschaut und dann Niko Vormann. „Jaaa Jungs, jetzt sind wir *fällig*.“ Nikos Hand durchschnitt die Luft. Dann tastete sie nach der Flasche.

Frank hatte sie ihm zurückgegeben, vorher aber selbst einen großen Zug daraus genommen. Keiner von ihnen fragte, wovon Niko sprach. Das *musste* keiner von ihnen fragen. Dennis Paulsen drohte, er würde Niko das Maul stopfen, wenn er nicht endlich Ruhe gab. Das beeindruckte diesen nicht sonderlich, doch er hatte sich ohnehin bereits wieder in sich selbst zurückgezogen. Niko Vormanns persönliches Schneckenhaus; und Frank hätte gewettet, Angst an ihm zu riechen.

Er würde am nächsten Tag seine Sachen zusammenpacken ... *und tschüss,* hatte Niko noch gesagt. Nachdem der Teamkollege die Flasche zur Hälfte geleert hatte, war er sang- und klanglos weggekippt. Leistungssport und Alkohol vertragen sich nicht. *Und tschüss*, musste Frank denken und wäre selbst gerne in diesem Augenblick weit, weit weg gewesen.

Endlich riss er das Kuvert auf. Dort drin steckte tatsächlich eine Karte. Und wenn das ein Scherz war, konnte Frank nicht darüber lachen. Jemand hatte einen Kühlschrank fotografiert, auf dessen Griff ein roter Fleck zu erkennen war. Der Fleck hätte alles sein können; auch Marmelade oder Ketchup, jedenfalls nicht weiter bedrohlich, wäre da nicht die Vergrößerung in der unteren rechten Ecke gewesen; der Absender der Karte sandte ihm einen Fingerabdruck. Und die Empfehlung des Fotographen besagte:

Viele Grüße aus Moskau!

20/4/9/2/22/ - 8/6/15/2/22/ - 9/10/15/ - 5/2/20/ - 10/20/21/ - 5/6/19/ - 21/16/5/

Frank Ringel sah auf seine Hände, auf seine Fingerkuppen. Nachdem er die Zahlenreihen gesehen hatte, war ihm der Absender klar. Entweder war es Dennis Paulsen oder aber Niko Vormann. Den Code hatten sie sich damals im Internat ausgedacht. Er richtete sich nach der Uhr und *Viele Grüße aus Moskau* besagte einen Zeitsprung von plus zwei Stunden. Somit verschob sich der Mittelpunkt A und M (12 und 24) um zwei Positionen im Uhrzeigersinn auf jetzt 2 und 14. Sie waren in der gleichen Trainingsgruppe und hatten sich auf diese Weise immer untereinander verständigt, wenn etwas „Illegales" anstand. Damals hatten sie sich ein Lesezeichen gebastelt, auf dem sich der Schlüssel zu den Geheimzeichen befand. Die Zeitdifferenz war lediglich eine Art Sicherheit, falls der einem Außenstehenden in die Hände fallen würde.
Er hatte das Lesezeichen noch. Es steckte in einem Krimi – wie bezeichnend, musste er denken. Nachdem Frank den Text entziffert hatte, wurde er kreidebleich. „Du mieser Drecksack!", flüsterte er und biss sich so fest auf die Unterlippe, dass sie blutete. Er bemerkte das Blut nicht einmal. Stattdessen zerriss er die Karte in kleine Stücke und packte die Einzelteile zurück in den Umschlag.

15
Verlockung des Geheimnisses

Neugierde war es ganz sicher, und kurz fand ich es schade, dass die nette Margit nicht frei hatte. Wir hätten uns zusammen die Staffel ansehen können. Kurz … wie Jo Kurz.
Bislang war es nicht mehr als ein bloßer Verdacht. Und weil wir zu zweit waren und Margits Argumente schon sehr stichhaltig auf mich einwirkten … wollte ich Professor Dr. Jutta Eisenreich dazu bitten. Zugegeben, es war etwas spontan, Jutta in zwei Stunden von Erfurt ins Verkehrschaos von Oberhof zu beordern. Aber es würde ihr gut tun, aus ihrem Institut rauszukommen, und mir würde es leichter fallen, sie um etwas zu bitten. Ich brauchte Akteneinsicht. Und die Klinge der Wahrheit war eine ziemlich zweischneidige. War es überhaupt möglich, bei einem Crash in eine Kiesgrube die genaue Todesursache noch zweifelsfrei festzustellen? Das waren viele Meter, die ein Wagen dort hinabstürzte und dahinter steckten einige km/h Antrieb. Ich glaubte, es *war* möglich. Und genau hier begann mein Dilemma. Jutta Eisenreich war ein absoluter Profi; Mord könnte ihr doch nicht entgangen sein … oder doch? Wenn ich sie damit konfrontieren würde, dass sie vielleicht einen Fehler gemacht hatte, dann war ich raus. Absolut. Aber wie sollte ich *druherum*reden, wo ich drumherum weder sonderlich gut konnte, noch mochte. Vielleicht bei meiner Frau Eusebia. In der Beziehung plagte mich kein schlechtes Gewissen. Juttas Nummer war auf meinem Handy noch immer gespeichert. Über Monate war sie nicht gewählt worden, aber jetzt.

„Jutta, hier ist Casper … Casper Brandt." Ja, welcher denn sonst. Oh, Mann, war ich wieder umständlich. „Ich befinde mich auf der Biathlonstrecke und dachte, du könntest vorbeikommen. Nicht einfach nur so, ich bin ja auch nicht umsonst da. Aber …" Da, schon wieder. Die *fast* beleidigende Einfügung.
„Jutta, bitte komm!", sagte ich, um nichts mehr sagen zu müssen.
„Es wird ein bisschen dauern", sagte Jutta. „Aber wenn du wartest … und Casper … lauf nicht zu weit weg, ja?"
Die Dame erinnerte sich an meinen Orientierungssinn, der meist ganz leicht, ohne besondere Anstrengungen zu knacken war. Ich übte derweil, was ich sagen würde.
Also, da gibt es jemand sehr nettes in der Bibliothek und … Nein, Casper, das ist nicht gut. *Mein zeitungsartikelfressender Schrank bestand auf eine Sichtung* … Nein, das ging auch nicht, war aber schon besser. *Ich brauche dich, und falls ich es nie gesagt habe – ich schätze dein Urteil.* Nein, zu persönlich und wenig aussagekräftig. Doch dann waren das Überlegen und Warten abrupt vorbei, ohne dass ich auch nur einen Satz, der nicht nach Hirnriss klang, zustande gebracht hätte.
„Casper Brandt. Haben Sie mich angerufen?", flüsterte mir jemand ins Ohr.
Jutta. Ich strahlte. Meine Ohren lagen blank. Dafür hatte ich nämlich nichts eingekauft. Meine Frisur war Verwegenheit pur und meist ungebändigt, und ich war nicht anfällig für Schmerzen dieser Art. Anders betrachtet stand mir keine Kopfbedeckung – *gar* keine. Ich bedankte mich artig für Juttas Kommen, und bemühte mich, mein Grinsen einzustellen.

„Du sieht gut aus, Casper. Wer auch immer dich beraten hat, sie hat Geschmack.“ Hörte ich da einen Hauch Wehmut?
„*Sie* war eine opportunistische Verkäuferin und du errätst nie, was sich seit dem heutigen Vormittag alles in meinem Besitz befindet.“
„Ein Hoch auf die Opportunistin“, lobte Jutta die unbekannte Verkäuferin. Ein Toast ohne Glas und Inhalt.
„Ein Hoch auf Chris Harte und seinen wohlmeinenden Vorschuss“, hielt ich dagegen. „Du sieht übrigens auch ziemlich gut aus.“ Hatte ich erwähnt, dass ich mir komisch vorkam, Komplimente zu machen. Dass mir so etwas nur schwer über die Lippen kommen wollte.
„Warum bin ich hier?“ Jutta sah mich abwartend an. „Oder wie definierst du *nicht umsonst*?“
Das hatte ich gesagt, stimmt. Und sie kein Wort zu meinem Kompliment. Chris war der Angler. Ich hatte in meinem Leben auch schon ein paar Fische gefangen – Kunden. Die brauchte man nicht zu ködern; obwohl einige von denen jeden Eid schwören würden, dass das genau meine Taktik gewesen war. „Quid pro quo.“
„Das hatten wir schon, Casper und die Einlösung deiner Schuld steht noch aus. Nils hat einen richtigen Narren an dir gefressen. Ingbert Reif dagegen mag er gar nicht.“
Meine Schuld. Wie verbrecherisch das klang. Ich hatte doch zugesagt, oder nicht? Diese Rechtsmedizinische Bande, mit ihrer arg rosa getönten Anfrage zwecks Begleitschutz. Weil es auf einem Friedhof keine Zeugen gibt, da hält jeder freiwillig den Mund. Ruhe war schon gut, zuviel Ruhe aber machte mich nervös. Nils Wonneberg machte mich nervös. Der *gefressene Narr* machte mich nervös.

„Du ahnst nicht, wie viel mir *das* bedeutet!“ Es war ein Scherz. Juttas Äußerung hoffentlich auch.
„Casper, ich bin mir im Klaren über deine Motive. Du willst etwas, sonst wäre ich nicht eingeladen.“
Ich wollte etwas, und Offenheit war meine stärkste Waffe. Ein wenig später; aber gerade warf ich meinen geschickt gebastelten Köder aus. Mord. Doppelmord. Unglaublich geschickt, oder? Fand ich auch, deshalb sagte ich nichts. Meine persönliche Irritation könnte man die kleine Unstimmigkeit in einem großen Gefüge nennen; das genügte nicht und war zu schwach, um jemanden zu überzeugen. Was mir abging, war ein handfestes Motiv für den Mord. Es waren *zwei* Morde, wenn ich mich auf Margits Spekulationen und Hypothesen einließ. Was ich, glaube ich aber schon getan hatte. Waren es auch zwei unterschiedliche Täter? Oder mehr? Wie mir schien, gab es viel zu verlieren in diesem Sport. Jutta hatte *einladen* gesagt. Eine weitere Unstimmigkeit.
„Ich habe gar keine Karten“, sagte ich.
„Das ist ja toll!“, meinte Jutta und musste lachen.
Privatermittler tricksen schon mal und genau das tat ich jetzt. Ich zeigte einfach meine Lizenz vor, und erzählte dem Menschen etwas von einem wichtigen Polizeieinsatz. „Gefälschte Eintrittskarten und Akkreditierungen sind momentan im Umlauf“, behauptete ich und meine hübsche Begleitung zog zu dieser Hochstapelei langsam den Reißverschluss ihrer Designerjacke auf. Mir blieb die Luft weg. Natürlich trug sie da drunter noch was, trotzdem …
Jutta Eisenreich mit ihrer roten Mähne, den Funkelaugen und dem eng geschnittenen Hosenanzug ließ den Kartenmann überall hinsehen, bloß

nicht auf die Lizenz von Casper Brandt. Wir mussten uns auch noch an zwei weiteren Ordnungskräften vorbeimanövrieren, aber auch hier bewährte sich das Zusammenspiel von Juttas Dekolleté und meiner Lizenz. Jetzt befanden wir uns bereits im Tunnel unter dem Stadion, wo die letzten Athleten noch zur Waffenkontrolle mussten. Wir gingen die Treppen hinauf zum Start- und Zielbereich und befanden uns nun mitten im Epizentrum.

Das Stadion bebte, als der Sprecher die Namen der Startläufer vorlas. Für Deutschland war es Frank Ringel, ein relativ unbeschriebenes Blatt, aber nichts desto trotz umjubelt wie ein Weltstar. Frank Ringel. *Dieser* Frank Ringel.

Ein Schuss schallte durch die lärmgetränkte Winterluft und das Feld setzte sich in Bewegung. Jutta und ich standen mittendrin, ließen uns von der Begeisterung anstecken, unsere Körper gehorchten uns nicht mehr und wippten alsbald ganz automatisch zu dieser fürchterlichen Partymusik. In dieser Atmosphäre vergaß man komplett alles, was nicht Biathlon war, und dabei interessierte ich mich doch eigentlich gar nicht für Sport. Eigentlich. Und gleich würde ich auch noch Frank Ringel anfeuern …

Frank Ringel war als absoluter Außenseiter ins Rennen gegangen. Niemand hatte ihn auf der Rechnung und er selbst noch am Morgen auch nicht wirklich damit gerechnet, dass man ihm, dem ewigen Talent, diese Chance einräumen würde. Der Trainer gab die Order aus, Anschluss an die Spitze zu halten, damit die Teamkollegen es dann noch besser machen konnten. Eigentlich Grund genug für Frank, vor Anspannung fast zu platzen, aber jetzt war er nur froh und glücklich, einfach laufen und schießen zu können, für eine halbe Stunde abzuschalten und zu vergessen, was abseits der Piste passierte. Wo kam nur die Kraft her, die ihn den Birxsteig wie ferngesteuert nach oben trieb und dafür sorgte, dass er mühelos mit den Österreichern und Russen mithielt? Irgendwie konnte er es selbst nicht fassen und irgendwo war es ihm auch egal. Frank Ringel der Außenseiter könnte die Favoriten heute alle in Grund und Boden laufen und ihnen die Grenzen aufzeigen, die er sonst nur selbst zu spüren bekam, wenn alles normal lief. Am Schießstand angekommen, legte sich Frank auf Bahn drei, zielte und schoss die Serie seines Lebens. Fünf Treffer, schnell und präzise ins kleine Schwarze. Das Publikum brüllte bei jedem Treffer und feuerte ihn frenetisch an, als er als Erster den Schießstand verließ. Ihm liefen eiskalte Schauer über den Rücken und er spürte das, was alle Biathleten hier in Oberhof spüren. Es war ein irregutes Gefühl. Die Russen und Österreicher mussten jeweils einmal nachladen und verloren wertvolle Sekunden. Jetzt, ganz allein auf der Strecke, lief sich Frank Ringel eine Mischung von Ehrgeiz und Frust von der Seele und baute seinen Vorsprung auf die Verfolger dabei immer weiter aus. Karl Müller stand mit offenem Mund vor der Videoleinwand und konnte nicht glauben, was er sah. In diesem Moment sah Frank zum zweiten Mal den Birxsteig und die wunderbare Realität vermischte sich mit den Erlebnissen seines Traums.

Er verlor sich in Gedanken, alles war wieder präsent; Linus, Jo, die Karte und Moskau.

Die Zuschauer tobten, schrien und schwenkten die Fahnen, bis sie ihren Helden Frank Ringel wieder dort hatten, wo sie ihn sehen wollten – als Führenden in der Staffel kurz vor dem Stehendanschlag.

Ein kurzer Blick auf die Zeittafel signalisierte ihm über eine halbe Minute Vorsprung auf seine Verfolger. So souverän, wie er sich beim Liegendschießen noch fühlte, so zitterten ihm jetzt die Knie. Nachdem sein Magazin nicht in der Waffe, sondern im Schnee gelandet war, hätte er am liebsten einfach alles hingeworfen und wäre verschwunden. Komm schon, komm schon!, motivierte er sich und spannte die Kiefermuskeln an.
Vor seinem ersten Schuss war es totenstill im Stadion. Wie konnten tausende Menschen auf einmal so still sein?? Ihm ging jetzt alles durch den Kopf, was dort überhaupt alles hineinpasste. Acht Schuss für fünf Scheiben und er würde vorn bleiben. Der erste landete am Rand, aber die Scheibe fiel und aus der Totenstille wurde ohrenbetäubender Jubel, der Frank Ringel die Tränen in die Augen trieb. Auch den nächsten zitterte er noch irgendwie ins Ziel, als seine Verfolger eintrafen. Drei Fehler folgten und dreimal konnte er noch nachladen. Seine Nerven waren zum Zerreißen gespannt und er hatte Mühe die Patronen überhaupt im Lauf unterzubringen. Am Ende stand eine Strafrunde zu Buche, durch die ihn das Publikum förmlich trug. Es wusste genau, was zu tun war.
In Oberhof war an dieser Stelle noch nichts verloren. Diese Extrarunde machte Frank Ringel wieder zum Verfolger, denn die Kontrahenten waren an ihm vorbeigezogen und hatten fast dreißig Sekunden Vorsprung. An diesem Punkt wusste er, dass er jetzt alles, und wenn es sein sollte auch noch fünfzig Prozent mehr, geben würde, um einmal im Leben im Biathlonmittelpunkt zu stehen und das in seiner Heimat Oberhof.
Am Birxsteig hatte er seine Verfolger bereits wieder im Blick und es schien für ihn die normalste Sache der Welt zu sein, gleich wieder aufzuschließen.

Karl Müller, bereits hochgradig infarktgefährdet, hielt sich eine zittrige Hand auf die Brust und suchte mit der anderen nach den unsichtbaren Seilen, die seinen Athleten in solch unglaublicher Schnelligkeit voranzogen. Das hätte er niemals für möglich gehalten.
Am letzten Anstieg vor dem Stadion wusste Frank Ringel, dass ihn heute nichts und niemand mehr aufhalten würde. Kein toter Linus, kein Jo und auch keine Konkurrenz aus Moskau. Er ließ seine Gegner einfach stehen und riss eine sekundengroße Lücke. Gern hätte er sich jetzt eine der wehenden Fahnen geschnappt und wäre jubelnd ins Ziel gelaufen, aber da kamen ja noch drei Kollegen.
Im Stadion genoss er noch einmal und vielleicht zum letzten Mal diese brodelnde Atmosphäre, lief über den Zielstrich, berührte Martin Roth am Rennanzug und brach danach völlig erschöpft auf dem kalten Schneeuntergrund zusammen.

Jutta und ich starrten wie gebannt auf die Leinwände. Uns liefen eiskalte Schauer über den Rücken und wir konnten dank Chris Harte, pures Athletenfeeling spüren. Ich fragte mich, wie sich jemand bei diesem wahnsinnigen Lärm konzentrieren konnte, wie jemand es fertig brachte, einen um den anderen Treffer zu platzieren.
Auf Frank Ringel stürzten sich jetzt die Reporter, hielten ihm ihre Mikros entgegen und plärrten ihm ihre Fragen zu. Entweder war er überfordert, aber richtige Freude konnte man in seinem Gesicht keine ausmachen, obwohl er vom Publikum kurzerhand zum Star des Abends gekürt wurde. Axel Alt stand als Schlussläufer noch in Warteposition und würde, wenn alles glatt lief, das Rennen nach Hause fahren. Die Zuschauer stimmten

gerade „So ein Tag, so wunderschön wie heute" an, obwohl wie in jeder Staffel noch nichts entschieden war. Eigentlich hatte ich ja vor gehabt, mich mit Jutta über eine bestimmte Sache zu unterhalten, aber unterhalten ging hier gar nicht. Nachdem wir uns mehrere Male angeschrien hatten und nichts dabei rauskam, verschoben wir diesen Austausch auf spater.

Inzwischen ließ sich Axel Alt von den Schallwellen über seine drei Runden tragen. Gleich würde er die Fahne entgegen nehmen, um im Blitzlichtgewitter unter tosendem Beifall die Ziellinie zu überqueren. Er hatte seine Pflicht und Schuldigkeit getan, war gut gelaufen und hatte tadellos geschossen, trotzdem würde ein anderer als Held gefeiert werden. Frank Ringel. Axel Alt konnte immer noch nicht glauben, was ihm da vorhin auf den Monitoren gezeigt wurde und musste neidlos anerkennen, dass der Typ Außergewöhnliches geleistet hatte. Das war Biathlon vom Feinsten.

Wir waren mittlerweile in die IBU-Lounge vorgestoßen, wo sich Herr Wichtig und Herr Superwichtig eine gute Nacht wünschten. Der Lärm des Stadions war hier nur gedämpft wahrnehmbar, so dass ich mich der äußerst heiklen Mission Jutta Eisenreich widmen konnte. Jetzt war ich an der Reihe, und wollte nicht schon wieder überlegen, welcher Satz der richtige sein würde.
„Ich war vorher mit einer jungen Frau zusammen … in der Bibliothek."
Das war der komplett falsche Satz. Vermasselt, Casper Brandt!, schimpfte ich mit mir und sah geknickt drein.

„Biathlon habe ich mir erklären lassen. Ich habe nicht … also, nett war sie, die junge Frau.“ Reden, in diesem Zustand der Verwirrung, war für mich pures Gift. Nur, was oder wer verwirrte mich? Juttas Miene gab nicht das Geringste preis. Ein bisschen schade fand ich das schon.
„Was ist es?“, fragte mich Jutta gespannt.
Ach so, ja. Der Fall. Mein Fall.
„War das gerade ein *schieß los*? Gerne. Meine Eintrittskarte ist nämlich hart erarbeitet“, scherzte ich und hielt meine Lizenz hoch, als wollte ich eine Razzia in der IBU-Lounge veranstalten.
„Ich würde sagen, meine auch.“ Jutta zog den Reißverschluss ihrer Jacke wieder zu.
„Es geht um einen der Athleten“, begann ich. „Ist vielleicht ein bisschen kompliziert.“
„Nein“, gab Jutta in gespieltem Erstaunen zurück.
„Es geht um keinen *dieser* Athleten oder vielleicht sogar um … *genau* diese Athleten. Die Elite.“
Wenn es keiner dieser Biathleten war, dann müssten außer Vormann noch zwei weitere Sportler aus dem deutschen Kader ihre Teilnahme zurückgezogen haben; das war nicht der Fall.
„Besagter Athlet beging angeblich Selbstmord. Stürzte sich hier in der Gegend in eine Kiesgrube. Es ist inzwischen mehr als drei Jahre her. Ich habe zwei gute Gründe, mich zu fragen, ob das tatsächlich stimmt. Das mit dem Selbstmord. Und ich habe ebenso gute Gründe anzunehmen, dass Frau Professor Dr. Eisenreich die Obduktion durchgeführt hat.“
„Gib ihm einen Namen, Casper! Er hat doch einen, oder? Der Athlet in der Kiesgrube.“

„Joachim Kurz, kurz Jo. Das ist *nicht* spaßig gemeint, sondern eine Abkürzung. Hilfst du mir? Und wenn nicht mir, dann dem Mädchen, dass ihn liebte …“ Liebe. So fragil wie undurchsichtig. Mit Bestimmtheit war sie an der Stelle nicht festzumachen, aber die Wahrscheinlichkeit sprach doch sehr dafür. Verzeih' mir, Margit!
„Ich soll einen Blick in meine Aufzeichnungen werfen, ob ich den jungen Mann auf meinem Tisch liegen hatte.“ Jutta sah aus, als müsste sie überlegen. Sie wollte doch nicht ablehnen?
„Du bist immerhin eingeladen. Ist ein mitreißender Sport, und man bekommt nicht jeden Tag Freikarten.“ Ich zog demonstrativ am Reißverschluss ihrer Jacke.
„Und dann wäre da noch die Möglichkeit, dass ich wohl nicht mehr allzu weit davon entfernt bin, den Namen des Toten am Abhang der Schlucht herauszufinden.“
Jutta Eisenreich nickte, aber irgendwie gefiel mir diese stille Zustimmung nicht, weil es eigentlich keine war. Kann man nein sagen, umgeben von soviel Atmosphäre? Umgeben von möglichen Antworten, in Bezug auf Peters Identität?
Mit Margits Hilfe hatten wir Linus Moritz ins Gesicht gesehen. Meine Objektivität stand außer Frage. Einen Mann zu beurteilen, traute ich mir zu. Mich selbst mit einem anderen Mann zu vergleichen, verbot ich mir – für gewöhnlich tauchte dann ein Stoppschild in meinem Kopf auf. Linus Moritz war attraktiv. Athletisch attraktiv. In der Leiche hatte ich ihn jedoch überhaupt nicht erkannt.
„Ich wusste gar nicht, dass du dich für Biathlon begeisterst“, sagte Jutta.

Und ich hatte es auch nicht gewusst. Aber diese neu entdeckte Begeisterung begleitete ein bleierner Geschmack und einige Hintergedanken; weil ich hier im Stadion einen Mörder vermutete.
„Könnten wir bitte noch mal auf den Mord und auf die beiden Opfer zurückkommen“, bat ich darum.
„Natürlich, ich bin ja eingeladen“, sagte Jutta. „Casper, ich bekomme zwei Namen von dir. Und ich glaube nicht, dass ich es war, die Jo Kurz obduziert hat. Aber für dich würde ich herausfinden, welcher Kollege da in Frage kommt.“
Honig. Ein Tröpfchen. *Für dich würde ich* … Schöner Zusatz, außerdem war ich damit aus dem Schneider, wie ich fand. Jutta hätte sich an Jo erinnert, wäre er ihr *Patient* gewesen. Es bedeutete zum einen, der Fehler, falls die Rechtsmedizin etwas übersehen hatte, lag nicht bei Professor Dr. Jutta Eisenreich, und zum anderen, ich bekam, worauf ich insgeheim spekuliert hatte.
„Wie ist der Name des Toten in der Wolfsschlucht? Du sagtest etwas von einem Verdacht …“, begann sie.
Eigentlich hörte ich immer nur *mich* Dinge preisgeben, und empfand diesen Austausch allmählich als ein wenig einseitig. Und darum dachte ich mir, ich sollte mal geschwind eine Frage stellen. „Jutta, wie äußert sich denn eine Katzenhaarallergie?“ Die du nicht hast, Casper Brandt, verkündete mein Gewissen prompt.

16
Unabhängige Geister

Die Fernsehsender übertrugen natürlich jede Einzelheit der heutigen Herrenstaffel. Dennis Paulsen hatte beschlossen, sich das Rennen am Bildschirm anzuschauen. Allein. Und er musste zugeben, dass das Weichei Frank Ringel echt gut war. Spitzenleistung. Dabei hatte er geglaubt, Frank würde vor lauter Schiss einem anderen seinen Staffelplatz überlassen, ihm zum Beispiel.

Gerade hatte er sogar den Österreicher Alois Kronbichler abgehängt, einen der schnellsten Männer im Feld. Der war sicher auch erstaunt über seinen deutschen Kollegen; Kronbichler hätte Niko Vormann ganz sicher auf der Rechnung gehabt, aber nicht seinen Ersatzmann. Dennis war davon ausgegangen, dass der dünnhäutige Frank auf ganzer Linie versagen würde. Stattdessen war er gelaufen, als wäre der Leibhaftige hinter ihm her. Und wie er dann trotz Strafrunde als Erster gewechselt hatte …

„Man könnte jeden Tag einen abservieren. Bloß dumm, dass es ausgerechnet Loser Linus erwischen musste." Dennis Paulsen lachte. Konnte er sich leisten, ihn hörte niemand. Dennis behagte die Rolle des Zuschauers überhaupt nicht. Er war stinkig; dort draußen lief die Créme de la Créme. Er sollte dabeisein, aber hier hockte er und man verlangte von ihm auch noch, eine nette Miene zu machen, sich für die Anderen zu freuen. Schließlich war es die deutsche Nationalmannschaft, die sich am Ende den Sieg holte. „Also, freu dich gefälligst, Paulsen!"

Die Créme. Axel Alt zählte er dazu, jetzt, wo er wieder traf und seinen privaten Kram dort gelassen hatte, wohin er gehörte – zu Hause. Frank Ringel zählte er nicht dazu, aber schön, er machte momentan einen sehr guten Job. „In Anbetracht der Umstände“, meinte Dennis boshaft. Sein Kollege hatte sich hier bestimmt den Frust von der Seele gelaufen, das quälende Angstgefühl, unter dem er ständig litt, seit der Sache mit Jo. Der Waschlappen war ganz und gar Teamspieler und würde nach dieser Wahnsinnsstaffel mit Sicherheit auch die nächste laufen. Dennis dachte daran, ihm den kurzen Hipe zu gönnen, den die Zuschauer um Frank Ringel machten, er würde eh nicht lange anhalten. Aber Dennis Paulsen war kein Gönner.
Schon seit dem Vormittag dachte er über eine bestimmte Sache nach. Er hielt mit zwei Fingern die Karte locker an den oberen beiden Ecken und ließ sie vor und zurück pendeln. Nette Idee. Der alte Code aus ihrer Internatszeit. Wollte da jemand Panik heraufbeschwören? Ihn dazu bringen, auszupacken … darauf konnte derjenige lange warten. Sollte der gute Frank ruhig noch mehr von diesen Karten verschicken. „Wie blöd bist du eigentlich?“ Dennis wusste genau, dass Frank dahintersteckte. Hatte er sich selbst vielleicht auch eine geschickt? Um von sich abzulenken – und von seinen widerwärtigen Träumen. Das sind jetzt aber ganz neue Töne, dachte Dennis. Frank war eigentlich immer jedem Ärger aus dem Weg gegangen. Auch damals hatte er ständig „Bedenken“ angemeldet. Dabei hatten ihre verbotenen Ausflüge höchstens mal aus einem Horrorfilm im Kino oder Nacktbaden bestanden. Dennis Paulsen kramte ein wenig in den Sachen des Bettnachbarn, fand aber nichts. Nur ein Foto; Linus Moritz, Niko Vormann, Jo Kurz, Frank Ringel und er selbst.

An eine gemeinsame Aufnahme konnte er sich gar nicht mehr erinnern. Auch nicht, wer das Bild gemacht hatte. Es war kein gutes Foto, selbst Linus wirkte farblos, als hätte er sich schlecht gefühlt. Dabei sah der sonst immer blendend aus. Dennis wollte das Bild schon wieder zwischen Franks Kleidung legen, da fiel ihm auf der Rückseite ein Schriftzug auf:

Die fantastischen Fünf – unschlagbar oder tot.

Daran konnte sich Dennis auch nicht erinnern. Unschlagbar waren sie nie gewesen. Aber *tot* passte gerade ziemlich gut. Die Schrift auf dem Foto war dieselbe wie die auf der Karte. „Du bist *wirklich* blöd!“, sagte er. Dennis Paulsen sah den Fernseher nicht mehr, obwohl sich das Bild noch bewegte. Wofür, fragte er sich, hatte er so viele Jahre investiert, um jetzt vor dem Nichts zu stehen?

Er war noch ein Junge, als er nach einem Crosslauf an der Schule gefragt wurde, ob er nicht Lust hätte, ein paar Mal probeweise zum Langlauftraining zu kommen. Und er kam. Dazu noch mit Vater und Mutter im Schlepptau, weil er sich allein nicht getraut hatte. Schon bald präsentierte er mit breiter Brust seine erste Medaille. Er war damals so stolz, als sein Name durch die Lautsprecher dröhnte und er auf dem Siegertreppchen stand. So stolz. Abends im Bett hielt er seine Auszeichnung immer noch in den Händen und weinte vor Glück. Diese erste Medaille sollte immer seine wertvollste sein, egal was da kommen mochte. Das hatte er sich geschworen. Sie trainierten dreimal wöchentlich und an den Wochenenden ging es fast immer zum Wettkampf. Seine Eltern waren oft dabei, sie unterstützten ihn nach Kräften und trösteten ihn an den Tagen, an denen alles schief ging. Damals hatte er nicht lange überlegt,

ob er aufs Sportgymnasium wechseln sollte. Wer in seinem Sport weiterkommen wollte, dem blieb nur dieser Weg. Ruhe war gar nicht sein Ding, er musste sich bewegen, sich anstrengen, sich verausgaben. Tägliches Training, tägliches Lernen und während seine Altersgenossen sich in der Disco vergnügten, ging Dennis früh schlafen, um am nächsten Morgen wieder fit zu sein. Er tat es freiwillig und gern und hatte nur in ganz besonders melancholischen Momenten das Gefühl etwas zu verpassen. Meist überfiel ihn dieses Gefühl, wenn er verletzt und allein im Internat vor dem Fernseher saß.
Dennis' Blick glitt über die Karte. Lange her, ein halbes Leben. Eigentlich hatten sie zusammengehockt, um gemeinsam Geschichte zu pauken, da eine Klassenarbeit auf dem Plan stand. Damals war Niko Vormann noch bei ihnen in Oberhof. Wer den Code letztendlich entwickelte, wusste Dennis nicht mehr, aber es war Frank Ringel, der auf die Idee mit der Zeitverschiebung kam. Von da an hatte jeder so eine Karte bei sich. Wcnn sic sich cinc Nachricht schicktcn, dann konntc nicmand ctwas damit anfangen und selbst wenn jemand den Schlüssel fand, konnte niemand den Text lesen.
Außerhalb ihres Sports und der Lernerei hatten sie aber auch viel Spaß miteinander; unternahmen in ihrer Freizeit einiges zusammen, feierten und machten verrückte Sachen. Sie waren ein Team, teilten Siege und Niederlagen, halfen sich gegenseitig und wenn es mal krachte, dann schlief man eine Nacht drüber und am nächsten Tag war es wieder vergessen.
Als Vierzehnjährige waren die drei Freunde dann zum Biathlon gewechselt, wo sie auf Jo und Linus trafen. Sie lernten Schießen und wurden

immer besser. Allen voran Niko, der mit der Umstellung am besten klarkam und schon in den ersten Biathlonrennen auf dem Podest landete. Bei Dennis dauerte es länger, aber er war beständig und immer vorn mit dabei, was man von Frank nicht behaupten konnte. Frank gewann im Sommer jeden Crosslauf und war auch auf Skirollern kaum zu schlagen, nur im Winter versagten ihm entweder die Nerven oder aber er lief so schlecht, dass er auch mit zweimal Null noch auf dem 10. Platz landete. Man hatte ihm als Junioren schon nahe gelegt, seine Laufbahn zu beenden, als er sich im gleichen Jahr beide Junioren-Weltmeistertitel holte und auch noch mit ihnen die Staffel gewann. Seitdem ging es bei ihm auf und ab. Die meiste Zeit startete er im IBU-Cup, wo er weit vorne war, holte man ihn dann in den Weltcup, ging wieder alles schief, so dass er sich meist nach drei Einsätzen in der Sportlervorratskammer wiederfand. Heute war wieder so ein Tag, wo Trainingsweltmeister Frank Ringel wieder einen raus gelassen hatte. Dennis musste lächeln ... und was für einen. Da hätte Axel Alt nackt und bodygepainted über die Ziellinie laufen können – es war allein Franks Show.
Dennis wollte sich nicht schlecht fühlen. Aber er hatte das Gefühl, dass alles, was er jetzt tun könnte, besser war als Biathlon. Was war nur aus ihnen geworden? Was war aus *ihm* geworden? Er war immer der coole aber nicht unsympathische Besserwisser, jetzt aber war er das Arschloch der Nation. Keiner wollte mit ihm das Zimmer teilen und wer übrig blieb, den traf es halt. Er war zu gut, um nicht im Weltcup zu sein, aber zu schlecht für ganz vorne. Auch privat lief es nicht so, wie er das gerne gehabt hätte. Seine Freundinnen verließen ihn meist wieder, wenn sie merkten, dass sein Sport die Welt war, in der er lebte. Fast jeden Tag

Training, dann ging es meist noch mehrmals im Sommer in die Alpen und nach Sardinien zum Radfahren und auf den Gletscher zum Skifahren. Wenn er mal frei haben könnte, dann erwartete bestimmt einer der Sponsoren, dass er eine Autogrammstunde gab, oder es ging tagelang zum Fotoshooting. Im Winter folgte der Weltcup. Und „Welt“ besagte nicht, dass man in Deutschland blieb. Dazwischen fuhr man ins Trainingslager; Dennis legte meist auch noch ein paar Extrarunden ein, um besser zu werden. Was wollte man da mit einer Freundin, die nichts anderes tat, als drei Wochen Urlaub mit einem zu verbringen und den Rest der Zeit nur zu warten. Aber das ging allen anderen auch so. Einige der Freundinnen waren hier unter den Athleten, was natürlich den Vorteil hatte, dass man sich wenigstens zum Weltcup sah. Im Sommer machte jede Mannschaft ihr Ding und da war es nicht unmöglich, dass die Freundin aus Frankreich in Oberhof trainierte und die Deutschen in den französischen Alpen Rad fuhren. Der Sport wirkte sich irgendwie verdammt beziehungsunfähig aus. Linus hatte sich als einziger richtig gut damit abgefunden und immer zugegriffen, wenn ihm das Schicksal auf der Welt einen schönen Körper in den Weg stellte. Dafür war Dennis nicht der Typ, auch wenn er sich oft so gab.
Ein Blick auf den Fernseher offenbarte ihm, dass die Biathlon-Berichterstattung zu Ende war. Es kam Skispringen. Er schaltete ab und wartete auf das Weichei, um es gebührend zu begrüßen. Früher hätte sich Dennis für Frank ehrlich gefreut. Und früher hätte er ganz sicher keinen Kollegen in den Tod geschickt.

17
Mit leichter Hand

Süß! Womöglich war der Kerl zu beneiden, dachte sich Chris Harte. Er hätte Casper Brandt beinahe nicht erkannt; so von oben herab und zwischen Schüben von Schnee und Horden von Zuschauern.
„Der war doch tatsächlich einkaufen“, brummelte Chris und konnte sich ein Grinsen nicht verkneifen.
„Was, Chef?“, fragte der aufmerksame Felix Weise.
„Weiß ich noch nicht“, antwortete Harte wahrheitsgemäß. „Da entwickelt sich gerade was!“ So sah es aus – Jutta Eisenreich und Casper Brandt. Dabei wusste niemand besser als er, dass der Privatermittler nur die eine Akkreditierung für diesen Wettkampf hatte.
„Das ist doch dieser Möchtegerndetektiv? Ja, oder? So eine Art Columbo.“ Weise wackelte einigermaßen dämlich mit dem Kopf.
Harte schaute weg, bevor ihm davon schummrig wurde. Sich anderen überlegen zu fühlen, lag in der Natur des Menschen, seine Mitmenschen zu unterschätzen auch. Damit meinte er eigentlich gerade seinen Kameramann und dessen Bemerkung, doch Chris sollte sich dessen selbst noch schmerzhaft bewusst werden.
„Dann wäre es schlau, mal die eine oder andere Columbo-Folge anzuschauen; der Mann löst nämlich sämtliche Fälle und die sind ganz schön knifflig.“
„Chef, das ist Kino, nicht das wahre Leben“, sagte Weise.
„Das wahre Leben ist noch um vieles kniffliger“, gab Harte überzeugt

zurück. Er erinnerte sich überhaupt nicht, Casper je so derart schick irgendwo angetroffen zu haben und irgendwie schien er es geschafft zu haben zu zweit in die Arena zu gelangen. Nettes Kunststück. Und ein Möchtegerndetektiv war Casper sicher nicht.

Den Freund zu beobachten hatte Chris Harte nicht vor, doch wo er hinschaute, schien immer auch gerade Casper in Aktion zu treten und als er ihn das nächste Mal bemerkte, unterhielt der sich gerade mit einem Athleten in Schwarz-Rot-Gold. Na, wenigstens war er nicht farbenblind. Casper streckte dem jungen Mann etwas entgegen. Das konnte nur eine Visitenkarte sein.

„Die sind neu“, deutete Harte, als würde das irgendjemand interessieren. Sein Kameramann hatte den Raum bereits wieder verlassen, der würde ihn also nicht fragen, *was* neu war. Der Privatermittler hatte es doch tatsächlich fertig gebracht, sich Visitenkarten drucken zu lassen. Wann war ihm das denn gelungen? Vor allem in der Geschwindigkeit. Wo die Scheine in Chris' Geldbeutel erst am Vormittag den Besitzer gewechselt hatten; Casper Brandt machte wirklich mächtig Tempo. Und Tempo lautete auch das Motto, mit dem die deutschen Biathleten die Staffel angingen. Hier sah man Kampf, den jeder einzelne mit sich selbst austrug, mit der Strecke und den Gegnern. Wenigstens passte bei diesen schwierigen Wetterbedingungen heute das Material und das bei allen Athleten. Die Weltspitze rückte Jahr für Jahr immer näher zusammen, so dass ein Ski, der nicht hundertprozentig lief, wertvolle Sekunden kosten konnte. Genau die Sekunden, die man brauchte, um am Ende ganz vorne zu sein. Beim Start hatte Harte gemeint, das Adrenalin regelrecht atmen zu können. Jetzt verflog der erregende Stoff allmählich. Er leckte sich über die Lippen. Sein liebstes Stresshormon; einst dachte er, nicht ohne es existieren zu können. Sein Blutdruck stieg, seine Augen waren die eines Adlers und in seinem Kopf herrschte eine Klarheit, wie nach einem reinigenden Gewittersturm. Damals hatte sich an seinem Körper kein überflüssiges Gramm Fett befunden. Nicht so wie heute. Kein bisschen so wie heute.

Ärger stieg in ihm auf, wie das immer passierte, wenn er an früher dachte. *Früher* war ein Wort, das man gerne benutzte, um sich noch einmal unangreifbar zu fühlen. *Früher*, das war Chris Hartes starke Zeit. Und *früher* hatte er an sich heruntergeschaut und da waren seine Füße gewesen; gerade sah er lediglich eine vorstehende Wölbung. Füße hatte er keine mehr.

Vielleicht war Casper Brandt der Grund für seine eigenwilligen Überlegungen und wenn nicht er, dann der Mord. Und gerade traf der Privatermittler auf einen weiteren Sportler. Diesmal trug der Mann Frankreichs Farben. Zudem wirkte er nicht sonderlich angetan. Was hatte der gute Casper zu ihm gesagt? Wenn man nur halbherzig französisch sprach, konnte das ganz leicht ins Auge gehen und Chris hätte gewettet, dass Casper nicht einmal ein Glas Milch bestellen konnte, ohne Käse zu bekommen.

„Handel dir bloß keinen Ärger ein. Das ist eine eingeschworene Gemeinschaft“, warnte er ihn. Genau so erlebte er die Männer, als eingeschworen.

„Chef?“, meinte Weise. Da war er wieder.

„Stimmt doch, oder? Eine große Familie. Aber der Schein trügt manches Mal“, sagte Harte. Auch das hatte er im Zuge der Interviews erlebt.

„Darüber weiß ich nichts, ich bin im Waisenhaus aufgewachsen", gab Felix Weise zurück.
Das hatte ihm der Kameramann irgendwann einmal erzählt. Chris wusste nicht mehr, worum sich ihr Gespräch gedreht hatte. War es schlimm gewesen? Wie schlimm? Und wie lange lag er in dieser Umarmung des Unglücks? – Sicher hatten sie darüber aber nicht gesprochen. Das taten sie jetzt auch nicht.
„War ein guter Sprint, oder?", bemerkte Weise.
„War eine gute Staffel", berichtigte er seinen Kameramann und es stimmte; die deutsche Mannschaft befand sich im Freudentaumel. Platz Eins, mit einem gnadenlosen Vorsprung auf Österreich und einem noch größeren auf Russland.
Beeindruckend, was mit einer Leiche im sprichwörtlichen Keller plötzlich so alles möglich wurde. In der Kaserne wurde getratscht und so erfuhr er von Niko Vormanns Absturz. Den tatsächlichen hatte Chris selbst beobachtet, den alkoholischen allerdings verpasst. Vormann trank Wodka, bis zum Umfallen – in seinem *Fall* eine halbe Flasche. Er an seiner Stelle hätte das Gleiche getan, wäre er auf die Leiche gestoßen. Bloß würde ihn der Inhalt einer halben Flasche nirgendwohin bringen, nicht einmal in die Nähe einer Gedächtnislücke. Betrunken hatte er sich immer nur, wenn es etwas zu feiern gab. Und in seiner Vergangenheit gab es da einiges. Brachte man eine Sache zu einem gelungenen Abschluss, war es den Brummschädel, den man am nächsten Tag mit sich herumtrug, wert. Caspers anschauliche Dokumentation der Untreue seiner Frau hatte ihn gleichfalls dazu verleitet, die nachfolgende Trennung zu bejubeln. Gerne hätte er Casper Brandt seinerzeit eingeladen, aber der trug sein

schlechtes Gewissen offen im Gesicht und war nicht dazu zu bewegen auch noch auf das vermeintliche Ehe-Unglück eines Paares anzustoßen. „Sie sieht gar nicht unglücklich aus!“, hatte Chris Harte bemerkt und auf eines der Bilder gedeutet, die seine Frau rittlings auf Mr. Waschbrettbauch zeigten, den Kopf in den Nacken geworfen und ohne jeden Zweifel schreiend – gewiss *nicht* vor lauter Kummer. Casper war jemand, der die Konsequenzen für beide Seiten bedachte, und für Chris' Frau hatte der Privatermittler ziemlich schwarzgesehen. Keine zehn Pferde hätten ihn dazu bekommen, auf die Düsternis zu trinken, auch wenn es nicht seine eigene war.

„Du bist zu gut. Und die Guten werden gefressen.“ Genau so verhielt es sich mit seinem Freund und Chris wollte nicht Zeuge dieser Vernichtung sein.

„Weiß ich. Sie stehen an erster Stelle dieser mitarbeitervertilgenden Raubfische“, befand Felix Weise.

„So ein Blödsinn. Außerdem war damit Casper gemeint und nicht mein Mitarbeiter.“ Harte wedelte mit einer Hand in der Luft herum, als wolle er Fliegen verscheuchen. Das war gerade eine Anklage gewesen. Na, so schlimm war er doch auch nicht, oder?, durfte er sich fragen.

„Ich rede nicht mehr mit Ihnen“, beklagte sich Weise.

Wenn er bloß Ernst machen würde. Das wäre dann ein kleiner Erfolg; schweigende Rhetorik als Antwort auf die eigenen Gedanken.

Vor der Kommentatorenkabine stiefelten jetzt die Wichtigen auf und ab, sonnten sich gleichermaßen im Glanz der deutschen Farben und der Wintersonne, die durch die Schneewolken drängte.

Vielleicht hätte Chris Harte ja Lust, den Erfolg ihrer Nationalmannschaft mitzufeiern. Die Männer der Staffel waren überragend gewesen. Sie hatten sich diesen Sieg verdient. Aber auch mit so manchem Unglück war gutes Geld zu machen und so hatte sein Sender mit dem Verkauf der beiden Einstellungen, wie Vormann stürzte und sich danach wieder aufrappelte, ziemlich gut verdient. Das Gesicht, riesengroße Augen, darin blankes Entsetzen – wie gemalt – war ihnen Einiges wert gewesen. Der Titel passte freilich nicht so ganz dazu: *Niko Vormann gibt auf!* Damit verkündete die Sportwelt einen spektakulären Rückzug und doch war die Meldung von der Wahrheit so weit entfernt, wie Dennis Paulsen davon, Freude zu empfinden.

Chris hatte sein finsteres Gesicht gesehen; als alle anderen sich umarmten und beglückwünschten, stand Paulsen nur da und starrte den Startläufer der Staffel, Frank Ringel, an. Und Frank Ringel hatte eisern zurückgestarrt. Vielleicht gab es ein Leck in dieser eingeschworenen Gemeinschaft. Er würde sich später überlegen, was er davon zu halten hatte, wenn es das Nachdenken überhaupt lohnte.

Caspers Anstrengungen zu verfolgen, gefiel ihm momentan um einiges besser. Sein Privatermittler schien Visitenkarten zu verteilen, als handle es sich dabei um Lose für eine Tombola. Das war Absicht, soviel verstand Chris, aber was versprach er sich davon? Und gerade reichte Casper Brandt einem russischen Athleten eine Karte.

„Casper, nein. Die geben das weiter und ziehen dir die Hosen aus, auch noch die untersten in deiner Kommode.“ Harte schüttelte den Kopf. Er hatte zwar mit dem Vorschuss-Einsatz des Privatermittlers gerechnet, aber dieser zeigte sich gerade richtig angriffslustig. Dabei sollten die

Scheine nur ein Anreiz sein, ein paar Dinge in Erfahrung zu bringen, über die nicht an jeder Straßenecke geschnattert wurde. Herumstochern war nicht gemeint.
Wenn Casper Brandt ausgerechnet *diesen* Fall lösen würde, hätte Chris Harte ein ernstes Problem. Auf den Haken hatte er lediglich eine Made aufgesteckt; ein Hecht sollte da nicht anbeißen, eine Forelle hätte genügt. Casper wollte sich offenbar unbedingt ein Glas Whiskey genehmigen. Und da war er strikt; genauso wie Chris. Den gab es nur, wenn er einen Fall erfolgreich zu Ende gebracht hatte.
Kein Wunder, wenn Johnnie Walkers Blue Label bei ihm schon in einer der Schubladen seines Schreibtisches verstaubte. Chris konnte sich jedenfalls, seit er Casper Brandt kannte, an keinen Fall erinnern, der für ihn gut ausgegangen war und gleichzeitig noch anständig was abgeworfen hätte. Casper konnte sich daran wahrscheinlich auch nicht erinnern. Musste es nun ausgerechnet dieser Fall sein? Harte schaute sich um, doch augenblicklich waren da nirgendwo eine weiße Daunenjacke und ein dunkler Haarschopf auszumachen. Wo war der Privatermittler denn abgeblieben? Bestimmt hatte der russische Athlet ihn umgebracht, weil er zu viele Fragen stellte.
„Casper, wo steckst du?“ Harte kontrollierte die Kameras, konnte den Freund aber nirgendwo entdecken.
„Nicht weit, du hattest mich doch die ganze Zeit im Blick. Ich kam mir begutachtet vor.“
Chris hatte den Leisetreter nicht gehört. Auch so eine Spezialität von Casper Brandt. „Du meinst beobachtet.“ Er lehnte sich in seinem Stuhl zurück und gab den Blick auf die Kameras frei.

„Nein, meine ich nicht. *Begutachtet.* Ich war einkaufen“, sagte Casper.
„Ist kaum zu übersehen. Bekomme ich auch eine? Oder musst du jetzt sparen.“ Chris sprach von den Visitenkarten.
Casper hatte sich die Tasche seiner Jacke damit voll gestopft. Felix Weises Vergleich mit Columbo war gar nicht so verkehrt. Der Freund stülpte eine der Taschen nach außen, aber es kam nur ein zusammengefaltetes, braunes Kuvert zum Vorschein, dessen Inhalt er unaufgefordert auf den Tisch lud. Schnipsel. Als hätte jemand etwas in Stücke gerissen.
„Das ist meine Ausbeute und wenn es nach Müll aussieht … so ist jemand genau dieser Meinung“, sagte Casper und beeilte sich mit dem Aufsammeln.
„Warte, was … was ist das?“ Chris Harte tippte eines der Fragmente an. Zum ersten Mal kam ihm der Gedanke, dass er seine Augen vielleicht überprüfen lassen sollte. Das sah ziemlich klein aus.
„Es dürfte eine Karte sein; die hat kein Fan geschrieben. Der Empfänger regt sich auf und zerstückelt das Ding. Casper Brandt wird es wieder zusammensetzen – irgendwie. Auf dem Stückchen da steht etwas drauf, Zahlen. Und hier etwas über Moskau.“
Chris Harte blies Luft durch die aufgeworfenen Lippen. „Will da jemand Ärger machen? Drohen? Den Empfänger erpressen?“
„Ich lege mich erst fest, wenn ich statt der Stücke ein Ganzes vor mir liegen habe. Heute Abend. Mein Besuch hat sicher nichts dagegen.“
„Frauen mögen diese Art der Ablenkung nicht sonderlich“, versuchte Chris seine eigenen spärlichen Erfahrungen an Casper weiterzureichen.
„Frau Eusebia ist *nicht* eingeladen!“, betonte Casper.
„Das zu hören erleichtert mich ungemein. Wen begrüßt du denn dann in

deinen vier Wänden? Ich habe dich mit Frau Professor gesehen. Hat sich zufällig so getroffen, das lag exakt in meiner Richtung.“ Er erinnerte sich an einen Gedanken, der auf einen neidvollen Blick folgte. Aber wirklich und ernsthaft empfand er keinen Neid. Er mochte Casper, und genau deswegen durfte der Privatermittler diesen Fall nicht abschließen.

„Frau Professor ist mir bei einigen Untersuchungen behilflich, wenn ich ihr zuerst behilflich bin. So jedenfalls habe ich das verstanden.“

„Hättest du mir gesagt, dass du nicht allein kommst, dann hätte ich eine zweite Karte für dich hinterlegen lassen.“ Chris wollte an der Stelle nicht mitleidig bemerken, wie peinlich das sein kann.

„Das wäre nett“, nahm Casper sein Angebot an. „Damit würdest du jemandem eine große Freude machen. Bekomme ich eine für den Massenstart? Aber ich würde die Karte gleich mitnehmen; wäre doch schade, wenn Margit nicht frei bekommt. Man muss doch ein bisschen vorausplanen.“

„Frau Professor heißt nicht Margit, oder?“, hakte er nach.

„Ich habe Margit in der Bibliothek kennen gelernt“, erklärte Casper.

Wenn Chris Harte auch nicht immer sofort wusste, woran man die Bedeutung einer Angelegenheit erkennen konnte; bei der Erwähnung von Frau Professor war Casper sichtlich nervös geworden. Diese Margit bewirkte keine Nervosität.

„Eine Karte für Margit. Sollst du haben“, versprach er großzügig. „Was hast du eigentlich zu dem Franzosen gesagt? Er hat ein klein wenig … ratlos ausgesehen.“ Ja, das traf es wohl am besten, dachte er.

„Es ging um Geheimnisse“, antwortete Casper vage. „Und nebenbei *musste* ich einfach nach dem heiligen Gral fragen.“

„Casper darauf steige ich nicht ein, wirklich nicht“, versicherte Harte, dann … „Der wird in Frankreich vermutet?“

„In der Normandie, in einem Benediktinerkloster. Ich wollte nur herausfinden, ob Monsieur auch meint, dass sich der heilige Gral auf dieser Insel befindet. Auf Mont Saint Michel … jedenfalls glaube ich nicht, dass ich das gesagt habe.“

„Zu komplex“, stimmte er zu. Obwohl die Geschichte sehr spannend war. Legenden überdauerten die Zeit, aber … „Ich kann mir auch nicht vorstellen, dass du das gesagt hast. Die Frage sollte sein, was war es stattdessen?“ Der Milch-Käse Vergleich drängte sich einem da regelrecht auf.

„Ich hätte ihn viel lieber gefragt, worüber unter Sportlern derzeit spekuliert wird, aber ich bin schließlich kein Reporter“, sagte Casper schulterzuckend.

„Und was ist mit dem russischen Athleten, wolltest du dem auch ein paar Geheimnisse entlocken?“ Unrettbar, dachte sich Chris.

„Besser nicht. Ich war nur höflich, weil sich unsere Wege gerade kreuzten. Ich hätte nie … womöglich stand er unter Beobachtung. Hast du den Kerl mit der Brille gesehen? Da überläuft es einen kalt.“ Casper schüttelte sich in seiner neuen Daunenjacke.

„Nimm dich in Acht“, ermahnte ihn Harte. „Deine geschnipselte Karte besagt hoffentlich nichts Schauderhaftes.“

„Die war nicht für mich bestimmt“, beteuerte Casper.

„Schlussendlich bist du aber ihr Entdecker. Erfahre ich, was sie zu bedeuten hat?“ Er wollte selbstverständlich wissen, wer hier an wen etwas verschickte.

„Natürlich, du bist der Auftraggeber, Chris. Und diese Ermittlung verlangt von mir keine …“ Casper fuchtelte stumm in der Gegend herum.
„Bäh Intimfotos“, schloss Harte. „Aber was diese Ermittlung wirklich von dir verlangt, steht bislang doch noch in den Sternen.“ Es war eine wohlmeinende Warnung.
„Glen Leborski wird dem Tod begegnen; das hat ihm eine alte Indianerin geweissagt. Dem Tod bin ich aber schon begegnet.“ Casper sprach von der Leiche am Abhang der Wolfsschlucht. Welchem Tod, außer den Körpern auf den Stahltischen im Institut von Frau Professor, sollte er sonst in letzter Zeit gegenübergestanden haben. Chris hatte den Tod immer gemieden, wie die Pest. Man konnte ihm dennoch nicht entgehen, weil er überall lauerte. Und manches Mal war es nur ein Gesicht, das die Vergangenheit preisgab und mit ihm eine ekelhafte Forderung.
„Man begegnet sich immer zweimal“, sagte er jetzt.
„Im Leben, Chris – so heißt es doch. Man begegnet sich im Leben immer zweimal. Apropos *in Acht nehmen*“, sagte Casper. „Ich wollte mir später die Schlinge noch genauer ansehen.“
„Die Schlinge?“, wiederholte Harte fragend.
„Meine überstürzte Flucht im Wald endete bäuchlings. Mich fing etwas ein, aber nicht auf. Ich muss erst schauen, was es ist“, erklärte Casper sehr anschaulich. Chris fürchtete schon, er würde sich auf den Boden werfen.
„Wonach sieht es denn aus?“, fragte er und deutete auf einen Stuhl. Und das tat er ziemlich nachdrücklich.
„So ein langes, schmales, blaues Teil ... hmm, ich dachte zuerst, es ist das Werk eines Fallenstellers. Aber … das scheint mir wenig effizient. Eher

war es so was.“ Casper zeigte auf das Band, das wie eine lange Kette auf Chris' Brust lag und an dem an einer Klammer eine eingeschweißte Karte befestigt war, die ihn als Reporter auswies.
„Aha“, machte er.
„Das hier ist übrigens auch interessant.“ Casper hatte gerade das Niko Vormann Autogramm entdeckt und Chris längst wieder vergessen, dass er eines besaß.
„Was soll daran denn interessant sein? Stünde nicht mein Name drauf, würde ich es dir schenken. Niko Vormann ist nicht mehr dabei, ich kann die Karte verschmerzen.“
Casper sah gerade sehr zufrieden aus. Und er steckte tatsächlich die Autogrammkarte ein. „Ich bringe sie zurück, ich möchte nur einem Gedanken nachgehen.“
„Was ist jetzt?“, fragte Harte. „Bekomme ich nun auch eine dieser sensationellen Visitenkarten?“
Er bekam eine der sensationellen Visitenkarten.
„Ist das dein Ernst?“ Er klopfte auf den kleinen, bedruckten Pappkarton und auf das einzige Wort, was unterstrichen war.
„Das wurde ich heute schon mal gefragt.“ Casper verschränkte beide Arme vor der Brust.
„Die Frage drängt sich einem regelrecht auf. Ich übernehme nicht jeden Fall. Unterstrichen. Ich weiß zufällig, dass du dir diese Haltung nicht leisten kannst“, erklärte Chris nachdrücklich, ebenso dick unterstrichen.
„Diese *Haltung* kann sich *mich* nicht leisten. Das ist ein wesentlicher Unterschied.“

18
Identifizierungsparade

Freude ist immer eine Sache, die einen mitnimmt – auf eine Reise zu den eigenen Empfindungen.
Margit hatte sich jedenfalls *riesig* gefreut, als ich mit Chris' Karte angekommen war; ohne Rücksicht auf die Suchenden und Lesenden, von denen sich einige Exemplare griesgrämig in ebenso trockene Literatur vertieft sahen, war sie mir entgegengelaufen.
„Hallo, Herr Brandt." Und als ich ihr den Massenstart schenkte, hatte sie einen Jauchzer ausgestoßen und war mir um den Hals gefallen. Ich fasste Margit um die Mitte und schwenkte sie einmal im Kreis herum. Margit war jung und federleicht und ich kindisch und älter. Aber ihre Freude war ansteckend und wir hatten auch dann noch ausgelassen gekichert, als ein paar von den Bibliotheksbesuchern begannen, uns böse Blicke zuzuwerfen. Es fiel mir nicht schwer ihr zu versprechen, dass ich wiederkommen würde. Ein Mögen auf den ersten Blick.
„Versuchen Sie, Glen Leborskis Romane zu bekommen", lautete meine ach so uneigennützige Empfehlung. „Zieht angenehmeres Publikum an." Ich deutete lieber nirgendwohin, aber ich mochte keine Menschen, die sich anderen mit ihrem Frust und ihrer Unzufriedenheit aufdrängten. Nennen Sie es keine gute Ausstrahlung. Was war dagegen die Freude …, geteilt erschien sie einem noch immer so gigantisch wie der Mount Everest. In den letzten Tagen hatte mich dieses Gefühl einige Male befallen; hoffentlich ein Virus, der vielleicht hochgradig ansteckend war.

Ich sollte mich freuen, dass ich mich freuen konnte, und als ich jetzt aus meinem Opel Ascona stieg, lag er eingerollt auf dem Fußabtreter vor meiner Tür, Garibaldi.
Jutta hatte mir die Symptome einer Katzenhaarallergie aufgezählt, aber außer einem leichten Schnupfen, der bestimmt von den Nachtstunden in kalten Schuhen im Winterwald stammte, gab es keinerlei Übereinstimmung. Gut, ich hatte also keine Allergie.
Der tarnfarbige Guerillakämpfer sprang auf und wartete geduldig, bis mein Schlüssel im Türschloss einrastete und ich ihn hereinbat. „Ich war einkaufen. Ist auch etwas für dich dabei, wie versprochen. Shampoo, wir waschen dich." Garibaldi schaute an mir empor. Gerade schien er zu überlegen, ob er besser nicht ganz schnell wieder verschwinden sollte. Es handelte sich um einen Scherz. Natürlich. Man wäscht nicht die Katze des Nachbarn.
Ich holte meine Einkäufe aus dem Wagen. Der ganze Kofferraum war voll gestellt. Was war denn bloß in all den Taschen und Tüten? „Ich brauchte ein paar Sachen …" Meine Schultern hoben sich fragend und ich war wirklich versucht, in jede Tüte zu schauen. Aber solche Dinge macht man nicht unter vier Augen, und diejenige, die Garibaldis Leckerlis enthielt, war unübersehbar.
Man durfte einem Kater nicht zuviel auf einmal geben, darum hockte ich mich auf den Boden im Gang und wir schauten uns gemeinsam an, was zur Auswahl stand. Für mich wurden es Hühnerflügel, die ich würzte und in den Backofen steckte. Als sie nach einer halben Ewigkeit knusprigbraun waren, war mein Hunger bereits wieder am Abflauen. Die letzten zwei Flügel teilten wir uns. „Immer geht das nicht, ist uns beiden klar,

oder?", verkündete ich im Brustton der Überzeugung. Garibaldi gähnte zufrieden und schaute mich an, als hätte er ausgerechnet mich zu seinem Helden auf zwei Beinen erkoren. Es ging hier um seine Zukunft. Meinem Freund konnte nicht gleich sein, was der morgige Tag bringen würde. Mir erst recht nicht.
Doch das betraf die Schlinge, die Schnipsel und Juttas erklärten Versuch für mich die Akte und dazu denjenigen Kollegen ausfindig zu machen, der die Sektion bei Jo Kurz durchgeführt hatte. Ich entleerte die Taschen meiner Jacke und danach den Inhalt des Kuverts, bis alle Schnipsel vor mir auf dem Tisch lagen. Weiß wie Schnee, rot wie Blut und … es ging nicht um Schneewittchen, obwohl die Dame nur Glück gehabt hatte und der Anschlag auf sie misslang. Und ganz nebenbei angelte man sich noch einen Prinzen. Den Prinzen gönnte ich ihr, aber die einsatzfreudigen Zwerge hätte ich gerade auch gerne eingespannt.
Puzzler war ich keiner. Wie ich feststellen musste, war das aber eine ernst zu nehmende Fähigkeit. Das hatte ich nie so gesehen, aber man konnte tatsächlich Fehler machen. Es war schwierig, weil ich wegen der zahlreichen Risskanten nämlich gar nicht so recht wusste – wo anfangen, welcher Schnipsel derjenige war, der passend an den nächsten anschloss. Eines war sicher, es handelte sich um ein Postkartenformat, nur welches Bild zeigte die Karte? Das hatte jemand unsportlich genommen, und dieser jemand war entweder sehr wütend oder sehr ängstlich. Zu viele Schnipsel. Ich brauchte eine Lupe … Es dauerte. Für mich zählte nur das ganze Gebilde, und so schob ich die Fragmente von hier nach dort. Die Lupe half mir nicht wirklich. Dafür halfen mir meine Intuition und der Kleber. Mein Ergebnis ließ sich sehen – meine Finger nicht.

„Dieser Jemand war offenbar in Moskau“, erklärte ich dem Kater, während ich meine Hand schüttelte. Garibaldi schüttelte seinerseits die Pfoten. Bei ihm sah das anders aus, er machte es öfter.
Ich nahm meine zu einer Karte kunstvoll zusammen geklebten Schnipsel in Augenschein. Trotz der vielen Risse kam mir das Motiv sehr bekannt vor. Es war zweifelsfrei ein Kühlschrank. Wo hatte ich dieses alte Ding in exakt dieser Ausführung schon einmal gesehen? In Moskau konnte es wohl nicht gewesen sein, denn dort war Casper Brandt noch nie. Bei Frau Eusebia?
Das Innere ihrer Wohnung war eines der bestgehüteten Geheimnisse von Suhl-Goldlauter und auch ihrem Untermieter war bislang der Eintritt verwehrt geblieben. Ein Blick auf meinen Parka genügte, um mir in Erinnerung zu rufen, *woher* ich das antiquierte Teil kannte – vom Militär.
In der unteren Ecke der Karte prangte ein roter Fleck. Der war durch die Risse nicht mehr wirklich scharf zur erkennen, aber mir genügte es. Ich sah Linien, Windungen, Wirbel. Das war das Weiß, wo keine Farbe hinkam. So wie auch eine Narbe immer hell bleibt. Ich sah Ränder. Das war das Rot, das in einem ovalen Halbrund die kleine Fläche begrenzte. Gesiegelt, wie ein Stempel das konnte. Individuell, wie eine Sonderanfertigung; nur einmal hergestellt. Ich fühlte mich ein bisschen wie ein Entdecker, obwohl ich das gar nicht war. Der Fingerabdruck war schon immer ein einzigartiges Zeichen; es gibt sogar eine Formel für die Eigenarten der Fingerbilder einer Hand.
Die Karte sollte ursprünglich entsorgt werden, aber die Entsorgungsabsicht war nicht zielstrebig genug verfolgt worden. Das braune Kuvert mit den Überresten lag obenauf in einem Abfallbehälter, gleich neben den

Räumen, in denen die Sportler zur Dopingkontrolle mussten. Natürlich wusste der Biathlonexperte Casper Brandt, wo es hier zur Dopingkontrolle ging; das lag nicht zuletzt an dem riesigen Hinweisschild. Ich brauchte diese Hinterlassenschaft nur an mich zu nehmen und hoffen, der Ängstlich-Wütende hätte auch alle Schnipsel dort hinein gepackt.

Man schnüffelt nicht im Müll der Athleten herum. Das ist nichts, worauf man besonders stolz sein kann. War ich auch nicht. Hätte ich nicht gesehen, wie einer der deutschen Biathleten um die Ecke gebogen war, nachdem er zuvor das Kuvert im Mülleimer entsorgt hatte … ich hätte mich gar nicht dafür interessiert. Ein Zufall, der mir gefiel und nachdem ich mir die Finger wundgeklebt hatte, zeigte sich mir jetzt auch die Rückseite der Karte – die Lösung.

20/4/9/2/22/ - 8/6/15/2/22/ - 9/10/15/ - 5/2/20/ - 10/20/21/ - 5/6/19/ - 21/16/5/

Schöne Lösung ...

verbunden mit Grüßen aus Moskau.

Es klang nach *Russland Inkasso* oder einer letzten gut gemeinten Warnung des KGB, sollte Chris Harte Recht behalten und ich hatte nur noch wenige Tage zu leben. Aber wie schon angemerkt, war ich nicht der Empfänger.

Nach der Mordsspannung in der Arena, hatten meine Ermittlungen von mir verlangt, dass ich sie vorantrieb. Wahrscheinlich ohne Jutta von der Wichtigkeit meines Vorhabens überzeugen zu können. An Jutta Eisenreich lag es nicht und auf der Suche nach einem Ausweg war ich auch nicht. Trotzdem hatte ich mich nach unserem Gespräch in der Lounge wortreich entschuldigt und sie verlassen – mal wieder. Ideen gären eine

Weile vor sich hin, bevor eine Veredelung stattfindet und sie schließlich danach schreien, Energie freizusetzen.
Es war allein die Schuld des Moskau-Schnipsels. Den hatte ich zuerst gesichtet, als ich das Kuvert öffnete und meine Finger nach dem Inhalt fischten. Die Idee war unkompliziert oder sollte es zumindest sein. Chris gegenüber hatte ich nicht damit herausgerückt, dass ich die Biathleten, denen ich im Stadion begegnete, lediglich gebeten hatte, mir ein Autogramm zu geben. Ein Hintertürchen, aber eines, das Sinn machte. Die Verteilung der Visitenkarten dagegen hätte keinen gemacht. Mich rief niemand an, weil mich niemand anrufen *konnte*. Chris' Sorge war also unnötig, und mein Französisch zwar ein wenig thüringisch eingefärbt, doch immer noch gut genug, um sich verständlich zu machen. Den russischen Biathleten bat ich auch um seinen werten Namenszug. Ihm gegenüber hatte ich mir die Erwähnung von Geheimnissen aller Art aber verkniffen. Genau genommen, brauchte ich ja lediglich sämtliche deutschen Sportler; richtiger: Ich benötigte eine *Schriftprobe* sämtlicher deutschen Sportler. Das war es auch, was Chris gesehen hatte.
Bitte *für Gerd Mosauer, einen großen Fan.*
Ich kannte niemanden dieses Namens – aber irgendwie musste ich ja sehen, das gesichtete „Moskau“ unterzubringen. Niko Vormanns Karte für meinen Freund war auch ziemlich nützlich, weil einiges drauf stand.
Für Chris Harte – den Mann hinter den Kameras
Niko Vormann
Chris würde sie natürlich zurückbekommen – nachdem sich eine Übereinstimmung oder keine ergeben hatte. Es war seine persönliche Widmung, nicht meine. Ich kam mir wie ein Täuscher vor. Und wenn ich

gemeint hatte, Fremdgeh-Tatort-Fotos wären das Schlimmste, was einem Privatermittler widerfahren könne, so behagten mir diese Verdächtigungen ins Blaue auch nicht sonderlich. Doch an irgendeiner Stelle musste ich schließlich ansetzen, um den roten Faden zu erhaschen. Was hatte ich bislang … oder was hatte ich bislang *nicht.*

Einen Schuldigen; einer, der Peter alias Linus Moritz (womöglich) getötet hatte. Und Jo Kurz; weitere Schuldige, die ihren Teamkollegen zuerst über die Klinge und danach über die Klippe springen ließen? Wenn es Verletzungen gab, die nicht vom Sturz herrührten, dann würde ich gerne wissen wollen, ob es möglich war, die Zeit, die seit Todeseintritt verstrichen war, genau zu bestimmen. Das Intervall vom Sterben bis zum vorgetäuschten Selbstmord, machte den Unterschied.

Was konnte passiert sein? Was musste da vertuscht werden – um jeden Preis? Und gerade geschah es wieder …, diesmal jedoch gar nicht um jeden Preis. Keine Vertuschung, eher ein unbedingtes *darauf aufmerksam machen.* Worauf?

Es würde ein langer Abend werden – ich hatte da einige Autogramme liegen und noch mehr. Der Fingerabdruck war eine Dreingabe. Auch da gärte bereits eine Idee vor sich hin, ob mir allerdings deren Veredelung behagen würde, wusste ich noch nicht. Das konnte bis morgen warten. Morgen traf ich mich mit Herrn Fröhlich / Wonneberg.

Gerade ging es mir vor allem um die Zahlen. Das war wirklich ein hartes Stück Arbeit gewesen, die in Reih und Glied zu bringen. Und jetzt hakte es, weil ich mir ihre Bedeutung nicht erklären konnte.

Es war zweifelsfrei eine Art Code. An Enigma dachte ich gerade nicht, aber ich erinnerte mich an einen Fernsehbeitrag, der sich mit einigen

Geheimschriften befasst hatte. Da musste es doch auch Bücher geben. Margit war der Schlüssel und ein ziemlich netter noch dazu. Und just, als ich mich das fragte, wurde an meiner Haustüre Sturm geläutet.
Garibaldi setzte sich auf, als drohe uns beiden größeres Unheil; Hausfriedensbruch, das drohte uns. Ich hatte meine feine Schale abgelegt und befand mich wieder in häuslichen Jeans und Hemd. Ich brauchte keinen Spion, weil zum Klingeln jetzt auch noch geklopft wurde; *gehämmert*.
„Casper Brandt, mach auf! Ich weiß, dass du da drin bist."
Sicher war ich da, mein Wagen stand in der Einfahrt, es war Winter und der Weg in die Stadt nicht so kurz, dass ich Lust gehabt hätte, ihn zu Fuß zurückzulegen. Oh je! Ingbert Reifs verschärfte Behandlung für ehemalige Kollegen, die bei einer Zuwiderhandlung ertappt worden waren. Welche war es? Amtsanmaßung?
„Versteck dich, mein Freund, er ist übelster Laune und trägt tote Schlangen an den Füßen!", riet ich Garibaldi, aber der hatte keine Lust, meinen Rat zu befolgen. „Ich garantiere für absolut nichts", versprach ich.
Bevor Ingbert meine Tür zerlegte und bevor Frau Eusebia sich zu uns gesellte, um diese neueste Ungebührlichkeit zu sichten, riss ich am Griff und sah den Kriminalhauptkommissar straucheln – er warf sich mir an die Brust – und war gar nicht erfreut über diese Einlage.
„Hallo, Ingbert. Was verschafft mir die Ehre?" Unverkrampft und locker, weil ich wusste, wie sehr er Nähe verabscheute – und wie sehr er es verabscheute, wenn unversehens sein *Standing* dahin war. „Vermisst du einen Satz deiner Boots? Dann war ich es nicht." Wenn nötig, würde ich ein *„Das musst du mir glauben"* hinzufügen. Das sagten Verdächtige in einem Krimi fast immer. Fand ich übrigens genauso lächerlich.

„Meinst du, ich bin zum Spaß hier? Meinst du das, Casper? Das solltest du besser wissen.“ Ingbert genoss seine Darbietung der gute-Cop-schnappt-sich-gleich-einen-der-Bösen sichtlich.

„Was wirft mir das Gesetz denn vor?“ Ich meinte es natürlich überhaupt nicht ernst, aber Ingbert schon.

„Anstiftung? Dann ist der Straftatbestand ein anderer. Sag es einfach! Dracula hat gepetzt und mir verraten, dass die Fotos auf seinem Computer von dir sind. So viel Individualismus kannst du dir nicht leisten, was hat er dir dafür versprochen?“

Grandios, wenn Idealismus unversehens zum Straftatbestand wurde.

„Sein Name ist Nils Wonneberg und gepetzt hat er sicher nicht. Warum fragst du mich nicht direkt, ob ich im Wald war und Fotos von der Leiche gemacht habe – das wäre einfacher.“

„Warst du im Wald und hast Fotos von der Leiche gemacht?“

„Ja“, sagte ich.

„Dann bist du losgezogen und hast deine Ausbeute gewinnbringend verkauft. Casper, ich war so knapp an dir dran.“

Meine Lupe wäre jetzt geschickt. Ohne konnte ich die Millimeter gar nicht erkennen, die Ingbert andeutete. Schwindeleien sind unschön, aber Lügen sind verachtenswert.

„Du warst mindestens *so* weit weg“, gab ich zurück und deutete die ganze Straße bis zu ihrem Ende hinunter. „Langstrecken fordern einem einiges ab, erst Recht, wenn man bis zur Hüfte in einem Toten steckt.“

„Versuchst du mich zu erpressen? Solltest du nicht! Weil ich dich sonst genüsslich auseinander nehme. Und deinen Freund, den Leichenfresser gleich mit!“

Versuchte ich ihn zu erpressen? Hmm, auf den Gedanken war ich noch gar nicht gekommen. Verlockende Vorstellung. Garibaldi machte einen Satz und brachte den Kriminalhauptkommissar dazu, dass er zur Seite sprang – der Kater mochte keine Drohungen.
„Nimm das Biest weg“, polterte Ingbert.
Wen auch immer er gerade sah, es musste wirklich entsetzlich sein. Was hatte er denn eingenommen?
„Das ist eine Katze, und so groß ist er nicht. Sogar ziemlich klein.“ Als nächstes schepperte Ingbert mit der Acht aus Stahl. Die Handschellen gehörten schon seit jeher zum Repertoire seiner billigen Show. Wenn er jetzt noch seinen Mantel auf der rechten Seite in Höhe des Oberschenkels zurückschlug ... Ingbert schlug die rechte Seite seines Mantels in Höhe des Oberschenkels zurück. Ich stellte mich vor den Kater. Die ganze Situation war grotesk, aber dass Garibaldi versucht hatte, mich zu beschützen, nahm ich erfreut zur Kenntnis.
„Meiningen County hat dich wirklich nicht verdient“, meinte ich und schaute auf eine Waffe, die nicht seine Dienstwaffe war und in einem aufwendig gearbeiteten Holster aus Leder steckte.
„Lass das Ding wo es ist, sonst passiert noch ein Unglück“, warnte ich ihn. „Das letzte Mal, als du den gezogen hast, hat die Kugel die Luft aus dem Vorderreifen deines Mustangs gelassen.“
Der Ford. Es stimmte, und ich hatte keine Ahnung, was er eigentlich hatte treffen wollen; einen Verdächtigen auf der Flucht oder so.
„Casper, ich warne dich ... ich werde mir deine Lizenz schnappen, wenn auch nur eines dieser Fotos irgendwo auftaucht, wo es nichts verloren hat und wenn auch nur ein Wort, von den Geschehnissen im Wald nach

draußen dringen sollte, bist du die längste Zeit Privatermittler gewesen. Haben wir uns verstanden?“

„Ja doch. So undeutlich klingst du nicht.“

Ich bin der einzige Zeuge. Eigentlich müsste er mich beseitigen. Ich könnte reden. Aber so weit davon entfernt war man da bei Ingbert Reif nicht, wenn er erst seinen Mantel zurückschlug. Zieht man einen Revolver, spannt gleichzeitig den Hahn und traut sich zu den Abzug zu drücken, sollte man wissen, worauf man schießt und sicher sein, dass man trifft. Ingbert Reif, ein gefürchteter Schütze – so treffsicher wie Miss Marple nach einer Kanne englischen Tees.

Es tat plötzlich einen mächtigen Schlag und wir zucken beide zusammen. Ingbert war das Zucken gar nicht egal und er funkelte mich an, als wäre ich der Verursacher.

„Was war das zur Hölle?“

„Frau Eusebia hat gerade eine ihrer hinterhältigen Bemerkungen fallen lassen. Ganz sicher.“

Ingbert ignorierte den Unsinn schlicht, aber mich beschäftigte wirklich, wie es kam, dass meine Vermieterin so gar nicht wissen wollte, was hier los war.

„ … Casper, wenn du deine Nase noch tiefer in meinen Fall steckst, dann nehme ich dich mit und die Wildkatze da kommt ins Tierheim.“

Wahrscheinlich hatte Ingbert es gerade geschafft, das Rätsel der Katzenspuren neben der Leiche zu lösen. Ich könnte sagen, dass es die Katze des Nachbarn war, aber der Kommissar wäre glatt imstande, Garibaldi wirklich ins Tierheim zu bringen, und 3a eine nette Nachricht im Briefkasten zu hinterlassen: *Ihr Kater ist tatverdächtig, sich an der*

Beseitigung wichtiger Spuren in einem Mordfall beteiligt zu haben.
Mir reichte es jetzt, darum schnürte ich in herausfordernder Unerschrockenheit mein Paket des Wissens auf. „Bist du immer noch in Pullman-City zugange? Man müsste ja denken, die Bösewichte residieren schon alle gesammelt sechs Fuß unter der Erde – habt ihr eigentlich einen eigenen Friedhof?“ Und jetzt waren wir verteufelt nahe an einer Erpressung. Ich hatte ihn beim Cowboyspielen erwischt.
Im Harz, nur knapp zwei Autostunden von Meiningen entfernt, gab es da so eine historische Westernstadt; Pullman City genannt. Da schlüpfte man in genau die Rolle, die einem behagte und Ingbert war natürlich auch im „Spiel“ derjenige, der die Verbrecher festsetzte. Nur, dass die auf „westerndeutsch“ Outlaws hießen. Der Kriminalhauptkommissar maß sich dort todesmutig mit Banditen und Bankräubern, verhinderte Postkutschenüberfälle und geleitete Ladies galant über staubtrockene Straßen. Die Betreiber des Schauspiels verzichteten hoffentlich für alle Zeit auf scharfe Munition. Eigentlich müsste es längst etwas mit *Goodness* heißen, so engagiert Ingbert sich für die Säuberung seiner Stadt einsetzte. Da existierte doch keine Sünde mehr. Ausgeschlossen.
Meine Rache war kleinlich. Ich hätte das Thema auch nie zur Sprache gebracht, wenn der Kriminalhauptkommissar Juttas Assistenten und meine Lizenz unerwähnt gelassen hätte und vor allem unangetastet. Wenn Männer Wilder Westen spielen wollten, dann sollten sie das tun, machte bestimmt einen Heidenspaß.
Zufälle gab es so nicht, sie waren immer auch für etwas gut. Und einer meiner Aufträge führte mich eines schönen Sommernachmittags geradewegs nach Pullman-City, wo ich meinem alten Kollegen, dem

neuen Marshall über den Weg lief. *Über den Weg*, stimmte haargenau, weil er zu Fuß herumstolzierte. Und zu Fuß sah ziemlich doof aus für den Sternträger einer Westernstadt. Am Pferd lag es nicht, es lag an Ingbert. Wenn es möglich wäre, würde der noch verkehrt herum auf einen Gaul steigen – es war nur nicht möglich. Obwohl …

Es gefiel mir, dem Marshall schnell ein wissendes Casper-Brandt-Lächeln zu schenken, dann beeilte ich mich, aus seinem Blickfeld zu verschwinden, sonst hätte er mich womöglich noch ins Gefängnis geworfen. Die hatten dort nämlich auch eins.

Meine Beobachtung, so interessant sie auch gewesen sein mochte, behielt ich bislang für mich, aber Ingbert hatte einen schwerwiegenden Fehler begangen – Menschen anzugreifen, weil ihm ihre Nase nicht gefiel. Meine hatte ihm noch nie sonderlich gefallen, wir arrangierten uns eben. Und wenn ich sagte, Herr Wonne war mir nicht geheuer, dann war mir Ingbert Reif *ungeheuer*.

„Scher dich zum Teufel, Casper!“, wünschte er mir und schlug den Mantel wieder über seine Waffe. Hocherhobenen Hauptes. Natürlich, Ingbert konnte nicht verlieren. Er war keiner, der etwas abschrieb, keiner, der sich zurückzog oder auch nur eine kleine Niederlage einsteckte. Dafür einer, der glaubte, sein Gesicht verloren zu haben – ausgerechnet vor der Tür eines Kerls (nämlich mir), der seine Vormachtstellung in Meiningen County empfindlich zu beschneiden drohte. Und mich beehrte er auch mit einem Smith & Wesson. Rein privat, natürlich. Unter Kollegen.

„Bitte nach dir“, empfahl ich mich höflich.

Wenn ich jetzt lachte, dann konnte ich einpacken, darum starrte ich nur

auf den Boden und scharrte ein wenig mit den Füßen, um mein Hüsteln zu verbergen.
„Du blutest", sagte er und deutete auf meine Hand.
„Ich hab mich geschnitten", gab ich zurück.
„*DAS* hast du ganz sicher", betonte Ingbert Reif, „Ich behalte dich so was von im Auge!"
Jedenfalls waren wir Ingbert erst einmal los, aber das gute Gefühl würde nicht anhalten. Das Getriebe seines Autos kreischte empört, als Ingbert den Gang einlegte. Ich konnte mir sicher sein, dass der Kriminalhauptkommissar zurückkommen würde; beim nächsten Mal mit etwas Handfestem. Herr Wonne und meine Wenigkeit sollten uns bei unserer düsteren Friedhofsverabredung besser in Acht nehmen.
Erst als der Ford Mustang meinem Blicken entschwunden war, schloss ich die Tür. Mir war kalt. Da stand ich die ganze Zeit in meinem Hemd, während Ingbert einen Mantel getragen hatte. Und wer sich echauffiert, dem wird ohnehin warm; ich sprach nicht von mir, Mr. Aufgeregt hieß Ingbert Reif. Dem war bestimmt nicht im Mindesten kalt gewesen.
„Rühren, mein Freund!", sagte ich und meinte die Kampfeshaltung des Katers. „Du warst sehr beeindruckend", lobte ich ihn und hätte gerne gewusst, was er darauf erwiderte. Es sah ein bisschen so aus, als wolle er *kein Problem* andeuten. Garibaldi stupste die leckere Tüte an; *kein Problem.* Hatte er mich belauscht, als ich meine quid pro quo Strategie ausarbeitete?

Der Abend sollte sich nicht derart ausdehnen, doch Rücksicht auf meine Verfassung kannte er keine. Schon weil Ingbert mit seinem Auftritt ein

ganzes, schönes Stück davon aufgefressen hatte. Mit der Sichtung meines blutigen Daumens, konnte ich von Glück sagen, dass Ingbert nicht auf den Gedanken gekommen war, meine Wohnung sehen zu wollen, denn bei *diesem* Verdächtigen lag allerhand *Belastendes* auf dem Tisch.
Nicht zum ersten Mal stellte ich mir diese Frage: Würde der unangenehme Kriminalhauptkommissar, wenn er ein entsprechend *an*sprechendes Angebot erhalten würde, in die Staaten emigrieren? Wirklich schade, dass ich so gar keinen Einfluss hatte und dazu auch nicht die richtigen Leute kannte. Ich persönlich würde ihm *jedes* Angebot unterbreiten. Apropos Einfluss und so weiter ...
Was war los mit Frau Eusebia? Gesehen hatte ich sie heute noch nicht, bloß den Rumms gehört. Normalerweise wäre sie längst in ihrem Kittelschürzenkleid und den Pantoffeln die Treppen heruntergehetzt – eine Waffe aus dem Sammelsurium der Küchen- und Reinigungsgerätschaften im Anschlag, um dem lautstark hämmernden Störer die Leviten zu lesen. Aber Frau Eusebia war auch dann noch nicht aufgetaucht, als Ingbert mir mit Polizeigewalt und dem Bezirksgefängnis drohte. Schreiend. Allmählich, ganz gegen meine Art, war ich etwas beunruhigt. Vielleicht klingelte ja gleich jemand und sie war nur kurz unter die Dusche gegangen. Hatte sie eine?
Mein Blick fiel auf den Kater. Den Kopf auf die Pfoten gebettet, lag er auf meinem Lieblingssessel.
„Du musst dringend nach Hause und ich muss dringend ins Bett.“
Ich hatte völlig vergessen, dass sich Garibaldi noch immer in meiner Wohnung befand. Er schob die Pfoten über die Ohren.
„Hey, das gilt nicht“, sagte ich und zog sie wieder weg. „Auch wenn du

anderer Meinung bist, da gibt es bestimmt jemanden, der dich vermisst."
„Und da wäre noch das Rätsel um Frau Eusebia aufzuklären."
Es war wirklich spät und ich sollte mich gar nicht darum kümmern. Aber ich könnte schnell schauen, ob hinter einem der Fenster Licht brannte. Wie schon beim letzten Mal trug ich meinen Besuch vor die Tür und setzte ihn vorsichtig ab. „Wir sehen uns", gab ich ihm mit auf den Weg. Ich wartete, bis er die Straße überquert hatte. *Nicht zurückschauen!*, forderte ich stumm. Der Kater schaute zurück, als wollte er Schuldgefühle in mir wecken. Im Augenblick musste ich mich aber um meine Nachtruhe kümmern.
Meine neuen Schuhe standen im Gang. Ich schlüpfte hinein. Es waren definitiv meine, ein klasse Gefühl. Die Jacke wollte ich nicht überziehen, es handelte sich ja nicht um eine Forschungsreise, ich brauchte bloß hinsehen und …
Kein Licht. Da war nirgendwo Licht. Verdammt, Frau Eusebia! Wie sollte ich jetzt noch selig schlafen? Prompt ging mir Mord durch sämtliche Sinne und legte sich über meine Hirnfrequenzen. Dazu sah ich verbeulte Gesichtszüge und eine krustige Bluthaube. Aber wer außer mir, dem unterdrückten Mieter, hätte einen Grund, Frau Eusebia umzubringen?
Ich dachte nach, weil es nicht in Ordnung war, in fremder Leute Wohnung einzubrechen. Es war aber selbstverständlich *keinesfalls* in Ordnung, eine vielleicht verletzte Nachbarin in ihrer Wohnung liegen zu lassen. Bei dem Knall vorhin und überhaupt, bei der Aufregung in den letzten Tagen war alles möglich, dachte ich. Sogar eine Herzattacke. Und wie käme ich mir dann vor? Ich besaß keinen Schlüssel. Hatte ich ja

bereits angemerkt. Aber ich besaß Werkzeug. Nur ein kleines Etui. Da drin befand sich alles, was man so brauchte.
Zuerst klingelte ich. Und klingelte noch einmal und dann noch einmal. Somit war klar, ich musste nachschauen. Es würde schnell gehen; rein, schauen, raus. Damit schadete ich niemandem und wäre beruhigt. Dass meine Vermieterin *meinetwegen* eine Herzattacke ereilen könnte, hatte ich nicht bedacht.
„Wir müssen eine ernsthafte Unterhaltung bezüglich der Türschlösser führen“, sagte ich zur offenen Wohnungstür von Frau Eusebia; die freilich von mir höchstselbst soeben geöffnet worden war. Nur ein paar Sekunden, und ich stand in der Wohnung; so was durfte einfach nicht sein. Das Licht meiner Taschenlampe erhellte Stück für Stück das Innere von Frau Eusebias vier Wänden, als ich mich vorwärts arbeitete und dabei in jede Ecke sah. War das ein Flachbildschirm-Fernseher?
„Frau Eusebia“, flüsterte ich. „Hier ist Casper Brandt, ihr Mieter. Und wenn Sie da sind, wäre es nett, wenn Sie etwas sagen. Ich habe mir Sorgen gemacht.“
Während in meiner Wohnung überschaubare Einfachheit vorherrschte, fand sich hier kaum eine freie Fläche. Ich hatte Mühe durchzukommen; und Frau Eusebia verfügte über erheblich mehr Umfang. Im Gang war sie nicht gewesen. Im Wohnzimmer war sie auch nicht. Um mich herum herrschte eine dichte Stille. Die Sorte, in der einem die eigenen Atemgeräusche laut vorkamen. Die Sorte, die einen ziemlich sicher sein ließ, allein zu sein.
Einige Räume blieben mir ja noch. Und um mich abzusichern, begann ich auf dem Weg ins Bad wieder mit der Ankündigung meiner Person.

„Frau Eusebia. Ich bin's, ihr Mieter. Geht es Ihnen gut?"
Jetzt wollte ich mir aber das Badezimmer ansehen, bevor ich in ihr Boudoir marschierte.
„Das gibt's doch nicht." Ich setzte mich auf dem Rand der Badewanne. Obwohl diese Bezeichnung mit dem altehrwürdigen Namen in keiner Beziehung mehr stand und ganz sicher nicht mehr in die Gusseisenzeit fiel. Eine großzügige Eckwanne mit eingelassenen Düsen am Boden und an den Seiten, allerhand Knöpfen auf der Konsole und einem Display.
„Oh ja, und *wie* gut es Ihnen geht." Ich gönnte es ihr wirklich. Wäre das Ding aus purem Gold gewesen, ich würde es ihr nicht weniger gönnen, nur *sie* gönnte mir nicht viel. Casper Brandt, der konnte sich ja ruhig von diesem *Pissstrahl* betröpfeln lassen. Und um dem Luxus noch das Krönchen aufzusetzen, erhob sich in der anderen Ecke eine Dusche, die in ihrer Größe eher einer Saunakabine glich. Nie wieder würde ich Frau Eusebia so unschuldig unwissend entgegentreten können. Ich stieß mich vom Wannenrand ab und schloss eilends die Tür hinter mir. Ernsthaft beleidigt schlurfte ich weiter und wandte mich dem Schlafzimmer zu.
Wenn sie schlief, würde ich sie aufwecken, jawohl. Wegen der schwarzen Gestalt, die vorher über die Straße huschte. Die war ziemlich klein gewesen, aber wie der Typ sich umgedreht und mit glühenden Augen in diese Richtung gestarrt hatte … stand das Allerschlimmste zu vermuten. Ich war sauer, kam mir ausgetrickst und getäuscht vor.
Ein Ohr an der Tür, eine Hand auf der Klinke, vernahm ich ein Rasseln. Das klang ungesund. Ich kam aus dem Dunkel und ging ins Dunkle.
Um niemanden zu erschrecken hatte ich die Taschenlampe ausgeschaltet, obwohl mein erster Gedanke ein anderer war. Im Zimmer war es eisigkalt.

„Frau Eusebia, Casper Brandt hier, wachen Sie auf!" Jetzt rührte sich etwas, aber das konnte nicht Frau Eusebia sein. *Diese* Masse entsprach überhaupt nicht ihrem Kaliber. Höchste Zeit, das Licht anzuschalten.
Das Bett war leer und unbenutzt, lediglich in einem Gestell, das ein großes Tuch bedeckte, hörte ich wütendes Geflatter. Kein Wunder, denn das Ding lag mit allem, was sich darin befand auf dem Boden. Außerdem stand das Fenster offen. Ich hob das Tuch an einer Ecke an und sah mich einem Vogel gegenüber. Der Dicke sah gefährlich aus. Gefangen in seinem Käfig, hatte er nicht viel mehr tun können, als sich an die Gitterstäbe seines Gefängnisses zu klammern und mit ihm in die Tiefe zu stürzen. Ein Windstoß war ursprünglich für das Aufschwingen des Fensters verantwortlich, das ich jetzt schloss, aber natürlich musste es schon vorher offen gewesen sein.
„Du hast es fertig gebracht, Ingbert Reif zu erschrecken", sagte ich und deckte hastig den Käfig wieder ab.
Eigentlich wollte ich ihn nicht wieder auf die Kommode heben, aber ich erbarmte mich seiner. Zum Dank hackte das Vieh nach meinen Fingern.
„Pass bloß auf, ich habe Beziehungen", drohte ich ihm. Garibaldi hätte gegen diesen Kerl nicht die geringste Chance, aber das wusste nur ich. Was hatte ein Vogel überhaupt im Schlafzimmer zu suchen?
Also, wenn ich jemals zu solch geselligen Mittel greifen müsste, dann … war ich entweder steinalt und obendrein senil oder ich hatte, wie Ingbert Reif, etwas geschluckt.
Blieb noch die Küche. In der Küche war ich noch nicht. Da konnte man auch beherzt in Ohnmacht fallen, doch ein Herzanfall meiner Vermieterin wurde immer unwahrscheinlicher. Vielleicht kannte ich die Frau, die

mich jeden Monat abkassierte überhaupt nicht. Vielleicht hätte ich sie überprüfen lassen sollen, bevor ich mich so blauäugig in ihr Nest setzte. Kriminalbeamte können so etwas.

„Frau Eusebia, hier ist Casper Brandt, Ihr Mieter. Geben Sie ihrem Vogel absichtlich nichts zu futtern – damit er sich auf Fingerfood spezialisiert? Herrgott, ich mache mir schon beinahe keine Sorgen mehr. Wo stecken Sie bloß?“

Die Küche war ebenfalls ziemlich spektakulär. Weiß und schwarz und … mit einem amerikanischen Kühlschrank. Versunken in die Betrachtung des Edelstückes, katapultierte mich der Moment, in dem ich angesprochen wurde, beinahe selbst an den Rand einer Herzattacke.

„Herr Brandt. Sie sind bei mir eingebrochen!“ Frau Eusebia tat, was ich ihr gerade vorschlagen wollte – sie setzte sich.

„Natürlich, ich war besorgt.“ Es wäre unsinnig gewesen, etwas anderes zu erzählen, denn in meiner Hemdtasche steckte noch das Etui mit den diversen Einbruchsartikeln. „Die Polizei war da und da ich Sie trotz mehrmaligen Klingelns nicht erreichen konnte …“

Ich dachte an die schöne Riesendusche und die Worte kamen mir federleicht über die Lippen.

„Die Polizei? Jemand hat versucht, das Türschloss zu knacken? Wir müssen uns dringend über ein neues unterhalten. Damit meine ich natürlich auch Ihres“, meinte sie.

Sieh einer an, was so ein Polizeibesuch alles bewirkte.

„Herr Brandt, haben Sie nach Siegfried gesehen? Ihm ist doch nichts passiert?“

Siegfried, der hinterlistige Hüne von einem Vogel.

„Oh, er klang sehr entspannt“, dehnte ich die Wahrheit und nickte bekräftigend. „Wo kommen Sie jetzt eigentlich her? Es ist … spät.“
Ein Kittelschürzenkleid trug sie jedenfalls keines, und ihre Füße steckten in Winterschuhen. Sicher achtete ich selten auf Frau Eusebias Aussehen und noch viel weniger auf ihre Kleidung. Die hier aber sah nach einer Verabredung aus.
„Wenn Sie Hunger haben, dann sagen Sie doch was. Das ist doch nicht nötig.“
Wie nicht nötig? Ich hatte keinen Hunger, dafür aber einige Hühnerflügel im Bauch. Wollte sie so die Antwort auf meine Frage umgehen – dann war das nicht geschickt genug, und ganz sicher ein Date.
„Sie denken, ich habe mich an Ihrem Kühlschrank vergriffen – nein.“
„Herr Brandt, manches Mal habe ich den Eindruck, Sie sind ein wenig durcheinander“, sagte sie, doch dieser Eindruck zügelte ihre Neugier nicht im Mindesten und sie reckte ihren Sauropodenhals, als würde sie mich auch noch verdächtigen, mir sämtliche Hemd- und Hosentaschen mit etwaigen essbaren Kleinigkeiten voll gestopft zu haben.
„Möchten Sie einen Kühlschrank kaufen? Dieser war nicht ganz billig, aber schön“, sagte sie und strich über die glänzende Fläche. „Eben englische Wertarbeit“, wusste sie zu berichten.
Englische Wertarbeit aus Amerika. Welch sensationelle, geographische Prahlerei. „Die Liberalisierung des Welthandels schreitet zügig voran“, meinte ich angesäuert.
„Herr Brandt, Sie leben allein und brauchen doch gar keinen so großen Kühlschrank.“
Ach, und sie lebte natürlich *nicht* allein. Da war ja noch Siegfried, der

verfressene Drachentöter. Ich wünschte ihr keine gute Nacht, stattdessen erinnerte ich Frau Eusebia noch einmal an unsere Türschlösser. Dann ging ich zurück in meine Wohnung.

Meine Tür stand offen. Hatte ich sie offen gelassen? Möglich.

Irgendetwas ließ mich innehalten. War da ein Geräusch gewesen? Ich lauschte. Garibaldi war zu Hause und nicht bei mir, ich hatte den Kater eigenhändig hinausgetragen. Ich sagte mir, dass ich wahrscheinlich nur überreizt war, und müde. Aber als ich die Wohnungstür hinter mir schloss, verfolgte ich aus dem Augenwinkel eine Bewegung.

Da war er wieder. Nass und schmutzig hatte er meinen Lieblingssessel geentert. „Ich hab dich gehört. Du kannst aber nicht bleiben."

Konnte er nicht.

Garibaldi reagierte überhaupt nicht auf meinen Verweis, stattdessen kämpfte er verbissen mit etwas, das aussah wie ein Stückchen Stoff.

„Woher hast du das denn?" Meine Schlafzimmertür war zu, so dass sich der Kater nicht mit meiner Bekleidung verlustiert haben konnte.

„Das sieht aus wie …" Ja, wonach sah es aus? Jedenfalls kam mir das Ding bekannt vor.

19
Die Gebenden

Es hatte wieder zu schneien begonnen. Jutta Eisenreich stand am Fenster und schaute den Flocken beim Herumwirbeln zu. Besser spät als gar nicht, dachte sie und meinte Caspers SMS, in der er sich für sein *Davonlaufen* entschuldigte. Den Grund dafür hatte sie nicht erfahren. Irgendwann würde er damit ankommen; zu spät, nämlich dann, wenn niemand mehr eine Erklärung brauchte. Das war Casper so wie Jutta ihn kannte. Aber es würde sie schon interessieren, wer Margit aus der Bibliothek war. Bist du eifersüchtig? Nein, bin ich nicht, nur ein bisschen besorgt um mein Herz und die kleinen, gemeinen Stiche. Frau Professor wusste, dass ein Herz zweigeteilt ist; in eine linke und eine rechte Hälfte, in Muskeln und Hohlräume, doch kein Träger des Gefühls. Höchstens eine Art Transmitter. Aber egal was immer sie *wusste*, eine Bemerkung wie Caspers stach trotzdem.

Er hatte nach dem Biathleten gefragt, nach Joachim Kurz. Er hatte auch nach den Symptomen der Katzenhaarallergie gefragt, und irgendwo da hinein passte noch ein junger Mann, der vielleicht Peter war.

„Nils, kannst du dich an einen Biathleten erinnern, der in einer Kiesgrube angeblich Selbstmord beging. Vor etwas über drei Jahren?“, fragte Jutta ihren Assistenten. Nils Wonneberg erinnerte sich an beinahe alles.

„Casper Brandt ist der Meinung, mit dieser Selbstmordgeschichte stimmt etwas nicht.“ Es war aber beileibe nicht immer nachvollziehbar, worüber sich Casper den Kopf zerbrach.

„Selbstmord“, überlegte Nils. „Dafür findet sich in jeder Biographie ein Anlass. Egal, was man getan oder unterlassen hat. Aber ein bloßer Anlass ist zu wenig. Ich traue Herrn Brandt eine solche Beurteilung durchaus zu. Er ist ein gewissenhafter Mann. Bestimmt spekuliert er viel, doch um seine Theorien zu teilen ist er selten mitteilsam genug, hab ich Recht? Außer er benötigt dringend eine Information.“
Nils hatte Casper Brandt gerade überaus treffend charakterisiert. Casper war dabei gewesen vor Jutta seine Gedanken auszubreiten – ausgerechnet zu Beginn der Staffel – als Frank Ringel auf Martin Roth gewechselt hatte, war ihm eine dringende Eingebung dazwischen gekommen. Sie hatte diesen Gedankenanflug regelrecht aufblitzen sehen, und schon verschwand er und ließ sie stehen. Jutta war weder empfindlich, noch leicht zu kränken, aber von ihm so gar nicht ins Vertrauen gezogen zu werden …
Dabei hatte sie bei seinem letzten Besuch im Institut den Eindruck gehabt, Casper wäre nervös und sie der Grund für diese Nervosität.
„Frau Professor“, erinnerte Nils Jutta an seine Gegenwart.
Sie wollte den unmöglichen Casper Brandt schleunigst außer Reichweite schieben, was natürlich nicht ging, denn eines war untrennbar mit dem anderen verknüpft.
„Dieser Athlet soll sich mit dem Wagen in die Kiesgrube gestützt haben. Casper scheint davon überzeugt …“ An dieser Stelle unterbrach sie sich. „Wenn ich nur wüsste, *wovon* er überzeugt ist.“
„Und wenn er sich darüber selbst noch nicht im Klaren ist“, gab ihr Assistent zurück.
„Herr Brandt scheint sich bei einigen Dingen noch nicht im Klaren zu

sein.“ Jutta hatte sich gerade hinreißen lassen, einen privaten Kommentar zu einer nichtprivaten Angelegenheit abzugeben. Das tat sie sonst nicht.
„Sie sind eifersüchtig. Wozu? Sie sehen und erkennen doch sonst alles. Aber das nicht? Seine Körpersprache, wie er Sie ansieht. Also, dann verrät Ihnen Ihr geschätzter Assistent, man *kann* es erkennen.“
Jutta spürte, wie sie Farbe im Gesicht bekam. Mein Gott! „Nils, manches Mal bist du mir unheimlich.“
„Das macht wahrscheinlich mein bisweilen fragwürdig-undurchsichtiger Aufenthalt auf Friedhöfen“, scherzte er.
Der Friedhof. Ja, da stand ihm und Casper noch eine unheimliche Suche bevor. Nils empfand es natürlich keineswegs so, aber Jutta wusste, Casper sah das ganz anders. Für ihn stellte diese Verabredung um Mitternacht eine übernatürliche Herausforderung dar. Friedhöfe waren friedlich, doch Casper schien davon nicht ganz überzeugt.
„Geben Sie mir den Namen des Athleten und ich sehe, was ich über ihn finden kann.“
Jutta gab Nils Wonneberg die spärlichen Informationen, die sie von Casper bekommen hatte. „Joachim Kurz, kurz Jo genannt“, sagte sie, bevor ihr die Formulierung auffiel – Caspers Formulierung.
„Nils … würdest du bitte gut aufpassen. Heute Nacht. Morgen früh. Man lässt Ingbert Reif nicht ermitteln, solange der Weltcup andauert. Das macht ihn rasend. Er weiß von Casper Brandt und den Fotos und dazu kann er meinen besten Assistenten nicht leiden“, meinte Jutta, die Nils und Casper schon in einer Gemeinschaftszelle vor sich sah.
„Frau Professor, wir sind hier zu zweit allein, Sie haben nur mich. Eine Mitarbeiter-Konkurrenzsituation ist nicht gegeben. Sie wollen mir zu

verstehen geben, es könnte möglich sein, dass der Kriminalhauptkommissar Herrn Brandt oder mich beschattet? Auf Friedhöfen gibt es einige Plätze, die nur die Eingeweihten kennen", wollte Nils Jutta beruhigen und erreichte das Gegenteil.

„*Eingeweiht* ist hoffentlich nicht das, wonach es sich anhört." Jutta kamen erneut Nils' Gedichtzeilen in den Sinn, und sie zitierte:

Violetter Hauch umfängt deinen Leib seidenglänzend

Des Todes Werk – ein Männerblick auf Zelluloid."

„Woher haben Sie das denn, Frau Professor?"

„Eines deiner Gedichte lag in meinem Ordner."

„Das war ein Versehen. Ich nehme nicht an, dass es Ihnen gefallen hat." Nils zeigte Jutta seine Haifischmiene.

„Gefallen ist das falsche Wort. Dennoch hat es mich fasziniert." Und das hatte es wirklich. Poesie in ihrer natürlichsten Form, nur dass nicht alle Menschen diesen Hang zum Vergänglichen verspürten.

„Sollte es auch", sagte Nils Wonneberg. „Es wurde mit dem 'Grim Reaper Award' ausgezeichnet. Ich schreibe für 'Dead enough', ist ein Kulturmagazin, das allerdings nur in England aufgelegt wird."

„Dein Glück, dass dieser Tod den deutschen Lesern vorenthalten wird." Himmel, *Grim Reaper*, und wenn Juttas Englisch sie nicht gänzlich im Stich ließ, war es eine Bezeichnung für den Sensenmann. Natürlich eine *alte* Bezeichnung.

Nils schenkte dem Aktuellen wenig Beachtung, es sei denn, es handelte sich um seine Forschungen – die sich im Augenblick um die „Verwesungsuhr" drehten; Gewebeproben, Gerüche und Säuren eines sich zersetzenden Körpers. Und diverse Computerprogramme, wovon ihm

eines gerade mächtigen Ärger mit Ingbert Reif bescherte.
„Wir werden aufpassen, Frau Professor. Herr Brandt auf sich und ich auf Herrn Brandt und mich. Ich würde jetzt gerne mit der Recherche über Jo Kurz beginnen. Müssen wir die Überreste ausgraben?“
„Möglich, aber dafür muss uns Casper mehr liefern, als bloß einen vagen Verdacht. Da macht der Staatsanwalt nicht mit. Wir lesen die Akte, schauen uns die Kollegin oder den Kollegen an. Dann entscheiden wir, wie wir weiter vorgehen.“
„Dieses *Wir* … daran könnte ich mich gewöhnen. Leider sind Sie emotional gebunden.“
„Nils!“, mahnte Jutta, musste aber lachen.

20
Sinnbetrogen

Niko Vormann befand sich in einer ganz dummen Misere. Er war nach Ruhpolding, ins Haus seiner Eltern zurückgekehrt, um nichts und niemanden an sich heranzulassen. Dieses Dornröschendasein würde er hier in der Biathlonhochburg aber nicht lange aufrechterhalten können. Die Leute redeten und spekulierten heftig über seine plötzliche Abreise aus Oberhof. Natürlich hatten seine Fans ein Recht darauf, zu erfahren, wie es ihm ging, was vorgefallen war.

Am liebsten wäre er der Versuchung erlegen, mit erhobenen Händen raus zu gehen, alles auszuposaunen, um danach sein ganz normales Leben wieder aufzunehmen. Er hätte sich auf seinen Heimweltcup vorbereiten können, trainieren, alles hinter sich lassen und wieder angreifen.

Aber momentan versank er immer tiefer im morastigen Nichts, und außer seiner Oma war da niemand, der sich für seine Probleme interessiert hätte. Seine Mutter weilte immer noch auf Mauritius und war nicht erreichbar, sein Vater verschanzte sich den ganzen Tag in seiner Firma, und seine Oma war nicht der richtige Gesprächspartner. Alte Menschen regen sich so schnell auf.

Er hatte es satt, sich zu fragen, wer von ihnen der nächste sein würde und er hatte Schiss, darüber nachzudenken, wer den Mord begangen hatte, obwohl seine nette Grußkarte mit dem Fingerabdruck genau diese Frage stellte. Die Kollegen erinnerten sich garantiert an den gemeinsamen Code, doch konnten sie ihn auch noch entschlüsseln?

Bislang allerdings war eine Reaktion ausgeblieben. Fühlte er sich noch sicher? Bewacht durch die allgegenwärtige Alarmanlage. Niko wusste ja nicht einmal, wovor er sich hüten musste. Feind oder Freund? Oder …

Kein Feind, denn Linus wäre nicht so dumm gewesen, sich im Wald mit einem Fremden zu treffen. *Kein Freund*, denn keiner von ihnen hatte seit der Geschichte mit Jo noch Freunde.

Ein Teamkollege … zwei.

Niko hätte einen Vertrauten gebraucht, einer, der ihn auf dem Laufenden hielt. Den gab es nur nicht, weil er sich nie jemandem anvertraut hatte. Er sollte sich fragen, weshalb dieser Umstand ausgerechnet jetzt eine so große Rolle spielte. Was denn so dramatisch schief gelaufen war. Auch seine Idee mit den Karten kam ihm gar nicht mehr so gelungen vor.

Noch immer fand sich nirgendwo etwas über einen Toten an der Rennstrecke. Dafür aber war überall vom Erfolg der deutschen Nationalmannschaft zu hören und zu lesen. Die Presse überschlug sich regelrecht.

Und Niko Vormann hatte man bereits wieder vergessen.

Das störte ihn gar nicht, das hätte es vielleicht irgendwann – vor der Entdeckung von Linus' Leiche, vor der Entdeckung der Tatwaffe.

Der Weltcup würde noch ganze drei Tage dauern. Drei Tage, in denen er sich still verhalten und nach Möglichkeit jeder Interviewanfrage aus dem Weg gehen sollte. Kein Problem. Es wollte ja niemand mehr ein Interview von ihm, dafür von Frank Ringel.

Während der Belagerung hatte sich Niko wenigstens nicht so allein gefühlt. Jetzt aber musste er sich damit auseinandersetzen, was er *danach* tun wollte. In ihrer schönen, heilen Sportwelt war Mord völlig undenkbar. Niko dagegen hätte allen sagen können, dass alles möglich war. Er hatte sich noch einmal mit *Pandoras Büchse* befasst und die wenigen Gespräche, die er mit Linus Moritz geführt hatte, so gut er sich daran erinnerte, Revue passieren lassen.

Man sieht etwas und weiß erst später, was es bedeutet. Das läuft oft total verquer, sag ich dir. Du rechnest nicht damit, hast es eigentlich vergessen, und dann ... steht jemand vor dir und deine Vergangenheit ist wieder da.

Niko war sich plötzlich sehr sicher, dass Linus etwas in der Art gesagt hatte. Wen aus seiner Vergangenheit konnte er getroffen haben? Überhaupt war der Teamkollege an jenem Tag (von dem Niko allerdings nicht mehr wusste, welcher es war) sehr gesprächig gewesen. Als nächstes kam er mit dem Verdacht um die Ecke, dass Jo's Unfall gar kein Unfall gewesen war.

Soll ich dir was sagen? Ich erinnere mich gar nicht mehr genau, wer ihn gestoßen hat. Das mit dem Blut hat mich echt geschockt, war ziemlich viel. Hab aber mal gehört, Kopfwunden bluten höllisch. Ich glaube, ich werde etwas tun, was mir sonst furchtbar schwer fällt – ernsthaft darüber nachdenken. Vielleicht komm ich dahinter. Und vielleicht hat Jo noch gelebt, als wir ihn ...

als wir ihn in den Audi gesetzt haben, beendete Niko den Satz für sich.

War Linus dahinter gekommen? Und hatte ihn deshalb einer von ihnen umgebracht? Hatten sie alle Kopf und Kragen riskiert, und in Wahrheit jemanden gedeckt, der ... Jo loswerden wollte? Erinnere dich, endlich!

Niko Vormann rammte seine Faust gegen die Wand, dass ein Blutfleck zurückblieb und die Haut über seinen Knöcheln aufplatzte.

Es half nichts. Dadurch wurde nichts besser. Nicht einmal sein Gefühl. Wo lag die Wahrheit?

Niko nahm seine Linke zu Hilfe, um das Blut abzuwischen. Mit diesem roten Saft hatte es begonnen, das war ihre Verbindung. Sie waren zusammen im Fitnessraum gewesen – Frank , Linus, Dennis, Jo und er. Zu einer Uhrzeit, wo sie dort eigentlich nichts mehr verloren hatten. Sie trafen sich öfter, wenn alle anderen schon in ihren Betten lagen, und bis zu dieser Nacht hatte keiner von ihnen an den Tod gedacht. Wenn Niko diesem vergangenen Geschehen irgendwie näher kommen wollte, würde er sich auf ein Zurückgehen einlassen müssen, selbst wenn es lediglich in Gedanken stattfinden konnte; und er ließ sich darauf ein, schloss die Augen, versuchte die Jahre und Monate zu überspringen …

Von Jo hatte man nach dem Training nicht mehr viel gesehen; sie zogen ihn gnadenlos auf, weil einer von ihnen mitbekam, dass er ziemlich oft in der Bibliothek herumhing. Vom Besten, was einem passieren kann, hatte Jo gesprochen. So richtig hörte wohl niemand zu, weil es in den letzten Monaten nur noch um Bea, Jo's Exfreundin gegangen war und Jo sie ihretwegen alle ziemlich genervt hatte. An dem Abend aber war Jo in einer ausgelassenen Stimmung. Niko konnte sich noch an den freudigen Gesichtsausdruck erinnern, an den Namen der Bibliothekarin nicht. Er wollte etwas Schönes teilen, wie er sagte, entschuldigte sich für die Nervereien und faselte von Vertrauen, einem Gefühl des Widererkennen. Das war ein bisschen viel *Sturm der Leidenschaft.*
Niko hatte nur demonstrativ gegähnt, aber die anderen gaben ihre flotten Sprüche zum Besten. Dennis machte eine ziemlich eindeutige Geste und untermalte diese mit einem dämlichen Kommentar. *„Einbildung ist was Schönes, Kurzer. Was soll die Frau mit einem Langeweiler wie dir, hm?“*

Jo hatte mit einem Finger auf Dennis gezeigt. „*Bist du immer noch sauer, wegen des Sponsorenvertrages? Da bist du schon selbst schuld. Wunschdenken allein bringt es nämlich nicht. Ich würde vorschlagen, du träumst weniger und läufst schneller!*"
Dennis knirschte mit den Zähnen. Seine Augen wurden zu schwarzen, glühenden Löchern. „*Pass auf ... Vielleicht fällt mir ja ein, dass ich ganz dringend ein Buch aus der Bibliothek brauche. Mal sehen, wie deine Kleine reagiert, wenn ich ihr so nebenbei erzähle, dass deine Ex plötzlich wieder brandaktuell ist!*"

Genau an diesem Punkt knickte Nikos Rekapitulation ein. Nach diesem verbalen Schlagabtausch war alles sehr schnell gegangen. Niko wusste noch, es gab ein Handgemenge, dann wurde geschubst, weil keiner den anderen verletzen wollte. Hätte sich auch nicht gut gemacht, ein blau unterlaufenes Auge, ein Hämatom in Wangenhöhe, eine blutende Nase oder Schlimmeres. Obendrein war ihnen allen glasklar gewesen, dass eine Schlägerei unter Kollegen ernsthafte Konsequenzen nach sich ziehen würde.
Verletzen ... Niko musste lachen. Wie harmlos das klang, und wie schaurig das Ende ausgesehen hatte.
Jo stürzte und knallte mit dem Kopf seitlich gegen die Hantelbank einer der Kraftstationen. Als er blutend vor ihnen auf dem Boden gelegen hatte, sein Kopf in einem komischen Winkel zur Seite geneigt, da dachten sie, Jo wäre tot.
Überprüft hatte das niemand. Jedenfalls konnte sich Niko nicht daran erinnern. Panik war das erste Gefühl gewesen, darauf folgte Angst um

sich selbst und danach kam der schnelle Entschluss, etwas tun zu müssen. Dazwischen lagen nicht einmal fünf Minuten.
Dennis Paulsen war von ihnen der Coolste gewesen. „Es war ein Unfall! Aber davon werden wir uns nie mehr erholen. Die werden uns alle hängen“, hatte er behauptet. Und es stimmte. Schlechte Publicity war Selbstmord. Das war das Stichwort, für den spontanen wie bösartigen Gedanken, den Unfall wie einen Selbstmord aussehen zu lassen … von wem stammte der? Von Frank sicher nicht, der zitterte schlimmer als jemand, der an Parkinson litt.
Und dieser Idee folgte schnell der Vorschlag, Jo in seinem Wagen über die hohen Steinklippen in der Kiesgrube zu stürzen. Wie kamen sie überhaupt auf die Kiesgrube? *Wer* war darauf gekommen?
Er konnte es nicht mit absoluter Sicherheit sagen, nur, dass Freunde und Kollegen gerade mit jedem Bild, das Nikos Gedächtnis freilegte, mehr zu Verdächtigen wurden. Und wenn er selbst nicht an einer alles vernichtenden Amnesie litt, kam er als planvoller Mörder nicht in Frage, auch nicht als Totschläger. Sie waren *Die fantastischen Fünf.*
Auch daran hatte er seitdem nicht mehr gedacht. Da musste es noch ein Foto geben; Niko hatte es mit dem Selbstauslöser gemacht und die Auflösung war ziemlich schlecht. Hatte er vor lauter Übermut nicht etwas drauf geschrieben? *Unschlagbar oder tot.* Gerade würde es heißen: *Schlagbar und tot.*
Kopfwunden bluten höllisch. Linus' Worte. Aber Blut fließt nur, solange auch das Herz schlägt. War ihnen das wirklich nicht bewusst gewesen? Niko hätte mit einem entschiedenen *Nein* geantwortet; nahm man einem Polizisten dieses *Nein* ab? Nein!

Sie hatten Jo sterben und Frank das Blut im Kraftraum aufwischen lassen.

Als es an der Tür klingelte, war Niko Vormann schon versucht loszulaufen. Und während er noch überlegte, was er tun wollte, hörte das Klingeln auf. Einige Zeit passierte gar nichts, aber dann wackelte seine Oma daher und kündigte einen Besucher an.
„Er sagt, er ist ein großer Fan. Er sieht nicht wie einer aus!" Sie schüttelte den Kopf.
„Danke, ich komme gleich. Der große Fan könnte einstweilen in die Bibliothek gehen."
Das war wenigstens eine Reaktion, obwohl Niko sich fragte, wer von seinen Kollegen so mutig war, den Trainer derart zu verärgern oder nervös genug, um alles aufs Spiel zu setzen. Die Karten waren eine an Dennis und die andere an Frank gegangen. *Viele Grüße aus Moskau ...*
Es war mitten am Nachmittag; heute stand der Massenstart auf dem Programm. Wen er auch immer in der Bibliothek vorfinden würde – Niko wäre gut beraten vorsichtig zu sein. Auf der ledernen Chesterfieldgarnitur könnte ein Mörder Platz genommen haben. Niko Vormann band ein Leinentaschentuch um die Knöchel seiner Hand. In seiner Wut – oder war es Verzweiflung – spürte er den Schmerz nicht, aber der würde noch kommen.
Als er den Salon betrat, saß da niemand. Dafür lag auf dem Glastisch eine der beiden versendeten Karten mit der Nachricht und dem Fingerabdruck. Zerrissen und anschließend in fisseliger Kleinarbeit wieder zusammen geklebt.

„Kommt die Ihnen bekannt vor?“
Niko zuckte zusammen. Die Stimme kannte er nicht, sie gehörte weder zu Dennis Paulsen, noch zu Frank Ringel. Peinlich, dieses Zusammenfahren. Niko hoffte, nicht so schuldig auszusehen, wie er sich in Wirklichkeit fühlte. Die provozierte Erinnerung an Jo Kurz war grob und sehr intensiv gewesen.
Der Mann, der aus den Schatten tauchte, war Niko völlig unbekannt. Zum Fürchten sah er nicht aus. Er war auch kein Journalist, zumindest keinen, den er kannte, und sicher kein Bulle, der Geruch fehlte.
„Ein großer Fan … das bin ich nicht“, sagte der Mann und Niko registrierte den angenehmen Tenor.
Casper nahm die Karte vom Tisch, hielt sie Niko unter die Nase und deutete auf den – im Original – blutigen Abdruck.
„Und wer sind Sie?“ Niko würde sich nicht allzu lange mit ihm befassen, sondern zusehen, dass er ihn schleunigst wieder loswurde.
„Mein Name ist Casper Brandt. Sie haben den Mörder erwartet – tut mir nicht leid, dass ich nur Privatermittler bin“, meinte sein Gegenüber.
Privatermittler. Was sollte das denn?, fragte sich Niko. „Ich habe keine Lust auf Versteckspiele“, sagte er. Das war ehrlich. Sein Gesichtsausdruck verriet ihn und seinen ganzen Kummer. Wenn er jemals Kommissar werden würde, müsste er die kleinen Täuschungen besser noch üben. Gerade sah er nicht gut aus.
„Darauf hatte ich auch keine Lust, aber ich hab mir wirklich Mühe gegeben. Es war ein ziemliches Puzzle. Sie haben jemanden sauer gemacht, an mich war die Karte nämlich nicht adressiert“, bekam Niko gesagt.

„Sagen Sie einfach, was Sie *nicht* wollen!“, schlug er dem Mann vor.
„So machen wir's“, fand Casper Brandt.
„Ihren Whiskey will ich nicht, Sie haben meine Marke nicht vorrätig. Ich will auch nicht wissen, warum Sie nach dem Sturz aufgegeben haben, das weiß ich bereits. Ich will von Ihnen keine Bestätigung, dass der Tote in der Wolfsschlucht Linus Moritz ist, das Profil spricht für sich. Ich will Ihr finsterstes Geheimnis nicht öffentlich machen, das werden andere tun. Ich will Sie nicht fragen, warum Sie sich für Jo's *Selbstmord* die Kiesgrube ausgesucht haben, denn das waren Sie nicht allein. Ich will auch nicht wissen, zu wem dieser Fingerabdruck gehört, denn das wissen Sie selbst nicht. Ich will mit Ihnen nicht über das Ziel Ihrer Aggression reden, weil der Schmerz in Ihrer Hand eingesetzt hat und Sie das ganz allein aushalten müssen.
Aber ich will wissen, wer die Adressaten der Karten waren. Ich will wissen, wen Sie da verdächtigen, den Mord an Linus Moritz begangen zu haben. **Und** ich will, dass *Sie* wissen, dass es da eine junge Frau gibt, die Jo Kurz liebte.“
Der Privatermittler war noch nicht einmal bei der Hälfte der Aufzählungen des *nicht wissen wollens* angelangt, da hatte Niko Vormann sich schon auf das kühle Leder fallen lassen.
Jetzt deutete er auffordernd auf die diversen Sitzgelegenheiten und meinte: „Welche Whiskey-Marke ist Ihre?“
„Johnnie Walker, Blue Label. Aber nur für den erfolgreichen Abschluss eines Falles. Und soweit sind wir noch nicht.“
„Sehen Sie, das war der erste Fehler.“ Niko stand auf, ging an den Barwagen, auf dem eine Kristallkaraffe stand, goss ein wenig von der

schimmernden Flüssigkeit in einen Tumbler und reichte dem Privatermittler das Glas. „Johnnie Walker, Blue Label“, sagte er. „Mein Vater mag ihn auch.“
„Welcher war Linus' Fehler?“, präzisierte Casper Brandt jetzt, da Vormann ihm den Einstieg frei Haus geliefert hatte.
Nico wollte ihn fragen, woher er seine Informationen hatte. Nur schien ihm das nicht wesentlich. Der Mann machte einen guten Job, wer auch immer ihn engagiert hatte.
„Seine große Klappe. Glaube ich. Die Büchse der Pandora.“ er hatte sich wieder auf der Couch niedergelassen, stützte seine Arme auf die Knie und legte das Kinn in die Handflächen. Zu spät, um den Entrüsteten zu geben, zu spät, um sich aufzuregen und dem Herrn die Tür zu weisen, zu spät, um noch den Deckel auf den alten, total verkochten Eintopf halten zu wollen. „Ja, die Karte habe ich mir einfallen lassen, und sie an zwei Kollegen geschickt; Frank Ringel und Dennis Paulsen. Beide könnten Linus umgebracht haben – beide hatten einen Grund.“
„Das gilt auch für Sie“, meinte Casper Brandt.
Der Privatermittler hatte noch keinen Schluck aus seinem Glas getrunken. Klar, der Fall war ja noch nicht abgeschlossen.
„Das gilt auch für mich“, bestätigte Niko. Und jetzt fragte er doch. „Vom Mord an Linus weiß bisher niemand. Warum ausgerechnet Sie?“
„Weil die Rechtsmedizin momentan einen Toten im Institut beherbergt, dem am Abhang in der Wolfsschlucht der Schädel eingeschlagen wurde und dazu ein ziemlich ansehnliches Gesicht.“
„Das brauchen Sie mir nicht zu sagen.“
„Das brauche ich Ihnen nicht zu sagen.“

„Sie sind ein komischer Typ, Casper Brandt, wissen Sie das?"
„Tja, das weiß ich wohl. Man hört hin und wieder davon." Diese Aussage wurde von einem kleinen Lächeln begleitet. Ein Pardon wofür?
„Wo haben Sie die Karte gefunden?", wollte Niko wissen. Die Antwort wäre interessant.
„Die Schnipsel lagen in einem Kuvert und das Kuvert obenauf in einem der Abfalleimer. Hat sie der Angsthase zerrupft oder war's der andere?"
„Der Hase, das ist Frank. Dennis ist der Coole. Wenn der die Karte zerrissen hat, dann vor lauter Ärger, nicht aus Angst." Niko war vielleicht zum ersten Mal überhaupt klar geworden, das Dennis Paulsen link spielen könnte.
„Was ist mit dem Fingerabdruck, Niko Vormann? Er ist der Schlüssel, nicht wahr? – Der Schlüssel zu diesem Mord. Chris hat Recht und es ist eine Drohung, die allerdings nicht funktionieren würde, wenn man absolut nichts in der Hand hat."
Casper Brandt schien zu überlegen, eine Verknüpfung herzustellen, um schließlich Nikos Aussagen und die Resultate seiner Ermittlungen zusammenzufügen. Er dachte wie ein guter Polizist. Er *wäre* ein guter Polizist. Niko würde sich, sollte er dieses Gespräch weiter führen, wahrscheinlich nie mehr fragen müssen, was er zu verlieren hatte.
„Nur der Mörder von Linus weiß, was der Kühlschrank zu bedeuten hat. Sie machen da gerade etwas ziemlich Gefährliches", sagte Brandt.
Der Mann kannte ihn gar nicht; höchstens aus Bildausschnitten im Fernsehen bei einer Sportübertragung. Aber es klang, als wäre er seinetwegen ernsthaft beunruhigt. Wie es ihm ging, wie Niko sich fühlte, dafür hatte sich seit einer Ewigkeit niemand mehr wirklich interessiert.

„Sie etwa nicht? In wessen Auftrag haben Sie den Fall übernommen – sagt man das so, ja? Und wie kommen Sie dazu? Welcher Fall ist es überhaupt?“ Niko fand es nur gerechtfertig, ein paar Dinge in Erfahrung zu bringen, denn für ihn war ohnehin alles gelaufen – im schlechtesten Sinn.
Casper Brandt berichtete ihm von Chris Harte, dem Reporter mit einer Nase für Merkwürdigkeiten, und wie *er* anschließend im Wald an der Biathlonstrecke auf die Leiche gestoßen war.
„Chris Harte“, sagte Niko und ein Gesicht tauchte dazu auf. „Der Reporter wohnte zusammen mit den Athleten während des Weltcups in der Kaserne. Er hat ein paar Interviews gemacht und wenn ich noch nicht gestorben bin … jedenfalls gab er mir seine Visitenkarte. Sicher hat er auch meinen fulminanten Abgang aufgezeichnet. Von ihm haben Sie also meine Autogrammkarte und Sie haben natürlich die Schriften verglichen.“
„Ihre war die einzige, die passte, nur leider war ausgerechnet diese Karte die letzte in meiner wunderbaren Sammlung. *Viele Grüße aus Moskau!* Und *20/4/9/2/22/ - 8/6/15/2/22/ - 9/10/15/ - 5/2/20/ - 10/20/21/ - 5/6/19/ - 21/16/5/* Kryptisch, und das wirklich Einzige, das ich bislang nicht auflösen konnte. Aber das ist heute mein Glückstag, weil mir der Autor persönlich gegenübersitzt. Schießen Sie los, Niko Vormann.“
Schießen Sie los. Und Niko durfte froh sein, wenn er nicht abgeschossen wurde. Er ging zu einer der Bücherwände und nahm aus einem der Schmöker ein Stück Karton heraus.
„Das ist der Schlüssel. Im Internat hat uns ein selbst ausgedachter Code gegen die Neugier der Erzieher geschützt. Ich traue Ihnen zu, ihn zu lösen. Ein kleiner Tipp – vergessen Sie die Grüße aus Moskau nicht!“

Casper Brandts Augenbrauen wanderten nach oben, als stünde er kurz davor, das Rätsel aufzulösen. Wahrscheinlicher war, dass er überlegte. Er steckte den Karton in seine Jacke und meinte: „Ruhpolding liegt nicht grade in meiner Nachbarschaft. Danke, dass mein Job noch eine Bedeutung bekommt und ich nicht die Hälfte meines Vorschusses an Sie abtreten muss."

Niko lachte.

„Ich wollte Sie gar nicht mögen, Niko Vormann, und jetzt sitze ich hier, Sie haben meine Whiskey-Marke, ich habe nichts übrig für Zufälle irgendwelcher Art. Aber ich werde Ihnen die Hölle heiß machen und dafür sorgen, dass Jo Kurz' angeblicher Selbstmord aufgeklärt wird."

„Für die junge Frau, die Jo liebte? Ist es die Bibliothekarin? Dann sagen Sie ihr bitte, dass Jo ihre Gefühle erwidert hat. Das erfinde ich nicht, das hat er uns erzählt; in der Nacht, als … es passierte. Wie heißt sie?"

Jo hatte es bestimmt hundertmal erwähnt und Niko hatte ihn ignoriert. Ignoranz – in dieser Disziplin war er Meister. Und wenn er sich jetzt umschaute, stand er selbst im Abseits.

„Ihr Name ist Margit", sagte der Privatermittler.

„Bis Sie vor meiner Tür standen, habe ich fieberhaft überlegt. In der Hölle sitze ich seit über drei Jahren, damit machen Sie mir keine Angst, Casper Brandt. Angst macht mir nur eines: Jo könnte noch am Leben gewesen sein, als wir ihn im Audi über die Klippen gestürzt haben."

Und jetzt erhob sich der Privatermittler und ging seinerseits zum Barwagen hinüber, nahm die Karaffe und schenkte ein paar Fingerbreit der dunkelgoldenen Flüssigkeit ein. Das gefüllte Glas drückte er Niko in die gesunde Hand.

„Ich bin Leistungssportler“, sagte Niko und ließ den Alkohol einige unentschlossene Kreise drehen.
„Ist nicht zum Trinken da, nur zum Festhalten, Niko Vormann.“
„Vielleicht habe ich das immer geahnt. Ich weiß nicht. Wir waren fünf Freunde. Lange her. Danach waren wir gar nichts mehr, unsere einzige Verbindung ein Toter. Was hat Sie auf Jo gebracht? Kein Zufall schafft so etwas. Margit?“
Casper Brandt sagte etwas davon, dass Zufällen nicht zu trauen war, weil die es immer besser wussten. Über Joachim Kurz war der Privatermittler gestolpert, wie er meinte.
„Es war ein alter Zeitungsausschnitt, kein Auftrag.“
„Würden Sie denn einen annehmen? Ich verdiene genug, um Sie zu bezahlen.“
„Mir würde ein *quid pro quo* reichen, wenn das für Sie in Ordnung geht“, schlug Casper Brandt stattdessen vor.
„Ähm … versteh' ich nicht. *Dieses für das*. Was?“
„Was befand sich in dem Kühlschrank? An welcher Stelle haben Sie den Fingerabdruck genommen? Wenn Sie außer dem Rätselcode auch noch ein paar Antworten für mich haben, werde ich im Gegenzug das tun, was ich Ihnen ohnehin zugesagt habe. Mit dem Zusatz, herauszufinden, ob Jo Kurz noch gelebt hat, als er mit dem Wagen in diese Kiesgrube stürzte“, bot Caspar an.
„Scheint mir ein faires Angebot. Okay. Ich war sturzbetrunken. Wegen Linus, meinetwegen und überhaupt. Der Wodka rebellierte in meinem Magen, und … na, Sie wissen schon. Darum war ich ziemlich spät noch am Kühlschrank; wollte mir etwas zu trinken holen, einen kleinen

Happen essen. Und da war dieser eklige Abdruck."
Was er in dieser Nacht im Kühlschrank vorgefunden hatte, würde Casper Brandt aber selbst sehen müssen.
„Nehmen Sie einen Rat an?", fragte ihn Niko und wartete die Antwort gar nicht erst ab. „Sie werden die Polizei brauchen."
Nikos Stunde der Wahrheit war so bestimmt nicht vorgesehen gewesen, hatte aber dafür gesorgt, dass er sich wieder wie ein Mensch fühlen durfte. Was auch immer geschehen würde, seine sportliche Zukunft war hinüber. Aber anders, als er sich das gedacht hatte, war sie mit Jo gestorben, und nicht erst mit Linus.

„Hey, Niko Vormann", sagte Casper Brandt, als er sich an der Tür von ihm verabschiedete, „Frank, der Hase und Dennis, der Coole haben vielleicht beide nichts mit Linus' Tod zu tun. Passen Sie trotzdem auf sich auf!"
„Hey, Casper Brandt", rief ihm Niko hinterher, als der Privatermittler schon fast an seinem Wagen, einem alten Opel Ascona angekommen war. „Warten Sie … ich habe da noch was für Sie."

Den Blue Label hatte Niko nicht angerührt. Casper Brandt seinen auch nicht. *Nur zum Festhalten*. Und als seine Oma später die Gläser in die Küche räumte, schnupperte sie in seine Richtung. „Du trinkst?" Sie klang ehrlich entsetzt, aber in diesem Tonfall hätte sie genauso gut fragen können: *Du hast jemanden umgebracht?* „Wenn das dein Trainer und die Dopingkommission erfahren …", schimpfte sie.
„Oma, die Dopingkommission interessiert sich nur für Doping und Alkohol fällt da nicht drunter."

21
Der sicherste Weg ins Jenseits

Blue Label in einer derartigen Situation wäre wirklich kein Genuss gewesen und ich vertraute darauf, dass Niko Vormann das genau so sah. Gedankenvoll fuhr ich zurück Richtung Heimat und sah die Alpen in meinem Rückspiegel nur langsam kleiner werden.
In Ruhpolding und den anderen Ortschaften war das Schneeaufkommen ähnlich wie in Oberhof. Aufgetürmte Wände an den Rändern der Straßen und bedrohliche Schneemassen auf den Dächern. Dazu wurden auch hier hingebungsvoll diese grässlich röhrenden Wintermaschinen bedient. Welch eine Überraschung. Ich bog auf die Autobahn und wusste, dass ich für die nächsten Stunden dort bleiben würde. Solche Langstrecken verlangten meinem Oldtimer und mir wirklich alles ab. Aber ich kam wenigstens nicht mit leeren Händen zurück.
Als ich endlich wieder vor Frau Eusebias Haus stand, war der Massenstart und damit der Weltcup vorbei. Die Touristenströme würden sich jetzt nach Ruhpolding verlagern und dem nächsten Höhepunkt entgegenfiebern.
Die Schneefräse des Nachbarn stand einsam in seiner Einfahrt und wartete gierig darauf, Casper Brandt am nächsten Morgen wieder aufzuwecken. Ich sollte in dem Ding ein paar Kabel umstecken, aber ich hatte heute noch etwas vor und so schloss ich meine Tür auf, visierte meinen Lieblingssessel an und ließ mich hineinfallen. Der Tag lief vor meinem inneren Auge noch einmal ab.

Niko Vormanns Rat gefiel mir nicht, weil er ihn mir regelrecht aufgedrängt hatte. Ihn und die Polizei. Natürlich Kriminal – und so weiter …
„Werfen Sie einen Blick in den Kühlschrank. Und wenn nichts mehr drin ist, dann kommen Sie zu spät." hatte er gemeint.
Ingbert Reif. Mein Alptraum. Ich würde den Kommissar nicht darum bitten wollen, aber irgendwie mussten wir an das Tatwerkzeug gelangen. Die Wolfsschlucht war eine Sache, doch ein Einbruch in eine Bundeswehrkaserne etwas völlig anderes.
„Ich habe da noch was für Sie", hatte Niko Vormann mir nachgerufen, als wäre es eine Überraschung. Nun, die war es ganz sicher und nun befand ich mich auch noch im Besitz des Original-Fingerabdrucks, den er geistesgegenwärtig vom Griff des Kühlschranks abgenommen hatte. Mittels eines durchsichtigen Klebestreifens wie er dazu anmerkte. Und im Gegenzug war ein kleines, böses Versprechen alles gewesen, was *ich* zurückließ. Die Hölle für das, was die Männer Jo Kurz angetan hatten.
Also gehörte der Abdruck einem Mörder, aber etwas wollte nicht passen. Mörder sind mitunter keine Genies, aber auch selten so blöd, in voller Absicht ihre Spuren in unmittelbarer Nähe der Tatwaffe zurückzulassen. In dem Zusammenhang fiel mir eine Situation ein, die Niko Vormann erwähnt hatte, als wir uns die Ledercouch teilten und den Whiskey festhielten.
Es ging um Visitenkarten. Diese Dinger besitzt man, um sie weiterzugeben und um kontaktiert zu werden. Und man behält sie aus den gleichen Gründen. Meine Bitte musste Niko seltsam vorgekommen sein, und als er mir das kleine Ding in ein Taschentuch eingeschlagen überreichte um keine Spuren zu hinterlassen, war mir verdammt unwohl.

„Das glauben Sie doch nicht?" Er hatte meinen Gesichtsausdruck beobachtet und darin die ganze Palette meiner Gefühle gesehen.
Sagen musste ich dazu nichts. Aber glaubte ich tatsächlich, was ich mir da zusammenspönn?
Wir hatten noch ein bisschen geredet und so erfuhr ich von der Büchse der Pandora und dem Menschen aus Linus' Vergangenheit. Noch mehr Hirnnahrung.
Casper Brandt, denk nach!, forderte ich jetzt nachdrücklich. Der Täter wollte sicher nicht mit einem blutigen Abdruck auf den Inhalt des Kühlschranks aufmerksam machen. Wahrscheinlich wusste er nicht mal, dass er ihn hinterlassen hatte. Und er konnte schon gar nicht damit rechnen, dass da jemand ankam und den Fingerabdruck auf einen Klebestreifen abzog. Höchstens, dass ihn jemand abwischte, weil er sich ekelte. Ein Weltcup schien mir nicht ganz ideal, um einen bereits begangenen Mord ins grelle Scheinwerferlicht zu zerren, und das Tatwerkzeug zu entsorgen, so dass es gefunden werden *musste*. Aber vielleicht war das auch die einzige Möglichkeit für den Mörder gewesen. So würden sich die Spuren in viele Richtungen verzweigen und von der eigentlichen ablenken. Bis sie am Ende kälter als kalt war – eisig.
Wie ich meinte, hatte in diesem Fall jeder entweder etwas getan oder etwas zu verheimlichen. Und auch damit stand ich wieder am Beginn, denn zu verheimlichen hatte ich auch etwas.
Ingbert musste bezüglich des Mordwerkzeuges einen Tipp bekommen. Wenn bloß der Tippgeber nicht ausgerechnet Casper Brandt heißen würde. Ich hatte heute aber schon einiges geschafft, sagte ich mir. Niko Vormann, den armen Kerl, bis auf die Knochen freizulegen, das war

meine große Tat gewesen, und ich fand allein die Art und Weise grausam. – Polizist wollte ich wirklich keiner mehr sein. Wir brauchten eine Lösung, die es nicht geben würde. Niko war erledigt und hätte ich ihn aus diesem finsteren Loch holen können, ich hätte es getan. Vielleicht würde ich die einzige Person darum bitten, die es konnte. Margit.

Aber zuerst musste Margit etwas für mich tun, nachdem ich verzweifelt versucht hatte Niko Vormanns Dechiffriermaschine erfolgreich zu benutzen. Es machte überhaupt keinen Sinn, was ich da aus dem Zahlengefüge gemacht hatte. Und Moskau ging auch nicht, zumindest kam auf Russisch genauso Sinnloses heraus. Mir gingen die Varianten aus.

Ich wählte Margits Nummer, die ich ihr im Zuge meiner Ermittlungen abgeschwatzt hatte, bevor sie sich meine notierte, und sagte ihr, dass der Enthüllungsjournalist aus der Bibliothek in Kürze bei ihr sein würde, wenn sie es erlaubte.

Sie erlaubte und schon setzte ich mich mit meinem Code in Bewegung. Margit wohnte keine zehn Minuten von mir entfernt in Suhl, so dass meinem Opel und mir noch ziemlich kalt war, als wir vor ihrer Tür standen. Gerade wollte ich klingeln, da ertönte auch schon der Summer. Mich empfing das zweitschönste Lächeln Südthüringens und ich genoss diese Sekunden menschlicher Wärme.

„Hallo Margit, wunderschön Sie zu sehen. Wie war es beim Biathlon?“

Sie umarmte mich als Antwort auf meine Frage und berichtete mir begeistert von den beiden Rennen. „Unsere Frauen landeten einen Doppelsieg und Sie wissen doch schon von der Staffel, was da in Oberhof losgeht.“

Und ob ich das wusste. Sofort hatte ich wieder eine Gänsehaut.

„Bei den Männern lief es dagegen nicht so gut“, verriet sie mir. „Axel Alt lag lange in Führung, bis ihm ein Stock brach und er dafür nicht sofort Ersatz bekam. Das brachte ihn ein bisschen aus dem Konzept, so dass er am Schießstand zwei Fehler schoss und Frank Ringel war ja nur Zuschauer, weil er nicht zu den besten dreißig im Weltcup gehört. Ich war lange nicht mehr so nahe an den Männern dran, und ich hätte wetten können, dass wenigstens Frank Ringel mich erkannt hat.“
„Wir müssen bitte vom Massenstart noch einmal zum Verfolger wechseln. Ich verfolge nämlich gerade eine ziemlich rätselhafte Spur“, sagte ich. „Und nur die berühmte Kryptologin Margit kann bei der Entschlüsselung helfen.“
Jetzt förderte ich meine Errungenschaften zutage und breitete sie auf dem Couchtisch aus. „Ich bekam den heißen Tipp von Niko Vormann, dass die Grüße aus Moskau und die Zahlenreihe miteinander in Verbindung stehen“, verriet ich.
„Sie waren bei Niko Vormann? Der wohnt doch in Ruhpolding.“
„Ja, stimmt. Und glauben Sie mir, ich wäre auch lieber mit Ihnen zum Massenstart gegangen.“ Das stimmte, doch es betraf nur die weite Autofahrt und nicht das *sich austauschen* mit Niko Vormann.

Margit nahm Karte und Code und schien zu überlegen.
„Herr Brandt, ich glaube, ich weiß, warum die Grüße aus Moskau sind.“
Das ging mir jetzt irgendwie zu schnell. Casper Brandt, der Privatermittler wurde überflügelt. Aber genau darauf hatte ich doch gesetzt … Was wusste sie, dass ich nicht wusste oder worauf ich nicht gekommen war.
„Nennen Sie mir den Unterschied zwischen Moskau und Berlin“,

forderte Margit mich auf.
„In Moskau wird Russisch gesprochen, aber soweit war ich schon." Ich warf einen Blick auf meine Uhr, um meine späte Verabredung nicht aus den Augen zu verlieren.
„Schauen Sie da noch mal drauf. Das ist es nämlich, zwei Stunden Unterschied. Probieren Sie's aus, verrücken Sie die Buchstaben um zwei Stellen und der Text ergibt einen Sinn."
Das ging mir jetzt wieder zu schnell. Aber ich vertraute ihr.
„Hätten Sie vielleicht irgendwo einen Zettel und einen Stift?", bat ich.
Wir entschlüsselten beide – und verglichen am Ende unser Ergebnis. Ich hatte eine Lösung. Die Lösung. Hatten sie Ringel und Paulsen auch?
„Puhh", machte Margit. Ja, ganz recht. Das war verdammt *Puhh*.
Das Papier mit dem entschlüsselten Satz fand den Weg in meine Hosentasche. Ich verabschiedete mich von Margit, der sensationellen Kryptologin. Wie war sie überhaupt drauf gekommen, weil das Gebilde auf dem Karton aussah wie eine Uhr? Langsam musste ich aber los, denn ich wollte Chris noch anrufen und außerdem mit Nils auf Friedhofstour.

Ich wählte Chris Hartes Nummer. Der Anruf war wichtig – diesmal tatsächlich.
„Verdammich … Franky", murrte der.
„Ist er immer noch da?" Chris und Frank Sinatra – eine enge Beziehung und irgendwie mutete diese unauflösbar an.
„Man könnte sich richtig Gedanken machen", meinte ich.
„Mach dir keine", schlug er vor.
„Ich habe da auch schon ein paar andere vorrätig, haben mit den

Schnipseln zu tun. Und mit Linus Moritz. Das ist der Name der Leiche im Wald. Es gibt einige Athleten, die ein Motiv hätten, gerade diesen jungen Mann zu töten. Obendrein erzählt man sich, Moritz war „besonders“ – ganz besonders sprintete er wohl gegen die allgemeinen Richtlinien an. Der Täter war ziemlich blöd; er hat doch tatsächlich sein Siegel hinterlassen. Ich muss noch ein bisschen recherchieren, aber das bekomme ich raus. Dazu muss ich mich noch ein wenig mit der Person – Linus Moritz – vertraut machen; und bei Mord begreift man über das Opfer auch den Mörder oder sein Motiv.“

„Du nennst einen Fingerabdruck Siegel? Dann bin ich mal gespannt, *was* er versiegelt hat.“

„Das wird erst offenbart, wenn es sich richtig lohnt“, sagte ich.

„Was sagt Ingbert Reif dazu, dass du ihm den Knochen wegschnappst? Der ist ein harter Hund und unangenehm. Das wird er sich nicht gefallen lassen. Ein privater Ermittler, ohne teuere Ausrüstung, ohne viel Schnickschnack, mit einer Taktik, die kein Polizist anwenden würde, stöbert den Fuchs in seinem Bau auf. Jetzt muss er ihn nur noch herauslocken. Alle Achtung, Casper. Das hätte dir so mancher nicht zugetraut.“

Ich konnte sehen, wie sich Chris von seinem Drehstuhl erhob und eine Verbeugung andeutete. Selbstverständlich konnte ich das *nicht*, aber es fühlte sich so an.

„Ich bin nicht sicher welcher Fuchs, Chris. Der eine ist hell, der andere rot und der dritte ziemlich dunkel“, sagte ich wahrheitsgemäß.

„Hast du es denn schon geschafft, deinen Kartenstückchen irgendeine Bedeutung zu entlocken?“, sprach mein Freund ein anderes Thema an.

„Die Todesschnipsel zusammengesetzt, ergeben einen Code, zu dem ich

mir gerade den Schlüssel besorgt habe, dafür nahm meine Schlinge den Weg alles Vergänglichen. Der Jäger bleibt unbehelligt“, gab ich preis, was mich wurmte.
Mein Versäumnis, nämlich das Straucheldinng aus dem Wald endlich einer eingehenden Betrachtung zu unterziehen, endete damit, dass ich dachte, ich müsste nur die Hand ausstrecken. Und da lag sie … nicht. Ich war es aber nicht, der etwas damit angestellt hatte. Fest stand, das Corpus Delicti war fort. Der Jägersmann würde sich nur bedingt freuen, dachte ich.
„Du wolltest womöglich stänkern“, sagte Chris.
„Schlimmer, denn ich hatte da so einen seltsamen Einfall …“, gab ich zurück.

Meine Uhr zeigte an, dass es in einer halben Stunde Mitternacht sein würde. Den Türgriff bereits in der Hand, entschied ich mich dafür, noch geschwind an den Kühlschrank zu gehen, denn obwohl der Tag auf der Flucht war, hatte ich noch immer nichts im Magen. Es war nicht ratsam – überhaupt nicht – mit den Knurrgeräuschen jemanden aufzuwecken, der ansonsten schlief. Oder jemanden *an*zulocken. Ratten zum Beispiel.
Ich kramte hier ein Stück Brot, da ein Stück Käse und einen dicken Schokoriegel aus meinen Vorräten; kein Wunder, wenn Mann da einen Bauchansatz bekam. Und ich schwor mir, gediegen zu essen, sobald ich meinen Mörder und die Überbringer des Todes gefasst hatte.
Meinen kleinen Beweismittelbeutel – es waren kleine Beweise – steckte ich ein. In einer Tasche befanden sich ein Recorder und Tonbänder, die Tasche wollte ich auch mitnehmen. Heute war ein Parka-Abend. Und drunter hatte ich vorsorglich noch ein paar Kleidungsstücke mehr

angelegt. Viele der Toten trugen weniger auf den Rippen, und waren wahrscheinlich sogar ein ganzes Stück abgerissener zugange. Kleidung leidet mit der Zeit, wie ich am eigenen Leib und Schrank erfahren musste. Ausgerechnet als ich das Tarnding anzog, musste ich niesen. Garibaldi ... Der Kämpfer war mir während des ganzen Tages nicht über den Weg gelaufen. Aber anders herum betrachtet war auch allerhand zu erledigen gewesen und ich gar nicht zu Hause.

Bei Frau Eusebia brannte noch Licht, als ich mich auf den Weg zum Friedhof begab. Das war gut, und gleichzeitig war es ausgesprochen dumm, denn jetzt und in Zukunft hätte ich bloß immer die eingebildete Herzattacke vor Augen, wenn hinter diesen Fenstern einmal kein Licht brennen würde.

Ingbert Reif, den harten Hund und seine Drohung wollte ich nicht vergessen, und bevor ich jetzt in meinen Wagen stieg, warf ich einen sehr bewussten Weitwinkelblick. Natürlich rechnete ich nicht damit, den Ford Mustang aus der Nähe bewundern zu dürfen. Aber es war gut möglich, dass der Kriminalhauptkommissar mich in seinem Zorn derart aufs Korn genommen hatte, dass er selbst eine kalte Wintervollmondnacht wie die heutige nicht scheute, um mich und meine Aktivitäten zu beobachten.

Und dann kam er … nicht der Kommissar, dafür mein Freund, der mich offenbar seinerseits beobachtet hatte.

„Kannst du nicht schlafen?“, fragte ich ihn, gerade als er herzhaft gähnte. Mein Katerverständnis war ganz schön unterm Hund. „Du bist auf der Jagd. Noch eine dringende Mäuseverabredung? Und was sagt denn dein Mensch dazu?“, lenkte ich ihn von mir ab. Wollte ich *nicht* wissen, fragte aber trotzdem. Hatte er gerade aufbegehrend mit dem Schwanz geschlagen? Das sollte er wirklich nicht, 3a war seine Adresse, da war er zu Hause. Und diesmal konnte ich ihm nicht einmal eine Mitfahrgelegenheit anbieten; ich hätte gern, schon wegen der Ratten – , die ich auf dem Friedhof wähnte – aber mich umgab Gefahr und es war schwierig genug, die Richtung zu orten, aus der sie kam. Da konnte ich mich nicht auch noch um meinen Freund kümmern.

„Wir haben uns erst den Kopf zerbrochen über Frau Eusebia. Wollen wir deinetwegen aber nicht, hörst du!“ *Wir* klang besser als *ich*. *Wir*, das war doppelte Stimmgewalt. Ob er *hören* wollte, ging aus seiner Reaktion jedoch nicht klar hervor. Aber ich musste jetzt wirklich los; noch ein paar Umwege fahren, falsche Fährten legen. Ich streichelte dem Kater kurz übers Fell und tröstete ihn, er hätte es nicht nötig, sich dick zu machen.

„Ich bin weg“, sagte ich kurz darauf, weil ich bemerkte, dass sich gerade ein Vorhang an einem von Frau Eusebias Fenstern lüftete. „Wir treffen uns, wenn wir uns treffen und du passt auf!“, verabschiedete ich mich, stieg ein und setzte aus meiner Ausfahrt. Mit meinem ganzen Programm wäre ich nicht mehr allzu früh dran, vielleicht eher verdammt pünktlich. Ich meinte nämlich wirklich, weiter unten an der Straße einen Wagen gesehen zu haben. Vielleicht der Kriminalhasardeur auf Abwegen.

Irgendwie schaffte ich es mit meiner Tasche, zum hinteren Friedhofstor. Meinen Opel Ascona hatte ich in der Nähe an einem abgelegenen Stückchen Waldweg versteckt. Diese Dunkelheit erhellte ein voller Mond und ich war nicht der Vollmondtyp. Aber ich glaube, Juttas Assistent war *genau* der Typ. Hoffentlich hatte Bram Stoker, der Autor von „Dracula“, diese bissfesten, blutsaugenden Gestalten wirklich bloß erfunden. Jetzt zog ich schon zum … wievielten? Mal am Kragen meines Parkas. Glen Leborski war für solche Fälle gerüstet und meist in Begleitung von Denancy Delaware; couragierte Journalistin beim „Great New Y." und eine Freundin.

Ich kannte nicht viele Journalisten, nur Chris Hartc. Außerdem kannte ich Frau Professor. Doch welchen Eindruck würde so etwas machen und wie sähe das überhaupt aus, wenn ich Jutta Eisenreich bitten müsste, mich auf den Friedhof zu begleiten; einen Grund hätte es dafür schon gegeben, da war nirgendwo Leben. Das sollte ich mir wie ein Mantra vorsagen. Nirgendwo Leben, nirgendwo Leben …

Schon von weitem sah man Engel mit ausladenden Flügeln. Mein erster Weg führte mich zu den Engeln. Von ihren Sockeln herab sahen sie einen an, die Augen geöffnet, was mich wirklich nervös machte. Als ich mich noch im Kriminaldienst befand, hatten die Kollegen (die keine Engel waren) und ich uns gegenseitig Deckung gegeben, falls eine solche erforderlich war.

Mit Ingbert funktionierte das prima, denn er wollte immer der erste Mann sein. Wäre er der zweite gewesen, hätte ich um meine Innereien gefürchtet. Als Privatermittler musste ich zu anderen, konstruktiven Mitteln greifen. Mein Hals und meine Unversehrtheit waren mir einiges wert.

Nachdem ich meine Schutz- und Verwirrarrangements getroffen hatte, machte ich mich auf die Suche nach Herrn Wonne. Wo steckte der käsigblasse? Ich hatte keine große Lust, mich auf diesen Pfaden der Einsamkeit, die nirgendwohin führten, auch noch zu verlaufen.

„Herr Wonneberg", flüsterte ich, obwohl mein Flüstern mir überlaut

schien. Meinen Humor färbte die erhellte Düsternis keineswegs bloß schwarz, sie verschlang ihn zur Gänze.
„Hier drüben, Herr Brandt. Ist alles in Ordnung?“ Sprachs und das Licht einer Laterne flackerte auf.
Was sollte denn nicht in Ordnung sein? Und wenn etwas nicht in Ordnung war, dann würde ich ihm das nicht sagen.
„Ich denke schon“, hörte ich mich sagen. „Mein Verfolger ist irgendwo auf der Strecke geblieben. Vielleicht habe ich mich auch getäuscht.“
„Das glaube ich nicht, wir sollten uns beeilen. Um Mitternacht gerät hier einiges in Bewegung.“
„Was???“ Panik hört sich schlimmer an, aber den Rest schluckte ich gerade tapfer runter.
„Das ist nur so dahingesagt“, beschwichtigte er.
Von Überzeugung keine Spur – meiner natürlich.
„Sie sollten so was nicht dahinsagen. Können wir? Wärmer wird es nämlich auch nicht.“ Ich ging voraus, nur um ihm zu zeigen, dass meine Beine noch verlässlich waren. Diesmal war ich der erste Mann. War das um seine Schultern wirklich ein Cape?
„Herr Wonneberg“, sagte ich und drehte meinen Kopf ein wenig seitwärts, „trägt man das neuerdings auf den Friedhöfen der Welt?“
„Das Cape meinen Sie“, fragte er mich.
„Ja, meine ich. Dieses Flattern macht mich nervös.“
„Es ist windstill. Wenn Sie meinen, da flattert etwas, ist ihre Nervosität wahrscheinlich vollkommen berechtigt.“
Diese Leichenmenschen erschreckte rein gar nichts. Mit seiner Unempfindlichkeit konnte ich nicht mithalten. Vielleicht flatterte außer dem

Unbehagen, dem Schokoriegel und den anderen Kleinigkeiten in meinem Bauch auch wirklich gar nichts.
„Ich habe etwas für Sie", erklang es hinter mir. „Sie wollten doch mehr über Jo Kurz wissen. Wir mussten tief graben …" Die Einleitung erkannte ich wieder.
„Können Sie damit bitte warten, bis wir mehr Licht haben?" Dafür wäre ich ihm *äußerst* dankbar.
„Herr Brandt, mehr Licht geht wirklich nicht. Und der Athlet wurde eingeäschert. Da ist nichts übrig. Ich sagte nicht *ausgraben*." Er stupste mich in den Rücken. Es fühlte sich nach einer Akte an. Und dazu fühlte es sich auch ziemlich umfangreich an.
„Ich habe alles Wesentliche für Sie übersetzt", hörte ich ihn sagen.
Schön, wenn jemand mitdenkt und ich nicht erst um *verständliche* Informationen würde bitten müssen. Dieses Medizindeutsch war wenig einfühlsam und las sich hingeschrieben, als hätte jemand Buchstaben ejakuliert.
„Dann können wir uns ja gegenseitig praktisch gar nichts mehr abschlagen." Ich scherzte nicht unbedingt. Wirklich nicht.
„Könnten Sie den Inhalt für mich zusammenfassen? Auf Friedhöfen wird schon zuviel geschwiegen. Und ich brauche das Ergebnis. Es gibt da ein drohendes Versprechen. Und ein anderes, erklärendes."
Beide waren eins, nur eines von beiden schleppte im Gepäck Verderben mit sich. Niko Vormann wusste um die Konsequenzen, hoffte jedoch auf Absolution. Dafür war aber Gewissheit nötig. An Absolution glaubte ich genau so wenig, wie an Zufälle.
Herr Wonne begann schleppend und ich fragte mich, warum in aller Welt

die Akte so umfangreich war, wenn nichts drin stand. Also, stand doch etwas drin …, da hakte doch schon wieder etwas.
„Die Obduktion nahm damals ein Kollege von Frau Professor vor und dieser Kollege beschrieb eine Wunde am Kopf von Joachim Kurz. In seiner Aktennotiz wies er darauf hin, dass es denkbar wäre, dass die Verletzung nicht in direktem Zusammenhang mit seinem Tod steht."
„Wie … denkbar? Ist das Medizin-Sudoku? Was war denn nun die Todesursache?"
Kein Wirbel um Biathleten. Hatte da jemand etwas gegen Sportler?
„Herr Brandt, ich kann doch nur wiedergeben, was dort steht. Todesursächlich war der Aufprall in der Kiesgrube. Frau Professors Kollege war sich nicht sicher, womit er es hier zu tun hatte, wollte sich aber auch nicht weiter darum kümmern. Er war die Urlaubsvertretung, wissen Sie."
Nein, wusste ich nicht! Schlampig, dachte ich. Dafür wusste ich aber, dass von Joachim Kurz' Körper und Schädel nurmehr Knochenstaub übrig waren.
Jo könnte noch am Leben gewesen sein … hatte Niko Vormann gesagt. Jo Kurz *war* noch am Leben gewesen, als er in seinem Wagen in die Grube stürzte. Beweise es!, verlangte ich von mir. Und was war mit der mörderischen Absicht. Gab es die überhaupt?
„Hier", sagte Herr Wonne/Fröhlich und hielt mir die Akte – das nutzlose Ding – entgegen, die ich eigentlich gar nicht mehr benötigte. Schulterzuckend nahm ich den Ordner, verstaute ihn im Fond meines Parkas und reichte ihm den kleinen Beweismittelbeutel.
Nils Wonneberg konnte nicht widerstehen. „Halten Sie mal", sagte er und ich leuchtete. „Sieht nicht unbedingt interessant aus. Vielleicht

illegal? Haben Sie da etwas, das Sie nicht haben sollten?“
„Kleinlich steht Ihnen nicht!“, sagte ich. „Ich möchte jemanden in Bedrängnis bringen.“ So ähnlich. Ich wollte jemanden festnageln.
„Sie haben einen Verdacht“, bemerkte er ohne ein Fragezeichen.
„Hoffentlich nicht.“ Mein Kommentar war ähnlich farblos wie die Knochen auf diesen Feldern des Todes.
„Hier entlang, Herr Brandt“, wies er mich an. „Die drei Namen mit den Abdrücken zu vergleichen wird vielleicht einige Zeit dauern. „Dafür muss ich den Polizeicomputer bemühen und ein paar Dateien aufrufen.“
Wusste ich. Und wären Ingbert und ich einander noch wohlgesonnen, so wäre es kein Problem, ich hätte immer noch einen guten Kontakt zum Präsidium. „Sie haben keinen Zugriff auf den Polizeicomputer – nur formal betrachtet, selbstverständlich. Wenn Sie gut sind, bemerkt niemand, dass Sie überhaupt da drin waren.“ Und das von mir, wo ich es in meiner aktivsten aktiven Zeit gerade mal geschafft hatte, die Namen meiner Verdächtigen durch den Zentralcomputer zu schicken; Glück war, wenn es eine Rückmeldung gab. Irgendeine.
„Auch wenn ich gut bin, schnüffelt immer noch Ingbert Reif – klingt das nicht nach Fäulnis und Moder? – hinter mir her. Meine Aktivitäten … Ihre übrigens auch … finden abseits der Piste statt. Uns kann jederzeit eine Lawine erwischen.“
Was er nicht sagte! Skifahrerlatein und noch so eine Sportart. Dazu hatte ich ein Gefühl, dass wir seit geraumer Zeit Gesellschaft hatten.
„Das Foto zeigt Linus Moritz, der Peter sein könnte.“
Das wusste ich aber besser … „Lassen Sie das *sein könnte* beiseite, ich habe mich heute mit seinem Teamkollegen unterhalten. Derjenige, der

den Toten gefunden hat, weil er knapp an ihm vorbei fiel. Das Foto zeigt Linus Moritz. Er *ist* Peter."

„Wenigstens fiel er knapp vorbei, andere besaßen nicht so viel Anstand", ließ mich Herr Wonne an seiner Verstimmung teilhaben.

„Ich müsste anhand des Bildes eine gute Rekonstruktion hinbekommen. Frau Professor sträubt sich noch etwas, sie möchte keine Präsentation am Tatort, aber Sie könnten mich ein bisschen unterstützen, Herr Brandt."

Unterstützung, schon wieder. „Behagt mir ja nicht einmal dieser Part", erklärte ich wahrheitsgemäß. Mein Widerstreben schien ihn gar nicht zu beeindrucken.

„Es könnte helfen, den Mörder zu entlarven. Frau Professor hält es für ethisch nicht vertretbar. Dabei ist es nur ein Gipsabdruck. Ich betätige mich ein bisschen als Bildhauer."

„Jetzt unterschlagen Sie mir was", meinte ich.

„Dass ich jemanden brauche, der Peter oder Linus wie Sie ihn genannt haben, den Schädel einschlägt. Mal sehen, wen es umhaut."

„Ich soll Linus den Schädel einschlagen? Nach Ihrer wonnigen Anleitung vielleicht? Das kann doch unmöglich …" Es *war* sein Ernst; ich konnte es sehen, weil er mit der Laterne sein Gesicht beleuchtete.

„Lassen Sie das sein, Sie machen ja dem dort oben Konkurrenz." Und damit deutete ich zum prallen Vollmond hinauf. „Nennen Sie mich zart besaitet, Herr Wonneberg." War mir egal. Vor meiner nicht existenten Aggression waren selbst Gipsschädel absolut sicher.

„Herr Brandt, wir brauchen eine Resolution."

Konnte es wirklich sein, dass wir uns darüber unterhielten, wer Linus Moritz den Schädel einschlagen sollte?

„Ihre Umhau-Theorie – die ist falsch“, erklärte ich ihm, und lieferte dazu auch gleich den Knackpunkt in seiner Hypothese. „Denjenigen würde es *nicht* umhauen. Er wäre sehr wahrscheinlich sogar der Einzige, den es gar nicht berührt. Achten Sie auf einen zufriedenen Blick. Der Mörder wird einer sein, dem auch dieses zweite Mal eine eigenartige Befriedigung verschafft.“

„Dann sind Sie dabei?“, wurde ich gefragt.

Hatte ich das gesagt? Dann sagte ich jetzt besser nicht mehr viel. „Meine Stimmung ist absolut im Keller, Herr Wonneberg. Ich vertraue darauf, dass wir Ihre Hand ganz schnell einer Dame hier zuordnen können.“

„Das können wir. Sie gehört Emilia Rozier. Sie liegt in Gruft 23/19. Mir geht es aber mehr um den Ring, den sie trug.“

„Sie wissen die ganze Zeit, wem die Hand gestohlen wurde und … wozu bin ich dann überhaupt mitgekommen?“ Das war jetzt gemein. Ich sollte mir die Lampe schnappen und ihn *mein* Gesicht sehen lassen.

„Nicht die ganze Zeit “, widersprach der Blasse. „Seit gestern. Herr Brandt, ich möchte ein Ganzes zurückgeben und nicht nur einen Teil.“

„Na, wenn das kein Teil ist …“ Wir hatten wirklich grundverschiedene Ansichten über Halb und Ganz.

„Hier sind Leute zugange, die sich Grabstellen mit klangvollen Namen aussuchen und entsprechend alte Särge. Es gibt dort meist etwas zu holen, das Holz ist marode, und das Tolle an der Sache – niemand entdeckt, dass etwas fehlt. Weil es sich um etwas handelt, von dem niemand weiß, dass es überhaupt dort war.“

Himmel, mich schien das Ich-sehe-was-was-du-nicht-siehst regelrecht zu verfolgen. „Sie wissen nicht, wie der Ring aussieht“, riet ich. „Dafür

wissen Sie, wer ihn genommen hat."
„Für beides gilt: Ich glaube es zu wissen. Denken Sie sich eine breite Goldschiene, in deren Mitte ein großer, ovaler Stein sitzt. Es wird schwerlich zu übersehen sein, wer ihn trägt. Derjenige, den ich meine, ist eitel und obendrein dämlich genug, ihn sich anzustecken, auch wenn ihm der Ring nur am kleinen Finger passen dürfte."
Ich überlegte, wie er etwas lediglich zu wissen glaubte, und es doch so treffend beschreiben konnte. Und Nils Wonneberg kannte meine Gedanken gut genug, um es mir entgegenkommenderweise zu verraten.
„Jedes Material hinterlässt Rückstände auf der Haut. Gold tut es, Steine tun es. Dieser Stein müsste ein Smaragd sein. Ist es wahrscheinlich auch. Das sehen wir gleich."
„Herr Wonneberg, Sie wären mir sympathischer ohne dieses Flatterding", bemerkte ich.
„Kleidung macht nur den halben Menschen, Herr Brandt. Das müssen Sie nicht von mir hören, denn in Ihrem Parka sehen Sie aus wie Darth Vader", hielt er dagegen.
Ja, und so weit entfernt vom Krieg der Sterne fühlte ich mich momentan auch gar nicht. Da lagen Welten zwischen mir und den Hellhäutigen in Tiefschwarz. Welten, weil sie *über* dem Leben standen und ich schon eine Gänsehaut bekam, wenn ich nur unter den Argusaugen der Marmorengel an den Gräbern der Toten vorüberging. Wir würden wohl gleich auf genau jene Leute treffen und mein Gefühl täuschte mich nicht. Dort vorne am Eingang zur Kapelle standen die schwarz kostümierten oder saßen auf Grabplatten. Wir hatten Winter. In meinem Parka bemerkte ich ihn nicht sonderlich, aber meinen Hintern kühn auf Granit oder Marmor

zu betten, wäre mir deshalb auch nicht eingefallen. Vor dem Sterben konnte ihnen wirklich nicht grauen. Doch vorher bekam man eine Lungenentzündung. Das hier hätte auch Teil eines Gruselfilms sein können. Wie ich hoffte, der *harmlose* Teil.

Gerade bemerkte ich, dass ich immer noch vorneweg marschierte. „Herr Wonneberg“, raunte ich meinem Begleiter zu. „Wir sind unbewaffnet, nur dass Sie es wissen.“ Jedenfalls glaubte ich, dass Assistenten von Rechtsmedizinerinnen das in der Regel waren.

„Das weiß ich, Herr Brandt.“ Unerschrocken, mit einem leisen Ton von Angriffslust in der Stimme.

Der Blasse war sauer und wollte es zeigen. Einmal Polizist … immer … und so weiter und ich konnte Herrn Fröhlich unmöglich ins offene Messer laufen lassen. Verstecken wollte ich mich schon gar nicht – nicht hinter einem Mondabenteurer, der ein Sektionsassistent war, hinter überhaupt niemandem.

Ich sah auf die zahlreichen Hände; manche trugen Handschuhe und diese Leute sparte ich aus. Der Dieb war ein Protz, soweit Nils' Beurteilung auf ihn passte. Ein ziemlich imposanter Protz, denn ausgerechnet der Größte und der mit dem giftigsten Blick trug Nils' Ring. Emilias Ring.

„Ich entbiete den suchenden Geistern der Nacht meinen Gruß.“ Der Große neigte den Kopf, und legte die Hand mit dem Ring auf sein Herz – falls unter dieser Kleidung eines schlug.

Herr Wonneberg und ich waren keine Suchenden mehr.

„Von wegen“, sagte ich. „Und den ziehen Sie ab!“, forderte ich ihn wagemutig auf und deutete unmissverständlich auf seinen Fingerschmuck. Mein Blick aus Eis und so hart wie Stahl. Hoffentlich. Ich griff

in meine Parkatasche, hielt an zwei Fingern etwas hoch und steckte es schnell wieder weg. „Auf Friedhöfen geschehen manches Mal unheimliche Dinge und der Mond schaut zu."
„Ja klar", kam es aus den hinteren Reihen zurück. Von ein paar grellen Lachern begleitet.
„Herr Brandt", meinte Nils und piekste mir seinen Finger in den Rücken. Darauf konnte ich jetzt wirklich nicht achten.
„Moment", sagte ich. Ich war noch nicht fertig. „Ratten, die finde ich zum Beispiel ziemlich eklig. Möglich, dass hier eine Kolonie herumwuselt. Aber komisch, jetzt habe ich Sie entdeckt. Auch so eine … Kolonie."
„Herr Brandt." Wieder Nils Wonneberg und der piekende Finger.
„Hey Nils, was hat der Meister hier denn für ein Problem?"
Ich war dafür, dass wir keines hatten.
„Er hat keins. Ich würde aber darauf tippen, du hast eins. Der Meister hier ist ein Totermittler."
„An diesem Ort sind doch alle tot." Die ausgestreckten Arme des Großen umfassten so einiges. Der hätte den ganzen Friedhof umarmt.
„Wirklich alle?" Nils' Erwiderung bescherte mir sich aufrichtende Härchen im Nacken und auf den Armen. Deren In-die-Höhe-Streben konnte ich sogar unter meinem Pulli deutlich fühlen.
Kurz vorher war ich noch derjenige, der angefangen hatte zu drohen, aber jetzt brachte er mir alles durcheinander. Wir waren unbewaffnet!
„Geben Sie den Ring zurück und lassen Sie Ihre Hände von den Sachen in den Särgen. Von *sämtlichen* Sachen in *sämtlichen* Särgen." Meine Stimme besagte, ich konnte auch anders.
„Sonst?" dröhnte der Große. Herrje, wie ich diese Frage schon immer

gehasst hatte. Der Kerl gab sich ruhig, und ich hatte gerade nicht so viel Licht, um seine Augen sehen zu können. Aber da war genug Helligkeit für etwas anderes. Ein knapper Blick auf meine schöne Pilotenuhr; ich setzte auf einen Überraschungsangriff, die Zeit drängte allmählich. Ich stürzte mich ohne Vorwarnung auf den Großen mit dem Ring – auf den *Ring an dem Großen*, würde meinen Körpereinsatz treffender beschreiben. Er war auch tatsächlich überrascht, und meine Finger flink genug, um mir Emilias Ring zu sichern. Ich verbarg ihn in meiner Faust und ließ ihn nicht mehr los. Dafür hebelten mich der Schwung und die Schwerkraft aus und ich landete unsanft auf der gefrorenen Friedhofserde.

„Herr Brandt“, rief Nils.

Superman war ich nicht. Aber gleich …, ich schielte auf meine Uhr. Der Große stand über mir. Ich konnte seinen abgestandenen Atem auf meinem Gesicht fühlen und schickte ihm mein schönstes, überlegenes Grinsen entgegen. „Vergessen Sie nicht – kein Schmuck mehr aus Särgen!“

Und in diesem Augenblick ging das Sirenengeheul los. Stimmen schrieen volltönend Befehle und kurz darauf hörte man aus allen Ecken und sämtlichen Himmelsrichtungen den grässlichen Widerhall von Schüssen. Der blanke Horror brach jetzt auf dem ansonsten so stillen Friedhof los.

„Scheiße, was ist das denn???“, brüllte der Große und begann zu rennen. Und alle anderen Vollmondanhänger hinter ihm her.

Ich ließ mir zum Ein- und Ausatmen Zeit, dann schaute ich in die leer gewordene Runde. Außer Grabsteinen und Bäumen erhob sich nichts mehr.

„Herr Wonneberg?“ Ich hoffte, der war nicht mitgelaufen.

„Schon gut, Herr Brandt. Diese Fernsehreihe ist schon etwas älter und die Methoden der Leichenbeschauer sind mir zu antiquiert, aber die Polizei

macht einen guten Job, wie man hört." Er lehnte lässig an einer Säule der Kapelle, bevor er sich herüber bemühte, und sich zu mir auf dem kühlen Grund niederließ. Die Lungenentzündung war ihm gleich. Mir momentan auch. Ich war auf meine noch immer nicht genesene Hüfte gefallen.
„Spielverderber", grummelte ich. „Ich finde meine Idee mit dem Recorder schon ziemlich gut." Fand ich wirklich.
Das *Aufregende* an diesem Gerät war die Lautstärke, und diese Serien kannte auch nicht *jeder*, nur eben Herr Fröhlich.
„Sie hören nichts Gegenteiliges oder?", meinte er.
Nein, Gegenteiliges hörte ich nicht. Aber das war mir zu wenig. Mein blasser Begleiter erhob sich flinker, als ich schauen konnte.
„Haben Sie sich verletzt?", wurde ich jetzt gefragt. „Müssen wir Sie verarzten?" Er streckte eine Hand aus, um seine Mundwinkel spielte ein listiges Lächeln.
Dieses *Wir* war nun keines, dass ich als sonderlich angenehm empfand, beinhaltete es doch, diese Finger, die sonst in Eingeweiden herumkramten, auf meiner Haut zu spüren.
„Sie sind der Schneider der Toten und wenn ich soweit bin, dürfen sie ran. Ich bin noch nicht soweit." Aber es würde sich dereinst eine Situation ergeben, da ich ihn *darum* nicht würde bitten müssen. Sag niemals nie, hätte James Bond gewusst – ich wusste nichts dergleichen. Noch nicht.
„Können wir die Lautstärke irgendwie runterdrehen, sonst hüpfen bald die Leichen aus ihren Gemächern. Ich bedaure aber zutiefst, dass der Delinquent ziemlich fluchtartig vom Schauplatz verschwand und Ihr Einsatz umsonst war."
„Ich wäre stinksauer und obendrein ehrlich geknickt, wenn sich der ganze

Aufwand nicht irgendwie gelohnt hätte. Hat er aber!“ Und ich streckte zufrieden die Hand mit dem Ring aus. „Ihre Beschreibung passt perfekt.“

„Das ist *mein* Job“, meinte er huldvoll und half mir vom Boden auf.

Das dauerte etwas länger und ich ächzte. Ich war sicher noch nicht alt genug für diese Art von gebrechlichen Geräuschen. Und wenn er nicht auf der Stelle aufhörte, mich so anzuschauen …

„Sagen Sie, was haben Sie da vorher hergezeigt? Sie sind nicht mehr bei der Polizei“, stellte Herr Wonne fest.

„Ich bin jetzt Totermittler. Unheimlich einschüchternder Titel. Und nicht mal gelogen. Möchten Sie auch eine von meinen neuen Visitenkarten?“

„Klar, die muss ich haben, Herr Brandt!“, fand Nils.

Und wo wir schon soweit gekommen waren: „Casper“, schlug ich vor.

„Casper“, grinste er. „Und für Sie Herr Fröhlich – jetzt aber marsch …“

Schon gut, ich beeilte mich ja. Ich musste bloß noch diesen und einen weiteren Weg entlang, danach an hunderten von Sträuchern vorbei und dann immer in Richtung der alles beobachtenden Engel.

22
Todesurteil

Im ersten Augenblick wollte er selbst über diese Gräber hetzen, dann erst wurde ihm bewusst, dass dort etwas ungeheuer Skurriles im Gange war. Lange her, dass sich Casper Brandt im Einsatz befunden hatte. Um welchen Einsatz handelte es sich überhaupt? Überall nur schwarze Gestalten, Schwestern und Brüder der Finsternis, die es höllisch eilig hatten, sich zu zerstreuen, was es für ihn leichter machte. Für sein langes Zögern war allein das Gefühl der Sympathie für den Mann, den er gleich erschießen wollte, verantwortlich. „Ach Casper, wir haben es geschafft, uns zu unterschätzen."

Denn genau das war das Problem. Brandt hatte sich nicht täuschen lassen. Über seinen Einfallsreichtum konnte man schon lachen. Nur um dann unversehens festzustellen, dass Casper der Letzte war, der lachte. Und wenn er ihn noch länger ermitteln ließe, dann wäre sein neues Leben, so wie er es sich zusammengelogen und zusammengestohlen hatte, vorbei.

„Tut mir leid, aber ich möchte dieser Letzte sein!", flüsterte er in das hämmernde und heulende Dunkel hinein. Er verbarg sich hinter einem der Marmorengel. Von dort kamen die Schüsse, von dort würde auch der einzig tödliche kommen. Die Pistole war so lange nicht mehr benutzt worden, dass er sie vorsorglich Stück für Stück zerlegt, gereinigt und anschließend wieder zusammengesetzt hatte. Die einzelnen Handgriffe liefen wie geschmiert. Wie zu seinen besten Zeiten. Er würde rückfällig werden. Und dann wäre Casper ihm auf den Fersen. Auch wenn diesem

jetzt noch der Ausschnitt fehlte, der ihn über das Motiv aufklärte …
Was für ein schicksalhafter Zufall – und Casper Brandt glaubte nicht an Zufälle – dass man jemandem über den Weg läuft, der etwas gesehen hat, das er nicht hätte sehen sollen. *Er* hatte die falsche Entscheidung getroffen, aber der dumme Junge hatte erst viele Jahre später den für ihn *tödlichen* Beschluss gefasst, weil er sein Sportlergehalt ein wenig aufbessern wollte. Gier bringt die Menschen dazu, und Gier tötet sie am Ende auch. Vor zehn Jahren starb ein Wachmann in der Bank, die er überfallen hatte. Dieser Junge, damals ein Teenager, wurde Zeuge des Überfalls und sah den Bankräuber aus dem Eingang der Bank kommen, wo er sich beim Hinausrennen die Maske vom Gesicht riss. Es wäre klug gewesen Linus Moritz gleich auf der Stelle eine Kugel in den Kopf zu jagen – damals. Da hätte er es noch tun können, ohne ihm einen Namen zu geben. Heute war Linus Moritz wieder so namenlos, dass die Presse nicht einmal eine Meldung über seinen Tod brachte. In Kürze hätten sie aber einen ganz anderen Bericht und dazu eine Todesmeldung.
Unter dem Schatten des Engels war er nur ein weiterer Schatten und er brauchte sich nicht einmal bemühen, leise zu sein, denn der Friedhof war gerade überhaupt nicht friedlich. Casper trug diesen Parka. Schreckliches Ding, aber seine alte Sig Sauer würde den Stoff und das weiche Fleisch glatt durchschlagen.
„Sauer“, würde Casper sagen, „hast du mich gemacht.“ Und das in doppelter Hinsicht. Denn wenn der Privatermittler erst einmal auf seine farbige Vergangenheit stieß …
Der Schuss musste ein Treffer sein. Ihn durfte Casper Brandt nicht überleben. Die Entfernung relativierte sich mit jedem Schritt, den er

Casper, dem Geflügelten und dieser wahnsinnigen Polizeicombo näher kam. Er lud durch, es klickte. Das Klicken war nur für ihn und seine Ohren bestimmt. Vielleicht meinte er auch bloß, es zu hören, doch er fühlte es – ganz sicher. Die Sig Sauer versprach eine maximale Mannstoppwirkung.

Der Wachmann in der Bank hatte auch gemeint, den Helden spielen zu müssen; Herrgott, es ging um Geld. Das war zu ersetzen und kaum den Einsatz des eigenen Lebens wert. Also, wofür? Helden starben am Ende. An diesem Ende sicher.

Er drückte den Abzug; es ging leicht, obwohl er Casper Brandt geschätzt und gemocht hatte. Für Mitgefühl war kein Raum mehr. Der Schall zerriss die Luft und er gönnte sich noch die anschließenden paar Sekunden, um zu sehen, wie Casper zurückgeschleudert wurde – rücklings auf eines der Gräber. Caspers käsig-fahle Begleitung wurde im Schein seiner Laterne weiß. Wenn er schrie, dann hörte ihn niemand. Nicht in dem künstlichen Getöse des Brüllens und der Schüsse.

24
Schauplatz der Tat

Es war ein echter Schuss gewesen.
Weil es gar nichts anderes sein konnte, und die Wucht des Geschosses war ziemlich gewaltig. Nils untersuchte für gewöhnlich das Endresultat, noch nie hatte er sich vor Ort befunden, einen Anschlag hautnah miterlebt, im Angesicht des Todes. Nähe, dachte Nils Wonneberg. So unmittelbar, dass der Täter sich noch irgendwo hier aufhalten musste. Doch das durfte ihn nicht kümmern, denn die Zeit schert sich nicht um einen Mörder, doch für das Opfer gab es nur sie. Und er würde jetzt ein bisschen Zeit spielen.
Casper Brandt lag regungslos auf einem Grab, die lautstarke Krimiserienuntermalung hatte endlich aufgehört. Nils hätte jetzt auch wirklich keinen Nerv gehabt, nach dem Ursprung der Geräuschkulisse zu suchen. Die aufdringlichen Fragen, die ihm durch den Kopf schossen, ausblendend, beugte er sich über den Mann am Boden. Verloren war gar nichts, doch die Kugel hatte den Parka in Höhe des Herzens mühelos durchschlagen. „Sie haben so was geahnt", sagte er zu Casper, obwohl er sicher sein konnte, keine Antwort zu bekommen und zog am Reißverschluss. „Und wie Sie es geahnt haben." Er schüttelte den Kopf, als könne er nicht glauben, was er da vor sich sah.
Um einen Krankenwagen zu alarmieren, war es zu spät. Nils Wonneberg forderte deshalb gleich die nachtschwärmerischen Kollegen und einen

Leichenwagen an, bevor er sich dazu entschloss, Frau Professor mit einer dringlichen SMS von ihrem verlängerten Medizinerkongresswochenende wegzulotsen.

Es brennt und wir müssen löschen. Kein Gefängnis, aber schlimmer. Kommen Sie ins Institut. Nils.

Der schwarze Leichenwagen stoppte nicht vor dem Hauptportal, er kam auf direktem Weg zu Caspers Grab, das Tempo *kein* gemessenes, dafür hätte Nils den Kameraden auch ziemlich eingeheizt. Die beiden Männer starrten auf den Körper, der inmitten von weißem, sachte überzuckertem Grünzeug, das dem Winter trotzte, wie eine hingeworfene Puppe da lag; inmitten der letzten Ruhestätte von Conrad Loch samt Familie.

Nils fand das „Loch" in Anbetracht der mörderischen Umstände doch sehr bezeichnend. Conrad Loch – der Herold des Todes.

„Du siehst ziemlich komisch aus", bemerkte einer der Männer und zupfte an seinem Cape.

„Hast du ihn so gefunden? Abartiger Zufall. Ist das Ding auf seiner Brust eine Schusswunde? Nils, was geht hier ab? Sollte nicht die Polizei …?"

„Es muss schnell gehen. Die Polizei ist nicht schnell. Nicht *diese* Polizei." Nils Wonneberg versprach ihnen spontan alles, wenn sie sich mit ihrer Fracht beeilten. Sein großzügiges Angebot wurde entsprechend dankbar angenommen.

„Auf die Bahre mit ihm!", gab der ältere Anweisung.

Nils nickte und zog den Reißverschluss von Caspers Parka wieder zu, im Leichenwagen war es kalt, auch wenn das den Privatermittler nicht interessieren dürfte.

„Die Ratte läuft auf zwei Beinen“, meinte er zu niemand Bestimmtem. Was sollte er Jutta Eisenreich erzählen? Er wäre wirklich nicht gut, wenn Frau Professor ihren Casper Brandt so zu sehen bekam. Es wäre ein echtes Drama im Sinne einer Herzensangelegenheit. Wer?, fragte er sich, doch dieses Wissen hatte der Privatermittler, so wie es aussah, mit ins Grab genommen. Nils würde aufräumen und er würde es besser gleich tun, bevor am nächsten Morgen einige Friedhofsbesucher Caspers Sachen fanden und sich darüber aufregten, dass Jugendliche wieder mal eine Geisterparty gefeiert hatten.
Nils Wonneberg nahm mit seiner Laterne die Fahndung nach dem Versteck der geheimen Zutaten vom nächtlichen Einsatz des Sonderkommandos auf. Ein Stück weit waren sie ja gekommen, Casper hatte gedeutet und irgendetwas über geflügelte Wächter gesagt. Die Engel. So ein bisschen Gewissen regte sich. Nils wusste nicht sicher, dass es Casper genau so ergangen war, aber er konnte es sich denken. Dabei waren diese Statuen lediglich das Werk guter Steinmetzarbeit. Am Sockel fand sich auch der Recorder samt Kassette, auf endlos geschaltet. Gottlob hatte das Band sich schon vorher gefressen. Nils verstaute alles in der dazugehörigen Tragetasche. Beobachtet nur von den Marmoraugen der Engel. Der Mörder war längst fort. Doch dort im Schatten der Himmlischen musste er gestanden haben, die Entfernung passte.
Eine schaurige Vollmondnacht. Und zum ersten Mal konnte Nils Wonneberg ihr nicht das Geringste abgewinnen. Unbewusst hatte er sich Emilias Ring übergestreift, auf dem jetzt das Mondlicht badete, er wusste nur, dass es etwas Dringendes zu tun gab, und etwas ebenso Dringendes herauszufinden.

Nach der Friedhofsdüsternis und dem Schein der Laterne blendete das helle, weiße Licht im Institut Nils' Augen. Er war allein mit Casper Brandt – dem stillen, vor sich hin schweigenden Privatermittler. Vollständig angekleidet fand sich normalerweise keine Leiche auf diesen Stahltischen.

Und nur weil Casper einen Anschlag – wie auch immer – vorausgeahnt haben musste, war er jetzt auch noch am Leben.

„Es gibt Westen für so was!“, schimpfte Nils und zog zum wiederholten Mal am Reißverschluss des Parkas. Dort drin kam alles Mögliche zum Vorschein, eine wahre Fundgrube. Nicht zuletzt hatte Jo Kurz' Akte den Weg der Kugel abgelenkt. Casper Brandt hatte wirklich enormes Glück gehabt, denn seine mehrlagige Unterwäsche und die übereinander gezogenen Pullis, hätten diese relative Verschonung im Notfall unmöglich bewirken können.

„Wir haben die Kugel … gleich. Sie steckt in Ihrer Schulter.“ Nils packte den Patienten aus, stoppte die Blutung und untersuchte die Wunde.

Casper Brandt bewegte sich. Eine Leiche konnte kaum blasser sein. „Mein Albtraum, Herr Fröhlich“, krächzte Casper mühsam. „Ihre Hände auf meiner Haut. Daran musste ich noch denken … bevor …“

„Mit dem Denken ist jetzt aber erst einmal Ruhe. Das Projektil ist ein Beweisstück. Mal sehen, wo genau es steckt. Ich muss mich sagenhaft konzentrieren. Sie sind ein lebender Toter und die habe ich NIE unter meinen Händen.“

„Wie Sie es schaffen, einem Verlorenen Mut zu machen, Herr Fröhlich. Ich wurde auch noch nie angeschossen.“

„Sie wurden nicht angeschossen“, sagte Nils.

„Sie sind tot. Oder wären es jedenfalls, wenn Jo Kurz nicht dafür gesorgt hätte, eingesteckt zu werden.“
„Jo Kurz hat mein Leben gerettet“, sinnierte Casper Brandt, und Nils Wonneberg ließ ihn. „Ich kann seines nicht retten … Sie müssen etwas für mich tun. Hören Sie mich?“
„Ich bin hier. Und ich tue etwas für Sie, wenn Sie endlich still sind.“
„Eine Nachricht für jemanden, der in der Hölle ist. Die Nummer habe ich … nicht bei mir. Jo Kurz war nicht tot. Niko Vormann muss es wissen und Margit auch.“
„Alles, was Sie wollen“, versprach Nils. „Später.“ Hypnos würde den Privatermittler gleich mit offenen Armen empfangen …
„He, Herr Fröhlich, was machen Sie denn da?“, fragte Casper, als er den Stich spürte. Die Flüssigkeit verteilte sich, nahm zuerst das Gehirn in Besitz, bevor sie sich sanft auf die Muskeln und sämtlichen Überträger der Beweglichkeit legte.
„Gute Nacht, Casper“, sagte Nils Wonneberg.

„Nein!!! Bitte … Nils???“
Der Sektionsassistent hatte sich ganz seinem Tun gewidmet und Frau Professors Eintreffen nicht bemerkt. Jetzt schreckte er zusammen, wie das keine übersinnliche Erscheinung um Mitternacht bewirken konnte. Die er allerdings noch nie gehabt hatte.
Jutta Eisenreich stand (eben gerade noch) vor ihm, in einem schicken Kostüm. „Frau Professor, das ist *nicht* der passende Moment!“ Er eilte um den Stahltisch herum, das blutige Skalpell noch in einer Hand.

Sie war sehr lautlos auf den kalten Marmorboden gesunken und das Weiß ihrer Kleidung wurde zum Weiß ihres hübschen Gesichts, das zum Weiß der Neonbeleuchtung passte. Nils trug dagegen noch immer sein schwarzes Cape, aber dazu hatte er selten so mondscheinhell ausgesehen. Er legte das Werkzeug beiseite, riss sich die Handschuhe von den Händen, immer mit Blick auf Casper Brandt, seinen Patienten.
„Das wollte ich nicht. Und das will ich auch nicht, aber …" Nils versetzte seiner Frau Professor einen saftigen Klaps auf die Wange. Jutta Eisenreich murmelte etwas von Todesgedichten und einer verlorenen Liebe. Er hatte wirklich überhaupt nichts unternommen, um sie *nicht* zu erschrecken und wollte ihr jetzt nicht sagen, sie solle sich nicht aufregen. Die blutigen Handschuhe sprachen eine ganz andere Sprache.
„Was … ist passiert?" und jetzt weinte Jutta Eisenreich.
Sie fuhr sich über die Wange, in die ein dezentes Winterrot zurückgekehrt war. Das konnte er nun gar nicht gebrauchen. Es wäre vielleicht nötig gewesen, wenn …
Aber dieses *wenn* gedachte Nils Wonneberg zu umgehen. „Ich musste ihn einschläfern", bemerkte er, als läge dort ein Tier. Er hörte sich schon beinahe so konfus an wie Casper Brandt.
Frau Professor starrte ihn an. „Was habt ihr beide getan???", schrie sie.
Mit ein paar Sätzen umriss Nils die Sachlage für Jutta. Für eine ausführlichere Schilderung war keine Zeit, er brauchte diese verdammte Kugel, bevor die noch größeren Schaden anrichten konnte.
„Kommen Sie auf die Beine und helfen Sie mir. Ich traue mir zu, die Kugel aus ihm herauszuholen, aber ich habe bloß zwei Hände. Und ich bin

kein Arzt. Soweit ich das beurteilen kann, wurde das Projektil abgelenkt und drang unterhalb der Schulter ein. Es ist eine Fleischwunde. Aber das mörderische Teil steckt noch da drin."

Jutta Eisenreich beugte sich zu Casper Brandt und strich ihm eine verirrte Haarsträhne aus dem Gesicht.

„Du ziehst das Ding aus. Sofort." Frau Professor deutete auf seinen Umhang – das Vampirmäntelchen, wie sie es nannte. „Wie viel Blut hat er verloren? Was hast du Casper gegeben?"

„Gut, dass Sie zurück sind!", meinte Nils jetzt erleichtert.

25
Finde ihn heraus …

An mir war alles zu Eis erstarrt – nur an einem Ende brannte ein mächtiges Feuer. Vielleicht waren es zwei Enden; meine Schulter und der lodernde Zorn. Der Fuchs war aus seinem Bau gestürmt, weil ich ihm keine Wahl ließ. Doch ich hatte mich gemein verbrüht. An der Freundschaft oder dem, was ich irrtümlich dafür hielt. Und kein Engel wies mir den Weg … Engel.

„Herr Fröhlich? Sind Sie da irgendwo?“ Natürlich meinte ich mit dem Engel nicht Juttas Assistenten, doch waren mir meine Utensilien, auch wenn Nils Wonneberg sie für absolut veraltet hielt, wichtig. Obendrein fühlte ich mich gerade nicht tot genug, um irgendetwas verloren zu geben.

„Casper.“ Zögerlich, mitfühlend und besorgt. Keine Männerstimme.

„Jutta … du hast dir aber wirklich Zeit gelassen. Um ein Haar wärst du zu meinem Sterben zu spät gewesen. Um ein ziemlich dünnes Haar.“ Wenn ich so klang wie gerade, tat ich mir leid. Ich sollte mir nicht leid tun.

„Ich bin immer zu spät, Casper. Sieh dich um.“ Meine grünäugige Fee wollte mir etwas zeigen, aber ich schloss die Augen. Ich konnte mich nicht bewegen, ich war wehrlos. Da brauchte ich keine Gesellschaft. Sollten die Leichen bleiben, wo sie waren.

„Conrad Loch wollte Sie nicht behalten wie es aussieht.“

„Herr Fröhlich, wer ist dieser Conrad Loch?“ Einen Mann dieses Namens kannte ich nicht. Ich wollte auch niemanden kennen, der nach einer Vertiefung hieß.

„Sie sind … sozusagen zufällig darauf gestoßen worden. Auf die versammelte, verblichene Familie Loch.“

Wieso entschuldigte sich Nils Wonneberg gerade für mein Dilemma? Herrgott noch mal, wir waren auf einem Friedhof gewesen! Wo sollte ein Mordopfer denn sonst landen, als auf einem der Gräber. Und natürlich haute einen die Wucht einer Kugel um. Mir hatte sie nur ein bisschen mehr als nur die Luft aus den Lungen gelassen. Meine Affinität zu Gräbern und deren Inhalt hielt sich aber in Grenzen. **Mord**. Schon wieder. Ein halber allerdings, und kein vollendeter. Mir genügte er dennoch. Woran auch immer ich gedacht hatte, womit auch immer ich gerechnet hatte, aber eine bewegte Szene, wie die eben erlebte … Jedenfalls hatte ich mich nicht einmal ansatzweise tot gesehen.

„Es gibt nirgendwo Zufälle, und darum muss ich …“ Hier weg, wollte ich sagen, aber diese Anwandlung dauerte nur eine Sekunde. Mir ging es um meinen Lebensretter – um Jo Kurz. Ich glaubte, ich hatte mich dahingehend etwas sagen hören. Bevor Herr Fröhlich fand, ich sollte endlich still sein. „Ich muss noch eine Nachricht schicken … Mein Versprechen.“

„Der Tod passiert schnell, das Leben hat ein bisschen mehr Zeit“, gab mir mein Leibschneider zu verstehen.

„Wie spät ist es denn?“, fragte ich. Mein Handgelenk fühlte sich zeitlos an. Man hatte mir alles genommen. Herr Wonne, vermutete ich. Wie lange lag ich so schon da? Unnütz, auf einem Untergrund, den ich einem Toten raubte, vermummt bis zum Kinn, eine Nadel im Arm und nur mit einem Viertel Gehirnfunktion bewaffnet, weil jemand namens Anästhetikum meine Venen geflutet hatte. Ich glaubte, das Zeug noch hämisch kichern zu hören.

„Wir haben Mittagszeit – nach deiner traumatischen Nacht“, bekam ich die erbetene Auskunft.
Mittagszeit. Aber es war nicht der Hunger, der mich ermahnt hatte. Weshalb spürte ich dann so deutlich den Morgen? War ich etwa nackt? Ich *war* nackt. Das war der Grund für mein Morgenempfinden. Oh, Casper Brandt. Ich wurde rot – und rot war gar nicht so viel besser als tot.
„Jutta, sieh nicht hin!“, bat ich.
„Verhältnisse sind eine eigenwillige Sache, Casper. Sie führen früher oder später zu einem solchen Haut an Haut Erlebnis. Ich habe mir geschworen, nie wieder den Marmorboden zu spüren und die Deckenbeleuchtung von unten zu sehen. Du wirst mir auf der Stelle sagen, wer es war, den du so verärgert hast, dass er dich um jeden Preis tot sehen will!“
Um *jeden* Preis. Das war richtig. Und darum konnte es hier und jetzt nicht zu Ende sein. Mir fehlte aber immer noch ein Motiv. Ich hatte den Täter – und hatte ihn nicht.
„Herr Fröhlich weiß *ein bisschen* mehr“, wich ich aus. Nils Wonneberg hatte nichts dergleichen gesagt, doch ich war mir sicher, dass er die Stunden, die inzwischen vergangen waren – das Zeitloch – bis zu meinem Erwachen, sinnvoll genutzt hatte. Sagen würde ich das so nicht, aber doch, ich traute dem jungen Mann einiges zu. Er hatte die Kugel entfernt. Die Kugel. Und in den Händen eines Experten, der sich damit auskennt, werden auch diese deformierten Überreste sicherlich zu einer Offenbarung. Ich wollte nach dem Ergebnis tasten, aber mir gehorchten momentan zu wenige Muskeln. Kein einziger um genau zu sein.
„Herr Fröhlich weiß ein bisschen mehr“, hörte ich irgendwo über meinem Kopf eine Stimme und zwischen langgliedrigen Fingern

bemerkte ich andere Finger – ältere, knochige, die mir zuwinkten.
„Die ehrenwerte Miss Emilia“, sagte ich und brachte es sogar fertig, fast ruhig zu bleiben. Fast.
„Immerhin so ehrenwert, dass eine nicht unwesentliche Belohnung für die Wiederbeschaffung dieses Schmuckstücks ausgelobt wurde. An der Hand scheint die Familie weit weniger interessiert. Ist er nicht eine Pracht?“
Und ich sah Juttas Assistenten voller Entzücken über den prächtigen Stein auf Emilias Ring streichen. Belohnung. Wohlklingend, aber gleichzeitig empfand ich es wie den fetten Köder eines Anglers. Er steckte mir schmerzhaft im Hals, den ein Fisch nicht hat – dafür in einer Region unterhalb des menschlichen Schulterbogens. „Das ist nicht mein Verdienst, es ist Ihrer“, meinte ich.
„Überlegen Sie es sich. Verdient ist verdient. Es gäbe da einiges zu besorgen. Schon wegen Ihres nächsten Falles.“
Wie diplomatisch. Dabei wollte mir Herr Fröhlich zu verstehen geben, dass er einen umfassenden Blick auf meine armseligen Privatermittler-Utensilien geworfen hatte. Natürlich würde es einen nächsten Fall geben. Aber gerade kämpfte ich noch um Erholung und bedurfte keinesfalls eines weiteren Falls.
„Herr Brandt … Casper …“ Nils unterbrach sich. Warum bekam er seinen Satz nicht zu Ende?
Oh, mir schwante da Schauderhaftes, denn der anschließende wäre gut gewesen, um mich von den Socken zu fegen, trüge ich noch welche.
„Er reißt uns beiden die Ei … nein, das wiederhole ich nicht. Casper, mir blieb keine Wahl. Das war ein Anschlag auf Ihr Leben.“
Nils Wonneberg hatte doch nicht …

„Sie haben doch nicht …“ Und jetzt bewegte ich mich, büßte dieses Rühren aber bitterböse. Der Schmerz war ein Indianer mit einem Giftköcher, aus dem er in rasender Abfolge Pfeile herauszog, einspannte und abschoss. Ich sog die Luft ein, als vermutete ich dahinter ein Vakuum. Kriminalhauptkommissar Ingbert Reif. Verflucht.
„Er reißt uns noch viel mehr ab“, behauptete ich. Meine Güte, ich hätte weder gestern, noch heute, noch jemals wieder daran gedacht, das Gesetz zu brauchen. Dazu an meiner unmittelbaren Seite.
„Er ist wirklich geladen.“
Das war genau die Problematik mit Ingbert.
„Er beeilt sich, sagt er. Wir sollen uns auf etwas gefasst machen, meint er.“ Nils ergab sich in sein Schicksal, doch da hatte ich es schon wahrgenommen. Ein kleines Verziehen der Mundwinkel. Erfolg? Welchen?
„Sie waren im Polizeicomputer“, riet ich. Wir waren also doch die Ersten. Wie kindisch, aber gerade tat das winzige bisschen Überlegenheit doch gut. Es tat *besser* als gut. Ich wollte mir die Hände reiben, bekam aber keine von den beiden in Stellung. Dafür konnte ich sehen, wie Jutta sich die Ohren zuhielt und gleichzeitig den Kopf schüttelte. Keine sonderlich überzeugende Geste. Frau Professor kam mir wie mein Kater vor. Du hast keinen Kater, Casper Brandt!
„Nicht, um das zu tun, wovon Sie da gerade träumen“, brachte mich Juttas Assistent wieder auf den Boden der grauenhaften Tatsachen, jenseits meiner Vorstellung von meinem *besser-als-gut-Gefühl* zurück.
„Das würde uns ihr ehemaliger Kollege noch bis zur mexikanischen Grenze nachtragen. Das können wir uns nicht leisten. Ich wollte mich versichern, dass unser Peter, Linus Moritz ist und das habe ich. Und ich

habe Mr. Bone-dry eine sehr persönliche Nachricht geschickt. Wirklich sehr persönlich."

Bone-dry. Furztrocken. Ich lachte … Es tat höllisch weh. Nils' Grinsen konnte ich aber nicht deuten. Wir hatten gar nichts zu grinsen.

„Haben Sie ihm Krokodillederstiefel versprochen?" Na ja, soweit würde sich nicht einmal Ingbert herunterlassen. Bestechung im Amt.

„Nicht einmal welche aus getrockneten Froschblasen", und Nils grinste dazu immer noch.

Wären es getrocknete Froschblasen gewesen, hätte ich den Kampfmarsch bestimmt nicht vernommen. Aber da war er im *Anzug* … und wie immer im Anzug. Jetzt durfte ich einfach nur froh sein, dass ich meinen Slip anhatte. „Ich möchte bitte eine Decke. Schnell." Ingberts Androhung diverser Verstümmelungen der unteren Regionen, brauchte ich hier nicht auch noch bildlich entgegenkommen.

„Casper Brandt!" Ein Grollen, das auch noch meine oberste Hautschicht taub werden ließ. Ingbert Reif wollte sich auf mich stürzen. Aber die Blöße gab er sich nicht. Und ich mir auch nicht, denn Jutta Eisenreich hatte die meine inzwischen bedeckt.

„Bloß nicht rütteln, ich leide." Mein Beinahetod beeindruckte mich mehr als ich wollte. Ingbert sollte er auch gebührend beeindrucken.

„Du verdammter Idiot, lässt dich abknallen!", geiferte er und tat, als hätte er nicht eben noch daran gedacht, mich selbst ins Jenseits zu befördern.

„Weißt du, was Dracula getan hat? Ist der komplett irrsinnig?"

Ingbert erwartete, das ich Stellung bezog, was schwierig war, denn ich hatte ja keine Ahnung was der Grund für Nils zufriedenen Ausdruck war.

„Dazu kamen wir noch nicht", musste ich zugeben. Herr Wonne mochte

Ingbert wirklich nicht. Und an seinen Unterbauch verschwendete er ganz offenbar keinen Gedanken. Brauchte er auch nicht, mit einer ganzen Auswahl von funkelnden, scharfen Skalpellen in Reichweite. Was war das bloß, was den Kriminalhauptkommissar so derart in Rage versetzte.
„Der elende Blutsauger … kam mir mit quid pro quo. Hat er nicht zufällig von dir? Wahrscheinlich doch. So einen Bullshit redet sonst niemand. Ich gebe euch Feuer, Casper. Euch beiden und zwar ganz gewaltig. Er will mit mir dreist über einen Mord verhandeln, aber *nicht* über den an dir."
„Ja, doch das hat er ansatzweise von mir", bekannte ich. „Obwohl ich die Pullman-City-Episode da doch ganz klar favorisieren würde." Ich hatte immer noch keinem Menschen davon erzählt, aber der Kriminalhauptkommissar sollte ruhig glauben, dass ich in Erwägung zog, es zu tun.
„Herr Fröhlich …", rief ich.

26
Bestechliche Erfolge

Ingbert wäre kein Mordermittler, wäre ihm Blut nicht aufgefallen. Jutta Eisenreich, trug ein weißes Kostüm, auf dem sich kleinste Blutspritzer befanden; modisch völlig unpassend. Demnach musste es eng gewesen sein für Casper Brandt. Und in einem Glas thronte das Projektil, das auf den Privatermittler abgefeuert worden war. Die Kugel ging an die Ballistik und Ingbert würde entsprechend Druck machen, immerhin handelte es sich um einen Mordanschlag.

Nicht einmal der Teufel mochte Casper Brandt, obwohl Ingbert dem Höllenfürsten ihn von Herzen anempfohlen hatte. Die Tricks und dummen Versteckspiele seines ehemaligen Kollegen gingen ihm gehörig auf die Nerven. Ingbert hasste es, wenn jemand besser über seinen Fall informiert war und wenn derjenige Casper Brandt hieß, empfand er das als unerträglich. Womöglich hatten zwei Jahre als Privatermittler Scharfsinnigkeit zur Folge. Vielleicht sollte er überlegen, es auch mal zu versuchen. Ermitteln konnte man überall. Auch an Caspers Erwähnung der Westernstadt dachte er besser nicht, denn sonst … Er hatte wirklich große Lust, für den Kerl eine Schlinge zu knüpfen, verdammt große Lust.

Ausgerechnet nach Pullman-City hatte ihn ein Ermittlerfall geführt und er wollte sich partout bemerkbar machen. Das hatte er geschafft, und genau mit der Erwähnung dieser *Episode*, wie er sie nannte, fuchtelte Casper Brandt jetzt vor Ingberts Nase herum. Nein, der schnüffelnde

Privatermittler würde es *nie* Erpressung nennen. Er nannte es quid pro quo. Dracula nannte es auch so. Wenn du was willst, dann tu etwas dafür, lautete Ingberts eigene Übersetzung. Und darum war es Erpressung!
Ein gewisser Privatermittler glaubte zu wissen, wer das Opfer war und wer der Täter. Und natürlich wusste er angeblich auch genau, wer auf ihn geschossen hatte. Casper Brandt konnte *beinahe* beweisen, dass der Mord in dieser Schlucht und der versuchte Mord an ihm zusammenhingen. Der konnte einen in den Wahnsinn treiben. „Beinahe", grunzte er abfällig. *Beinahe* gefiel einem Kriminalhauptkommissar prächtig. Aber in Ingberts Verantwortungsbereich wurde trotzdem niemand ungestraft angeschossen!
Er hatte an diesem Stahltisch im Institut gestanden, auf dem der halbtote Kerl wegen seiner Schussverletzung behandelt wurde, und tatsächlich mit ihm verhandelt. Casper behauptete, der Name des Toten sei Linus Moritz, dazu wusste er angeblich, wo die verdammte Tatwaffe deponiert lag und obendrein bekam Ingbert einen Beweisbeutel mit einer Visitenkarte und einem Fingerabdruck vom Mörder. Und weil das noch nicht genug war, tauchte da auch noch ein Biathlet namens Jo Kurz auf, der laut Casper Brandt nicht ganz freiwillig in einer Kiesgrube gelandet war.
Das war zu viel. In jedem Fall zu viel Casper Brandt! Und dann wollte er ihm zudem noch Anweisungen geben, was er mit der Visitenkarte und dem Fingerabdruck anstellen sollte.
„Er nervt!", sagte Ingbert Reif zu sich und das war selbstverständlich eine Meinung von gegenseitigen Überzeugungen. Ingbert befolgte keine Anweisungen. Pullman-City war kein Grund, Anweisungen zu befolgen. Er hätte nur wirklich gerne gewusst, was Casper Brandt und Dracula auf

diesem Friedhof gewollt hatten.
„Wir müssen uns die Mordwaffe holen. Und wir müssen uns den Mörder schnappen!“, so der Privatermittler.
Ingbert hatte ihm gesagt, dass es kein *wir* gab. Casper hatte erwidert, dass gäbe es aber schon, sogar seine Frau Eusebia könne das bezeugen. Dieser Täter hatte doch seine Schulter erwischt, oder? Zwischen ihnen gab es ja nicht mal Freundschaft. Mit einem, der sich am Rand des Gesetzes bewegte, konnte man nicht befreundet sein. Privatermittler bewegten sich doch *nur* dort entlang. Haarscharf.
„Ingbert … stürm' meinetwegen die Kaserne allein, und greif dir, was auch immer in dem verdammten Kühlschrank liegt. Für den Mörder habe ich schon einen Plan.“
Er sagte ihm, dass er einen Dreck zu haben hatte und außerdem keine Marke, jedenfalls keine, auf der Polizei stand. Doch sein ehemaliger Kollege ließ nicht locker. Wie schaffte es ein saft- und kraftloser Casper Brandt so nervtötend zu sein … Ingbert hatte sich schließlich breit schlagen lassen. Und während der ganzen Zeit sezierte ihn Draculas Blick. Leichenzerstörer, hatte er ihn flüstern gehört. Es gab Leute, deren Flüstern laut war. Ingbert versuchte nach Kräften, die allerpersönlichsten Scher-dich-zum-Teufel-Wünsche beiseite zu lassen und … tat es wirklich. Anweisungen befolgen.
Er kam sich vor wie eine Marionette an diesen dämlichen Fäden; Casper, der Marionettenspieler zupfte mal hier und mal dort und er bewegte sich auf dessen Bühne. Zum ersten und zum letzten Mal, sagte er sich und fuhr zur Bundeswehrkaserne am Grenzadler in Oberhof. Sein Ziel – ein gewisser Kühlschrank.

Entsprechend sauer marschierte er dort ein und scheuchte den Typen, der seine Hände gerade in einen schwarzen Müllsack steckte, weg.
„Hey, da drin ist mein Wachs", protestierte der.
Er hatte Recht, doch das Wachs interessierte nicht, dafür der etwas kleinere Müllsack in der Nachbarschaft des großen, dicken.
„Schön, Casper. Dann wollen wir mal sehen …" Und Ingbert sah es. Eine Stahlrute, schmal und länglich, blutig mit allerhand unappetitlichem Zeug drauf. Haare. Hirn. Haut. Wie kam ein Privatermittler zu der Information? Verflucht deprimierend, fand Ingbert. Aber wie auch immer. Er musste das Mordwerkzeug schnellstens bei der Spurensicherung abliefern – Gefahr im Verzug.
Auf seinem Schreibtisch im Büro lag eine Nachricht, die besagte, dass das Projektil aus Caspers Wunde von der gleichen Waffe stammte, die auch schon in einem anderen Tötungsdelikt verwendet worden war. Das wurde ja immer haarsträubender! Blieb noch der Abgleich der Fingerabdrücke. Ingbert quälte sich und das Computerprogramm, um aus dem Kasten etwas herauszubekommen. Es dauerte ewig, bis die Datei ihm endlich ein O.K. gab, aber hier ging der Ärger weiter. Da passte etwas überhaupt nicht zusammen. Das konnte doch gar nicht sein!
„Casper Brandt!", tobte Ingbert Reif.

27
Die Stille der Spannung

Ich saß auf glühenden Kohlen. Und da war noch einiges zu erledigen, dass ich augenblicklich aufgrund meiner eingeschränkten Beweglichkeit nicht erledigen konnte. Sonderlich wohl fühlte ich mich nicht, und keine meiner Empfindungen hatte große Lust mich dahingehend überzeugend zu belügen. Zwei Tage, viele Stunden, die inzwischen hinter mir lagen; in denen mich Schmerzwellen und zusätzliche Angriffe von Seiten des Kriminalhauptkommissars heimsuchten.

Den Käseblättern war natürlich nicht erlaubt worden, von einer Schießerei auf dem Friedhof zu berichten. Doch nicht während eines Biathlonweltcups. Man könnte ja meinen … man könnte vieles meinen, aber wenig glauben.

Über Casper Brandt gab es auch nichts zu lesen – keine Todesanzeige umfasst von einem schauderhaft, schwarzen Rand. Und das hatte ich einer Akte zu verdanken; bestimmt nicht meinen Vorsichtsmaßnahmen, die nicht sonderlich gründlich, auch nicht zeitintensiv, dafür aber geradezu brutal ungenügend ausgefallen waren. Ratten, Casper. Um diese Viecher, Gebeine und einen Ring hatte sich mein Denken gedreht. Meine Annahme, mein Mörder wolle mir höchstens einen Schrecken einjagen, hatte sich in dem Moment verflüchtigt, in dem ich den Einschlag in meinen Körper spürte. Er servierte mir eiskalt den Tod.

Ingbert war mit entsprechend saurer Miene abgerauscht, und bevor ich mich versah, wieder aufgetaucht. Wenn er zuvor, laut Nils Wonneberg *geladen* war, wusste ich nicht, wie man das jetzt nannte. Im Rechtsmedizinischen Institut hatten buchstäblich die Kacheln an den Wänden gewackelt. Der Kommissar hätte sich doch vorher austoben können. Immerhin hatten wir ihm das Beweismaterial auf einem Silbertablett serviert. Herr Wonne, Jutta und ich.

Nein!, die Lärmerei sparte er sich für mich auf. Die Crux an der Sache war, dass ich eine Forderung stellte und das in meinem fragilen Zustand. Eines musste man Ingbert Reif aber wirklich hoch anrechnen und ich gab mir ziemliche Mühe mit dieser Rechnung; er befolgte meine Anweisungen. Obwohl er sich hinterher herausreden würde, ein zum Privatermittler degradierter Kriminalkommissar erkenne zwar den Ansatz, schaue aber zuviel *Crime*. Und diese Serien lügen.

Ich kam mir aber genau wie eine Figur aus diesen Lügenserien vor. Der Arglose, der Schiffbruch erleidet. Trotz zuviel *Crime*; na, wenn Ingbert erst eine Ahnung bekam, *wie viel* tatsächlich … er ahnte nichts dergleichen, weil Herr Wonne meine Sachen vom Friedhof eingesammelt, und die Tasche an einem Ort verstaut hatte, auf den der Herr Kriminalhauptkommissar keinen Zugriff hatte. Überhaupt brauchte Ingbert nicht alles zu wissen, weil ich fand, dass *Alles* zu viel des Guten war.

Sämtliche Analysen, die des Labors und aller anderen, die für uns geackert hatten, sprachen eine eigene Sprache. Für dieses Verbrechen zog man in so manchem County in den von Ingbert Reif so geschätzten Vereinigten Staaten die Todesspritze auf. Herr Wonne und ich hätten bis zum Tag X gebraucht, um soweit zu kommen.

Mein Mörder bekam ein Gesicht, obwohl er das für mich auch zuvor schon hatte. Das hier war jedoch ein anderes. Ein *völlig* anderes. Ich wäre verdammt gern allein gewesen, wollte meine Wunden lecken und weiter an meinem geisterhaften Plan feilen, der so nicht aufging. Stöhnen durfte ich natürlich bei jeder Bewegung, aber Geister bluten nicht. Ich mochte Ingbert schlicht nicht bei mir haben, doch der begrüßte ein Duell auf heimischen Boden, und der vermeintliche Gegner war ja nun kein No-Name. Offenbar hatte sogar das Bundeskriminalamt seine Klauen nach dem Mann ausgestreckt. Sehr beeindruckend. Darum, und weil ich noch etwas vorhatte, musste ich den Kriminalhauptkommissar jetzt auch in meinem Zuhause ertragen. Allein war mein Vorhaben nicht zu schaffen, und ich gestand mir ein, dass ich Hilfe benötigte. Ingbert gegenüber gestand ich freilich gar nichts ein. Wahrscheinlich musste ich noch dankbar sein, dass er mich mitnahm.

Frau Eusebia hatte uns ausgerechnet gemeinsam ankommen sehen, es gab ja keine Hintertür. Dazu parkte Ingbert seinen Wagen in meiner Einfahrt. Mein Schneefräsennachbar war gerade dabei, an seinem tobenden Ungetüm herumzuschrauben. War daran irgendwas kaputt gegangen? Toll. Über mein Gesicht flitzte ein Lächeln. Wir stiegen aus. Ich hatte mir den Parka um die Schultern gelegt, den ein Einschussloch auf der Brust zierte – oder Ingbert hatte das getan. Mein Verband spitzte am Hals hervor. Reinweiß.
„Polizei", erschallte es gleich darauf an meiner Seite und Ingbert Reif hielt Frau Eusebia, die uns in Pantoffeln und dem vertrauten Kittelschürzenkleid entgegenhastete, seinen Ausweis unter die Nase. Konnte der denn nicht einmal …
Er konnte nicht.

„Herr Brandt, wissen Sie, die Aufregung tut mir gar nicht gut", erklärte mir meine Vermieterin und ächzte.
Ja, ja. Mir auch nicht. Und Ingbert auch nicht. Aber heute hatte ich kein Herzattackenmitgefühl für sie übrig.
„Die Alte spinnt", zischte Ingbert ungehalten.
„Ist das eine Schusswunde?", fragte Frau Eusebia und fingerte an den Spitzen meines Verbands herum. Diese plötzliche *Was-ist-meinem-Lieblingsmieter-denn-wiederfahren-Sorge*, behagte mir gar nicht.
„Ist es. Sieht grässlich aus und war verdammt knapp. Ihr Herr Brandt wäre fast draufgegangen", sagte der Kriminalhauptkommissar.
Vielen Dank, Ingbert. Der Mann konnte ja direkt einfühlsam sein.
Frau Eusebia geriet in arge Schieflage. Sie hätte wirklich nicht erfahren müssen, welche Ausmaße mein neuester Auftrag inzwischen angenommen hatte.Wieder ein Grund mehr, meine Miete in die Höhe zu schrauben. Gefahrenzulage.
Mich abzustützen schaffte ich noch, aber meine Vermieterin verdrehte die Augen, nachdem sie noch ein überlautes: „Mein lieber Herr Brandt, um Himmels willen", ausgerufen hatte.
Aber es war Ingbert, der Frau Eusebia auffangen musste, die erschlafft in die starken Kommissarenarme fiel. Meine standen nicht zur Verfügung.
„Ja, geht's noch?", schnaufte Ingbert. „Hättest du dir keine schlanke Hausherrin aussuchen können?"
Das Gleiche war mir unlängst auch schon aufgefallen. Von „hätten" hatten wir jetzt nichts. Polizeischutz verlangte sie. Gleich beim ersten Atemzug, der auf ihre Ohnmacht folgte. Derjenige, der diesen Schutz bräuchte, war ich. Aber ich wollte keinen. Und es war Ingbert, der in den

Genuss kam, meine Vermieterin in ihre Wohnung zu begleiten, vielleicht auch in ihr Schlafzimmer, denn sie musste sich ja dringend hinlegen. Er blieb länger, als ich geblieben wäre und schimpfte lautstark, als er meine Haustür hinter sich zuzog. „Sie bestand auf einem Schlafmittel, das ich zuerst suchen musste. Und ein Glas Wasser, um es einzunehmen, brauchte sie dazu auch. Bin ich etwa ein Kellner?“
So übel fand ich eine schlafende Frau Eusebia nicht. Es verhieß Ruhe und die hätte ich gerade auch ganz dringend gebraucht, doch in Ingberts Gesellschaft fiel es mir sogar schwer, die Augen zu schließen. Ich wollte mir mit dem bissigen Kommissar nicht mein Wohnzimmer teilen. Bestünde die Wahlmöglichkeit, ich hätte überhaupt *gar nichts* mit ihm geteilt; diese bestand aber nicht. Nicht in meinem mitgenommenen Zustand. Und wieder wünschte er mich zum Teufel, in Gedanken, die ich mir keine sonderliche Mühe geben musste, von seinem Gesicht abzulesen. Nur war er gezwungen, es diesmal leise zu tun.
Casper Brandt war tot. Gestorben auf einem Friedhof. Hingeworfen auf das Grab der Familie Loch. Also gab ich vor, das Reden würde mich anstrengen. Und Ingbert gab gar nichts vor. Der war wie immer.
Meine Wohnung in Frau Eusebias Haus war keine Bastion, darum musste ich mich ruhig verhalten; kein Thema, sich genau *so* zu verhalten, wenn man beinahe ausgelöscht worden war. Die Hinterlist: Ingbert musste sich auch ruhig verhalten. Er tigerte ruhelos von einem Ende meines Wohnzimmers zum anderen. Die neue Allianz behagte keinem von uns sonderlich. Diesmal jedoch wäre ich der erste Mann und er meine Deckung und schon war ich in Sorge um meine bislang unversehrt gebliebene Rückenansicht. Weniger fürchtete ich eine zweite Kugel, mit dem Ziel mein Herz

zu treffen. *Wirklich* zu treffen. Erst als ich mir die Kugel eingefangen hatte und auf dem glänzenden Stahltisch im Institut lag, kristallisierte sich allmählich ein hieb- und schusssicheres Motiv heraus.
Der Mörder von Linus Moritz wusste nicht, dass Casper Brandt bis zu diesem Zeitpunkt das Bindeglied in dem Fall noch gar nicht gefunden hatte. Meine Vermutung war bestimmt nahe an der Wahrheit, aber es gab nur einen, den man danach fragen konnte. Und genau den Mann *würde* ich heute Nacht fragen.
„Du willst nicht mit mir reden", sagte Ingbert jetzt und funkelte mich an.
Hoffentlich wurde es schnell ganz dunkel und spät und ... noch später.
„Das wollen wir beide nicht", erwiderte ich und hätte gerne die Arme vor der Brust verschränkt, wobei mir nur der Versuch ein verhaltenes Stöhnen einbrachte.
„Das ist eine Furzidee!", kam er mir mit seinem Lamento.
„Ich hatte schon schlechtere", fand ich. Ingbert hätte diesen wirklich spektakulären Fall gerne für sich allein beansprucht. Für sein Voran- und Fortkommen. Aber ich bestand auf diese Revanche. Der Kriminalhauptkommissar traute mir nichts zu und damit stand er nicht allein. Jemand anderer hatte enttäuschenderweise schon früher mit dem *Zutrauen* aufgehört. Ingbert stoppte. Gerade war ihm etwas aufgefallen. Wir saßen im Dunkeln, was konnte einem da groß auffallen?
„Steckt dein Kater hier irgendwo?" Lauernd.
„Ich habe keinen Kater", meinte ich.
„Katzen mag ich gar nicht, verdammt unheimliche Viecher", sagte er und nickte dazu. Keine Meinung, nein, eine Tatsache.
Garibaldi war unheimlich. Unheimlich schmal und unheimlich klein.

„Ich würde ihn womöglich schon wollen, aber dafür müsste ich ihn stehlen“, verriet ich Ingbert. Soweit war ich also schon.
„Da könnte ich absolut *kein* Auge zudrücken.“
Natürlich nicht. Darum redete ich auch nicht mit ihm. Weil er gar nichts tun können *wollte*.
„Du sieht echt gar nicht gut aus. Du siehst besch… aus.“ Er sagte das unflätige Wort nicht, er meinte aber, sich diesen Scheiß leisten zu können. Wir saßen ja im Dunkeln.
„So schlimm sehe ich nicht aus“, wollte ich mich rechtfertigen und hatte es bislang vermieden, in irgendeinen Spiegel zu sehen.
„Und wie du so aussiehst.“ Er blieb stur. „Wenn er es wieder versucht, bist du diesmal bestimmt auch nicht schnell genug. Eingerostet, Casper. Der erwischt dich gnadenlos. Solche Typen haben immer eine Waffe unter dem Kopfkissen, sonst träumen sie schlecht.“
Solche Typen... dachte ich.
„Was ist mit diesem Biathleten? Was ist das überhaupt für ein Fall?“
Meine Schuld, ich hatte Ingbert ja förmlich mit der Nase drauf gestoßen.
„Der ist alt, aber es ist meiner.“ Weil sich sonst niemand kümmert, hätte ich dazusagen können und ließ es bleiben. Ingbert ließ sich auf meiner Couch nieder. Er wollte mehr wissen, jetzt bekam er mehr. Er bekam alles, sogar Moskau. Auch wenn das dem Kriminalhauptkommissar nicht passte, musste er mich ernst nehmen. Ich war ein Bürger mit einem Mordverdacht. In Gedanken entschuldigte ich mich bei Niko Vormann. Mein ehemaliger Partner Ingbert würde den Schuldigen schon herausfinden. Irgendwann musste ich doch tatsächlich im Beisein des beinahe unangenehmen Kommissars eingenickt sein.

Als ich aufwachte, fühlte ich mich noch scheußlicher. Der Geist von Casper Brand schwebte geruchsweise um mich her – die miefige Variante. Ich bestand auf einer Waschung. Es war extrem anstrengend und danach hatte ich mich so verausgabt, dass ich es auch hätte bleiben lassen können.

„Bist du endlich soweit?“, wurde ich vom wartenden Ingbert gefragt.

Das war ich nicht, auch in fünf oder mehr Minuten nicht. Anschließend ging es darum, ob ich mein kleines Einbruchsetui benutzen würde. Ich nahm es mit. Danach stiegen wir in seinem Ford Mustang und fuhren los. Es war wieder dunkel. Von Erfurt kamen wir ursprünglich und nach Erfurt mussten wir zurück. Die Autogeräusche ließen keine Unterhaltung zu, was mir sehr behagte. Ingbert sah das ganz anders, denn er schrie mir fortwährend etwas zu. Bestimmt ganz wichtige Dinge. Ich registrierte es zwar, beachtete es aber nicht. Wozu noch mehr Verwirrung, mein Gehirn war aufgeweicht genug. Der Kriminalhauptkommissar nannte es den Sturm auf Fort Alamo. Na, na …

Ein kriegerischer Hinterhalt würde es aber schon werden. Mein Mörderfreund hatte es auch nicht anders verdient.

Die Villa hatte ich nicht so grandios in Erinnerung. Sie stand allein und sah nach altem Geld aus. Es *war* altes, vererbtes Geld, nur hatte derjenige, der sie bewohnte, nichts damit zu tun. Und ich war immer der Meinung gewesen, er wäre von Natur aus kein armer Mann und entstammte einer begüterten Familie. Weit gefehlt. Ich zählte sechs steinerne Eingangsstufen, die ich wie ein alter Mann hinaufschnaufte. Und in meinem Rücken Ingbert Reif, der Kriminalhauptkommissar, der

weg- und doch irgendwie hinschauen würde – schon aus lauter Neugierde – um zu sehen, wie Casper Brandt einen Einbruch beging. Irgendwo zwischen Stufe drei und fünf musste er dann unbemerkt seine Waffe gezogen haben. Hatten wir nicht gesagt … wir hatten gar nichts gesagt, erinnerte ich mich. Ich konnte aber hier unmöglich eine Diskussion lostreten. Wir mussten auf dem schnellsten Weg dort rein. Frau Eusebias Wohnungstür und meine stellten nicht so eine große Herausforderung an meine Einbrecherqualitäten dar, wie diese hier.
„Der fürchtet weder Tod noch Teufel“, meinte Ingbert. Der dämliche Titel eines Films. Ich wünschte den Mann auf der Stelle weit fort, doch er hörte nicht auf meinen Wunsch und stand auch noch dort, als ich es endlich geschafft hatte, das Hindernis zu überwinden.
Das Smith & Wessen Modell „Cole Younger“ hatte Ingbert heute aussortiert. Vielleicht einen Deut unzuverlässig diese alten Dinger, ganz sicher aber unseriös. Und hier stand der Kommissar. Mir lief etwas von der Stirn in die Augen, von dem ich gesagt hätte, es muss Schweiß sein. Mühevoll war wirklich ein zu mildes Wort, um mein Tun angemessen zu beschreiben.
Wir hatten keine Zeit, *ich* hatte keine Zeit. Mir schwindelte, meine Sicht war grauenhaft eingeschränkt und mein Puls schwirrte. Gerade rächte sich da wahrscheinlich mein Entzücken für sportliche Aktivitäten. Gerade rächte sich so einiges. Ingbert leuchtete und Ingbert hielt seine Dienstwaffe auf Kurs. Sein schwarzer Schatten lief neben mir an der weißen Wand entlang, was ich besser unbeachtet ließ, weil ich sonst im Angesicht des Kommissarenprofils vor Lachen zu platzen drohte.
Jemand, der angeschossen wurde, schafft ein solches Platzen schneller

und effizienter, müssen Sie wissen. Wir mussten in den ersten Stock und wieder waren es Stufen. Viele Stufen. Aber diese waren mit Teppichboden ausgelegt worden, denn der Kriminalhauptkommissar trug natürlich die unverzichtbaren Cowboyboots.
Kein Wohlbehagen um mich her, außer Ingberts Schweigen, während er mir an jeder Stufe seinen stinksauren Atem ins Genick pustete. Um nicht von einem Alarmsystem eingefangen und verraten zu werden, beschränkten wir uns – ein lange nicht erfahrenes *Wir* – darauf, möglichst schnell ein gewisses Schlafzimmer zu erreichen. Mich umzusehen hätte mir zuviel abverlangt, doch dabei wäre ich unweigerlich auf etwas gestoßen, weil er sich einfach zu sicher fühlte und weil es Casper Brandt nicht mehr gab. Chris war mein Freund. Chris war mein Mörder. Und ganz gleich, wer von beiden am Tatort in der Wolfsschlucht dieses Teil verloren hatte; meine Stolperschlinge war gleichzeitig auch die seine gewesen.

Und als ich schließlich am Bett von Chris Harte stand, blutete der Geist. Auf den schönen weißen Teppich – auf der Treppe hatte nur ein roter ausgelegen.
„Hallo Chris“, sagte ich nicht gerade leise. „Dein Weltcup ist zu Ende.“
Das war er, und Linus Moritz durfte endlich in Ruhe tot sein. Chris Harte lag in seinem komfortablen Bett, grunzte selbstzufrieden und erinnerte mich ein bisschen an Frau Eusebias fetten Siegfried.
Von Geistern sagt man, sie schweben. Casper Brandt war die Version schwerfälliger Geist und ließ es bleiben. Mein ehemaliger Freund, der Angler, der mir den zweitausend Euro-Vorschuss vorbeibrachte, den ich

übrigens nicht zurückzuzahlen beabsichtigte, schoss aus den Kissen – hellwach und abwehrbereit. Er schaltete die Lampe auf seinem Nachttisch ein. Bestimmt, um Caspar Brand ins rechte Licht zu setzen. Chris Harte hatte mich nicht erwartet. Dabei begegnet man sich doch immer zweimal im Leben, nicht wahr?

„Sag jetzt bloß nicht, ich bin tot", verlangte ich. Das wäre völlig an den Haaren herbeigezogen.

„Du blutest", meinte er.

Mit derlei Spitzfindigkeiten wollte sich ein beinahe Abgekratzter jetzt nicht beschäftigen. „Deinen Teppich voll", gab ich zurück. Und es tat mir nicht leid.

„Oh verdammt, der war teuer. Aber du könntest dich setzen."

Ja, das war Chris. Der angelte noch immer; nach seiner Waffe unter dem Kissen (Ingbert hatte Recht) und nach einem Weg, wie er sich des lästigen Privatermittlers doch noch entledigen konnte.

„Ich hab mich ein bisschen verspätet mit meinem Bericht, aber zugegeben, es war einiges los und viel zu tun", sagte ich. Setzen würde ich mich nicht. Schwierig genug, Chris im Auge zu behalten, auch ohne von meinem Körper irgendwelche Verrenkungen zu verlangen.

„Und schon wieder voller Einsatz, Casper?", fragte er und klang dabei noch freundlich.

Oh ja. Er hätte dazusagen können, dass mich das noch umbringen würde.

„Der Mörder, dessen Fehler schlimmer waren, als diese fünf Scheiben am Biathlonschießstand *nicht* zu treffen", behauptete ich ungnädig und berichtete meinem Auftraggeber von einem blutigen Fingerabdruck an einem Kühlschrankgriff und von einem, der gekommen war, ihn abzunehmen. „Er, der Mörder, dachte sich, es wäre schlau, die Tatwaffe dort loszuwerden. Tja, nur mit dem Mörderwerkzeug prangte danach auch sein Daumen am Kühlschrankgriff. Und dann machte er den zweiten Fehler; Überheblichkeit. Er gab genau dem Athleten, der den Toten gefunden, und den Müllsack samt Inhalt im Kühlschrank entdeckt hatte, und der noch dazu im Besitz des Fingerabdrucks war, seine Visitenkarte. Und dann … weißt du, was er dann tat? DAS ist eine finstere Räuberpistole. Der Mörder wandte sich an einen Privatermittler. Einen, von dem er meinte, da drohe ihm keine Gefahr, der hat es nicht drauf, der schießt nur seine Scheidungsintimkram-Tatortfotos, ist gedanklich ohnehin pausenlos mit der Beschaffung seiner Miete beschäftigt und hat gar nicht den richtigen Durchblick, um einen echten Mordfall zu bearbeiten. So ein bisschen informiert werden am Rande, wollte er dann doch, der Mörder. Kann ja nicht schaden, fand er und wedelte mit bunten Geldscheinen herum. Dem auserwählten Ermittler tränten, ob dieser Verführung regelrecht die Augen. Der dritte Fehler. Sein größter, abgesehen davon, dass er ein lausiger Schütze ist. Ich kenne keinen schlechteren."

Doch, aber der deckte mir gerade den Rücken.

„Du solltest zum Ende kommen, Casper, sonst sickert dein Lebenssaft noch durch die Decke in mein Allerheiligstes." Jetzt flaute das Mitgefühl für meine Situation allmählich dramatisch ab. Sein Allerheiligstes war sicher die kleine Kammer, in der er sein Angelzeug aufbewahrte.

„Wir sind erst beim vierten Fehler", merkte ich an und hielt die entsprechenden Finger in die Höhe. „Der Mörder begann, sich sicher zu fühlen. Kannst du das glauben? Er fühlte sich sicher und das, wo wir doch

Superkriminalhauptkommissar Ingbert Reif haben. Der gibt wirklich nie auf. Puhh, du hast Recht, mir ist ganz elend. Ich beeile mich besser. Vielleicht sollte ich mich setzen." Ich setzte mich *nicht*. „Unser Mörder beschloss, Linus Moritz an einem sportlichen Ort loszuwerden. Mit einem Biathleten trifft man sich an einer Biathlonstrecke. Ganz unverdächtig, unverfänglich." Ich unterbrach mich. Nicht meinetwegen, sondern wegen Chris, weil ich ihn gleich beleidigen würde. „Der sah echt gut aus, oder? Linus Moritz. Der Mörder ist unsportlich, viel zu dick. Das kam erschwerend hinzu und machte ihn zornig. Er stahl dem jungen Mann seine Identität und nebenbei auch noch sein Aussehen. Oh, *stehlen* ist mein Stichwort. Keiner käme auf den Gedanken, dass wir hier von dem Mann reden, der ein Jahrzehnt für die wirklich gewinnbringenden Überfälle auf Geldinstitute im gesamten Bundesgebiet verantwortlich ist – als es sich noch lohnte." Ich seufzte theatralisch.
Chris verlor allmählich die Geduld.
„Noch immer bin ich nicht drauf gekommen. Auf das Motiv für diesen Mord. Aber womöglich lüge ich auch und möchte unbedingt dein Allerheiligstes vollsauen. Ich habe da unlängst jemanden kennen gelernt, der mir etwas über Begegnungen verriet und noch einiges über Pandoras Büchse. Eine solche Begegnung hatte auch der Mörder. Stell dir vor, da lebt er einfach so vor sich hin, ist zufrieden oder bemüht sich, es zu sein, und dann erkennt ihn jemand. Na, das ist bestimmt ein Schock gewesen. So ein Elitesportler, den man im Werbefernsehen sieht. Plötzlich steht er vor einem und will … Geld? Reporter verdienen nicht die Welt. Und eine Villa wie diese leistet sich auch kaum einer. Chris, irgendwie eilt es, weil mir kalt wird. Zurück können wir nicht. Vorwärts kann ich auch nicht.

Du warst in meiner Wohnung. Garibaldi hat dich erwischt, hat er dich gekratzt oder nur nach der Schlinge geangelt." Ich bekam die Antwort, mit der ich gerechnet hatte – keine.
„Welchen Fehler haben wir denn?", fragte Chris und ließ mich seine Rechte sehen. Unentschlossen zählte er.
„Wo hat der Bankräuber seine Waffe? Diejenige, die er schon für den Mord an einem Wachmann benutzte. Diejenige, die er auch für den Mord an Casper Brandt benutze. Ja, das ist der sechste Fehler.
„Falscher Fehler, Casper", sagte Chris Harte und dieses Geschoss pulverisierte die Bettdecke, dass die Daunen flogen.

Für längere Zeit versank die Welt in Schwärze. Und mit ihr mein Bewusstsein und alles, was damit zusammenhängt. Ich konnte nur himmelwärts sehen. Über mir befand sich Stuck an der Decke. Schöön. Und kleine, weiße Dinger wirbelten durch die Luft. Wie nach einer Kissenschlacht. Wie war sie ausgegangen?
Als ich ein Gesicht über mir sah – Ingbert Reif, der Kriminalhauptkommissar – konnte ich sicher sein, der gemeine, hinterhältige Mörder war gestellt. Schlimmeres?
„Hast du … mich auch aufs Korn genommen? Sag es lieber. Wird ohnehin entdeckt, wenn deine Leute sich die Weste anschauen und da zwei Löcher drin sind", sagte ich. Zumindest dachte ich es zu sagen. Mein Atem dröhnte, auf meiner Brust hatte jemand einen Betonaufguss gemacht und mein Rücken … der lag irgendwo abseits.
„Casper Brandt, der Schmierenkomödiant. Du kannst nicht mal richtig zählen", motzte Ingbert.

„Chris hat für uns beide gezählt – und … der kann es.“ In der Aufzählung der Fehler des Mörders hatte ich die einzige Möglichkeit gesehen, den richtigen Zeitpunkt nicht zu verpassen; indem ich die richtige Frage stellte und dazu den falschen Fehler abzählte. Chris verstand ein Stichwort, er *musste* abdrücken.
„Wozu, verdammt?“ Das war wieder Ingbert.
Die vollständige Frage würde lauten: Hattest du noch nicht genug vom Erschossen werden? Mehr als genug.
„Ich möchte … nicht … schon wieder unterschätzt werden.“

28
Die unmögliche Lösung eines Rätsels

An die Ruhe nach dem Sturm glaubte ich und sollte doch schon wieder eines Besseren belehrt werden. Aber gerade wollte ich meine Genesung mit jeder Faser empfinden. Schnell sollte es damit gehen – den Wievielten schrieben wir denn? Und bis einschließlich wann war die Miete bezahlt? Solch trübe Gedanken sollten keinen Kranken beschäftigen und plagen, das erschwerte jede Rekonvaleszenz.

Aber der Kriminalhauptkommissar hatte mich darauf aufmerksam gemacht, dass in einem solchen Fall (was für ein Fall?) die Banken, die mein ehemaliger Freund mit seiner wütenden Gegenwart beehrt hatte, eine Belohnung von zehntausend Euro bereitgestellt hatten. Nicht zuletzt gab den Ausschlag der Tod des Wachmannes. Eine Sendung, die Kriminalfälle verfolgt und um Mithilfe aus der Bevölkerung bat, versprach derartiges. Bei meinem Glück hatten die Banken wegen der Krise jetzt gerade kein Geld. Und selbst wenn noch ein paar Krümel übrig sein sollten … , die hätten glatt noch die Dreistheit, mir vorzuschlagen, ob es denn nicht möglich wäre, mir den Betrag zu stunden – zinslos, selbstverständlich.

Doch während Chris an Körpergewicht zugenommen hatte, war sein Geld immer weniger geworden, was ihn vielleicht früher oder später wieder in eine Bank getrieben hätte. Ich wollte nicht der Retter der Banken sein, nein. Meine Wahrscheinlichkeitsrechnung krankte ohnehin, aber nur weil der Mann in diesem Haus, in diesem Bett, für meine

Augen und mich nicht den Eindruck machte, er könnte so etwas noch einmal durchziehen. Den Plan traute ich ihm zu. Abzudrücken, wenn ihm jemand in die Quere kam, traute ich ihm zu. Das Weglaufen traute ich ihm nicht zu. Aus gutem Grund … Und diesmal wollte ich *ihn* unterschätzen. Er war ein brutaler Mörder. Einer, dem man es nicht ansah, stellen Sie sich vor!

Die Schutzweste hatte mich gerettet, weil Ingbert mir nicht in den Rücken geschossen hatte; nur knapp vorbei in das Rückteil von Chris Hartes Bett. Der war *kein* Nacktschläfer, was ihn dazu verleitete noch ein letztes Mal mutig zu sein. Nur hatte er seine Schnelligkeit überschätzt. Und wie die Geschichte mit Bankräubern verfährt, die sich unbesiegbar wähnen, schaffte es der harte Chris, ein Fenster aufzubekommen und hinunterzuspringen. Er landete bei seiner Flucht aus dem ersten Stock auf seiner schönen Terrasse. Darf ich erinnern, es war tiefster Winter.

Weil ich selbst in jenem Augenblick böse daniederlag, konnte ich es nicht knacken hören. Ich war mir sicher, es *hatte* geknackt. Es *muss* knacken, wenn man sich ein Bein bricht. Es knackt auch, wenn einem jemand den Schädel und das Gesicht zertrümmert, aber dieses besondere Knacken wollte ich niemals hören. Gesehen hatte ich es. Das genügte.

„Sag ihm, jetzt sind wir schon beim siebten Fehler“, hatte ich vom Teppichgrund des Schlafzimmerbodens aus getönt und Ingbert tat es bestimmt außerordentlich leid, kein Klebeband zur Hand zu haben.

Er hatte einen Fluch ausgestoßen und die Rechtsmedizin angerufen. Ich blutete währenddessen vor mich hin, aber das Institut lag immerhin so nah, dass es keinen Sinn gemacht hätte, einen Krankenwagen anzufordern. Irgendwann verlor ich dann wirklich den Faden, weil er sich am

Kragen meiner Weste sammelte und immer dickere davon rot an mir herunterliefen. Als mein Bewusstsein sich entschloss, mich wieder einzulassen, vermischte sich mein Blut gerade mit dem von Herrn Fröhlich, weil Juttas Assistent die gleiche Blutgruppe hatte.

Untrennbar verbunden waren wir seitdem und ich würde mir in den Vollmondnächten Gedanken darüber machen, ob diese Blutsbruderschaft nicht etwaige Teintveränderungen zur Folge hatte. Zum Spiegel rennen würde ich ganz sicher. Besonders wegen Nr. 13 und Nr. 23.

Der Blasse trauerte seiner Präsentation mittels eines präparierten Kopfes einen Mörder zu stellen, nicht nach. Und ich freute mich immer, wenn mir unangenehme Dinge erspart blieben. Vor allem wenn mir wenigstens *dieses* Unangenehme erspart blieb. Dafür hatte Nils Wonneberg mich und meine Nachrichten verstanden. Jo Kurz und sein Tod. Jo Kurz, der mich nahe genug an sich herangelassen hatte, um *meinen* Tod zu verhindern. Ich war ihm etwas schuldig.

Und Niko Vormann, Frank Ringel und Dennis Paulsen waren ihm etwas schuldig; aber diese Schuld wog schwerer, sie schuldeten ihm sein Leben. Niko wusste, wen er verdächtigte. Er hatte genug Zeit gehabt, sich darüber den Kopf zu zerbrechen. Ich hoffte aber, der seine war wenigstens von außen unbeschädigt. Und er hatte wieder eine Karte geschrieben. Mir auch. Kein Code und kein Fingerabdruck verzierten dieses Mal die Drohung. Dafür hatte Herr Fröhlich eines der Unfallfotos aus der fülligen Akte für diese Einladung zur Feststellung des Mörders bereitgestellt und diese womöglich auch an seinem Computer bearbeitet. Es war ein scheußliches Bild – das Ende einer Freundschaft, das Ende eines Traumes, aber nicht das Ende *aller* Träume.

Jo Kurz würde seine Kameraden verfolgen; und das war ungleich schlimmer, als eine Jagd im Schnee auf der Rennstrecke.
Für Casper Brandt hatte er hinzugefügt:
Ich weiß es und der Coole weiß es ganz sicher. Der Hase weiß gar nichts, er hat bloß Jo's Blut aufgewischt. Wir kriegen ihn, Casper Brandt. Das wird ihm das Genick brechen ... Sie wissen schon!
Der coole Dennis Paulsen. Und wieder ging eine Athletenkarriere den Bach runter. Aber Mörder hatten kein Recht auf Schonung.
PS: Margit ist nett. Ich habe mich in die Bibliothek getraut, stellen Sie sich vor. Und ich brauchte dazu keinen Blue Label.
PPS: Kennen Sie einen Krimimalhauptkommissar namens Ingbert Reif? Er sagte, er würde uns wegen Jo Kurz die Hölle heiß machen ... ich glaube, Sie kennen ihn.

Mein zufälliger Fall aus dem Kleiderschrank. Und ich war schon versucht, nach Zeitungsmeldungen zu suchen, in denen von Banküberfällen berichtet wurde – die der letzten zehn Jahre. Es könnte ja sein … Nein. Aus. Ende. Tod allen Zeitungsberichten. Die bestanden ohnehin zum Großteil aus Unwahrheiten und Fehlinformationen. Bewusst wie unbewusst. Und wenn ich auch meinte, wenigstens das ganz allein für mich entscheiden zu können, fand ich das unangenehme Gegenteil wenig später in meiner Briefpost. Unangenehm gelogen! Ingbert hinterließ mir eine Notiz und eine Nachricht in Form eines Zeitungsausschnittes – er hämmerte nicht gegen meine Tür, er steckte sie in meinen Postkasten. Wenn sich der Kriminalhauptkommissar ausnahmsweise nicht darüber aufzuregen gedachte, so gedachte ich es in jedem Fall.

Elitesportler erleidet plötzlichen Herztod. Aha, meinte ich. *Die deutsche Nationalmannschaft trauert um Linus Moritz.*
Während Oberhof noch seine „weißen" Helden feiert, wurde bekannt, dass eine der schillerndsten Figuren des Biathlonsports in der Nacht vom 10. zum 11. Januar an seinem Urlaubsort an der Atlantikküste tot in seinem Hotelzimmer aufgefunden wurde. Der Sportarzt Dr. Werner Sasse spricht davon, dass bei dem Opfer eines plötzlichen Herztodes nicht notwendigerweise zuvor schon eine Erkrankung diagnostiziert worden sein muss, dieses Phänomen aber immer öfter auch Leistungssportler betrifft. Wie aus verlässlicher Quelle zu erfahren war, wurden in Moritz' Körper keine fremden Substanzen nachgewiesen. Auch ein Selbstmord wird ausgeschlossen.
„Linus war mit dem Herzen die ganze Zeit bei uns", sagt sein Trainer. Die Beisetzung findet in Deutschland, in Moritz' Heimat Thüringen statt. In der DKB Arena wehen die Flaggen auf Halbmast.
Warum denn nicht gleich ein Haiangriff im Golf von Mexiko. DAS wäre der Wahrheit schon ein ganzes Stück entgegengekommen. *Aus verlässlicher Quelle.* Märchen. Schlimmer noch als: *Es war einmal ...*
So ein erlogener Schund! Wessen Name stand da drunter? Wer war so hemmungslos dreist ...
Ich ärgerte mich immer noch, als mein Handy klingelte. Frau Professor, würde Herr Fröhlich sagen. Ich sagte Jutta; die mich übrigens jeden Tag anrief, um sich nach mir zu erkundigen. Und fragen Sie mich jetzt nicht, wie mir das gefiel ...
„Es wird langsam dunkel", gab ich bekannt. „Draußen", präzisierte ich. „Und genau so weit komme ich im Augenblick – bis vor die Haustüre. In

meiner Post steckte die haarsträubendste Lügerei des ganzen Universums.“ Jutta konnte mich nicht sehen, aber ich wanderte trotzdem an meinem Schreibtisch vorbei zum Fenster hinüber. Dort irgendwo, ganz weit hinten stand Johnnie Walker und eigentlich …
„Oh nein!“ Ich unterbrach mein Lamento samt der Whiskeygedanken und fixierte mit staunendem, offenem Mund, was ich da zu sehen bekam. Vor dem Haus meines Nachbarn von 3a stand ein Umzugswagen. Garibaldi.
„Casper?“
„Oh … ich weiß nicht, wo er hingeht, woran es liegen kann …” Das gibt's doch nicht! Der ist doch tatsächlich im Begriff eine Sause zu machen. „Jutta, kannst du dir vorstellen, wie allein und verlassen sich da jemand fühlen muss?“ Vielleicht auch nicht. Nämlich überhaupt nicht, wenn er den Kater mitnahm. Er nahm ihn bestimmt mit und das Ende vom Lied … es hatte gar kein richtiges Ende. Smokie war auch unschlüssig gewesen.
„Alice ist sicher nicht gemeint … also?“, knüpfte Jutta Eisenreich an meinen leicht veränderten Songtext an.
„Casper, erzähl' mir dein Problem, bevor ich Angst bekomme!“
„Sieht aus, als hätte ich keines. Aber ich wäre gerne gefragt worden, ob ich das Problem, das ich nicht habe, nicht vielleicht doch gerne gehabt hätte.“
„Also, ich finde, du hast genug Probleme“, erinnerte mich Jutta gerade.
„Wer zieht denn jetzt weg?“, wollte meine Telefonpartnerin wissen.
„Mein Kater!“
„Du hast keinen Kater, Casper“, bemerkte Jutta, als hätte ich den zwar nicht, dafür aber einen ernst zu nehmenden Fieberanfall.

Ich sah sie vor mir – die Katzenklappe. Und ich hatte noch Tiereinkäufe im Kühlschrank. Wünsche sind gerissene Biester. Sie wachsen heran, entwickeln sich und irgendwann werden sie größer und anhänglicher. „Dauert ein bisschen … , ich rufe zurück." Sagte es und schon empfing Jutta das entsprechende Signal – ich hatte das Gespräch unterbrochen.

Schon ein Ende …

Aber nicht unbedingt
DAS ENDE

Anmerkung der Autorin:

Personen und Handlungen dieses Krimis sind frei erfunden.
Ähnlichkeiten mit lebenden oder toten Personen sind zufällig und nicht beabsichtigt.

Natürlich, wo denken Sie denn hin …, mit der einzigen Einschränkung, dass sich Autoren die Freiheit herausnehmen ihre Figuren „anzukleiden".

Sollte jemand dennoch meinen, sich wieder zu erkennen, muss ich diese Person enttäuschen und würde ihr empfehlen, sich weniger wichtig zu nehmen.

Auch bin ich mir im Klaren darüber, dass man in diese Shops, auch wenn die beschriebene Tankstelle rund um die Uhr geöffnet hat, nicht einfach reinspazieren kann. Ich musste schummeln, wegen der Verpflegung, und hoffe, Sie beharren beim nächsten Stopp nach Mitternacht nicht darauf, Einlass zu erhalten.